Wiederbelebung

Christoph Spielberg

WIEDERBELEBUNG

Ein Dr.-Hoffmann-Krimi

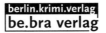

Bibliografische Information der Deutschen Nationalbibliothek

Die Deutsche Nationalbibliothek verzeichnet diese Publikation in der Deutschen Nationalbibliografie; detaillierte bibliografische Daten sind im Internet über http://dnb.d-nb.de abrufbar.

Alle Rechte vorbehalten.
Dieses Werk, einschließlich aller seiner Teile, ist urheberrechtlich geschützt.
Jede Verwertung außerhalb der engen Grenzen des Urheberrechtsgesetzes ist ohne Zustimmung des Verlages unzulässig und strafbar. Das gilt insbesondere für Vervielfältigungen, Übersetzungen, Mikroverfilmungen, Verfilmungen und die Einspeicherung und Verarbeitung auf DVDs, CD-ROMs, CDs, Videos, in weiteren elektronischen Systemen sowie für Internet-Plattformen.

© berlin.krimi.verlag im be.bra verlag GmbH
Berlin-Brandenburg, 2017
KulturBrauerei Haus 2
Schönhauser Allee 37, 10435 Berlin
post@bebraverlag.de
Lektorat: Gabriele Dietz, Berlin
Umschlag: Ansichtssache, Berlin
Satzbild: Friedrich, Berlin
Schrift: Garamond 10/12,7 pt
Druck und Bindung: Finidr, Český Těšín
ISBN 978-3-89809-546-4

www.bebraverlag.de

Teil 1

»Und erschlagt die Ungläubigen,
wo immer ihr auf sie stoßt.«

Koran, Sure 2, Vers 191

1

»Du wirst Mama doch wieder gesund machen?«

»Klar, werde ich. Versprochen!«

Mit großen Augen guckten mich die beiden Söhne von Frau Zuckermann an, während die künstliche Niere das vom eigenen Körper vergiftete Blut aus dem linken Arm abpumpte, um es ihr über einen anderen Schlauch wenigstens weitgehend entgiftet zurückzugeben. Konnten sie diesem Arzt wirklich trauen? Schließlich war ihr Vater genau aus dieser Klinik nach einem Autounfall letztes Jahr nie mehr nach Hause gekommen. Mit fast ebenso großen Augen schaute mich Schwester Manuela an. Wie konnte ich als erfahrener Arzt so ein Versprechen machen? Und das bei Frau Zuckermann, von der wir nach gefühlt mehr als tausend Labortests, CT- und MRT-Untersuchungen mit Sicherheit nur wussten, welche Krankheiten sie nicht hatte? Schließlich hatten wir sogar die Kollegen von der Gerichtsmedizin bemüht: Wollte jemand Frau Zuckermann vergiften? Arsen? Thallium? Pflanzenschutzmittel? Es war kein Gift gefunden worden. Schwester Manuela drehte sich weg, damit die Kinder nicht in ihrem Gesicht lesen konnten.

Seit Tagen hatte ich schlecht geschlafen. Natürlich wegen einer Frau, ja, einer hübschen: Frau Zuckermann. Was hatte sie bloß für eine Krankheit? Vor etwa einem Jahr hatten wir sie erstmals in die Humanaklinik aufgenommen. Damals klagte sie über Fieber, Gewichtsverlust, Schwäche, Nachtschweiß und unstillbaren Durst. Der Grund war schnell gefunden: Diabetes insipidus, eine Krankheit, bei der das Hormon ADH nicht ausreichend zur Verfügung steht. Es handelte sich um einen sogenannten zentralen Diabetes insipidus. Als Ursache zeigte das Hirn-CT einen Tumor im

Bereich der Hirnanhangdrüse, ein nur etwa kirschkerngroßes Organ von einem Gramm Gewicht, das wie ein Tropfen an der Unterseite des Gehirns hängt. Welche Art Tumor, blieb ungeklärt; man kann nicht mal eben ein Loch in die Schädeldecke bohren und eine Nadel durch das Hirn pieken, um Material für eine Bestimmung unter dem Mikroskop zu bekommen. Wir versorgten Frau Zimmermann mit einem ADH-Nasenspray und warteten ab. Die Symptome verschwanden und es ging ihr gut, bis sie neulich bei unseren Augenärzten vorstellig wurde, weil sie plötzlich alles doppelt sah. Wieder war der Grund schnell gefunden: Das rechte Auge stand etwas vor, da jetzt ein Tumor in der Augenhöhle dazugekommen war. Aber ebenso wenig wie ins Gehirn kann man eben mal durch das Auge hindurch in die Augenhöhle stechen. Zwei Wochen später brauchte Frau Zimmermann plötzlich kein ADH-Spray mehr: Nierenversagen, sie musste an die künstliche Niere. Und da lag sie nun, in der Hand einen Stoffteddybär, den die Jungs für ihre Mutter mitgebracht hatten.

Trotzdem, ganz verantwortungslos war mein Versprechen nicht. Paradoxerweise war es das Nierenversagen, das uns weitergebracht hatte. Denn im Gegensatz zum Gehirn kann man die Niere ziemlich risikolos punktieren, um das gewonnene Material unter dem Mikroskop zu studieren. »Noch vor dem Mittagessen« hatten mir die Pathologen das Ergebnis versprochen. »Dein Fall hat Toppriorität!«

Tatsächlich hatten die Pathologen Wort gehalten. Es kam eine ausführliche Beschreibung, von der ich knapp die Hälfte verstand. Aber – es kam keine Diagnose! Oder, besser gesagt, mehr als zehn mögliche Diagnosen, man könne sich nicht festlegen, und wirklich gut passen würde auch keine davon.

Betrübt und ratlos saß ich am Abend bei Celine, ein Glas Chardonnay in der Hand. Normalerweise verschone ich meine Freundin mit Geschichten aus der Klinik, insbesondere mit Krankengeschichten, aber im Fall Zuckermann war das einfach nicht möglich.

»Und jetzt klagt die Frau seit ein paar Tagen auch noch über massive Schmerzen in den Knochen. Ich werde verrückt!«

»Knochenschmerzen?«

»Ja. Morgen werden wir die Knochen röntgen«, antwortete ich mutlos.

Celine strahlte plötzlich.

»ECD!«

»Was?«

»ECD. Erdheim-Chester-Erkrankung. Das hat deine Frau Zuckermann!«

Ich war zu verduzt, um überhaupt etwas zu sagen. Nicht nur, weil ich in gut zwanzig Jahren Studium und Beruf nie dem Begriff Erdheim-Chester-Erkrankung begegnet war. Mindestens ebenso, weil ich mich fragte, woher die Mathematiklehrerin Celine diese Eingebung hatte. Sie verriet es mir.

»Dr. House, 2. Staffel, Folge 17.«

Sofort googelte ich Celines Diagnose, und tatsächlich, alles schien zu passen: Es handelte sich um eine krankhafte Vermehrung einer bestimmten Art von Blutzellen, die praktisch überall im Körper auftreten kann, aber fast immer irgendwann auch die Knochen befällt. Noch in der Nacht kopierte ich unseren Pathologen die jüngste Übersichtsarbeit zu dieser äußerst seltenen und seltsamen Erdheim-Chester-Erkrankung aus dem Internet. Sie wurde 1930 entdeckt, seither sind nicht einmal 500 Fälle weltweit beschrieben. Volltreffer, antworteten die Kollegen schon nach unserer morgendlichen Bettenkonferenz, jetzt passe alles. Die Probe sei tatsächlich »CD68-positiv und CD1a-negativ« – aha! Das Beste: Niemand weiß bisher, wie man an die mysteriöse Erkrankung kommt, aber ECD ist behandelbar, meist mit gutem Erfolg. Dank Serienjunkie

Celine konnte ich mein Versprechen gegenüber den Kindern halten.

Ich, Doktor Felix Hoffmann, Oberarzt der Inneren Abteilung der Humanaklinik, war der Star des Tages. Viel fehlte nicht und die Kollegen hätten mich auf den Schultern zu Frau Zuckermann getragen. Ich hielt es vorerst nicht für notwendig, den Anteil von Celine beziehungsweise Dr. House an meinem Volltreffer öffentlich zu machen. Ziemlich berauscht von mir selber, setzte ich mich zu ihr ans Bett und überbrachte die frohe Botschaft. Ich hielt ein wenig Abstand, um der zu erwartenden dankbaren Umarmung zu entgehen. Frau Zuckermann hörte mir konzentriert zu, stellte gelegentlich eine Frage. Als ich ihr alles erklärt hatte, inklusive der günstigen Behandlungsaussichten, sah sie mich lange an, Skepsis im Blick.

»Selbst wenn Sie recht haben sollten, Doktor Hoffmann – ich möchte mich trotzdem nicht weiter von Ihnen behandeln lassen.«

2

»Nicht nur Frau Zuckermann – nicht einmal die Alzheimer wollen sich noch von mir behandeln lassen!«

Im großzügig dimensionierten Büro der Geschäftsführung saß ich Beate gegenüber, Celines Freundin und seit dem Skandal um die russische Spende kaufmännische Leiterin unserer Klinik. Natürlich haben wir auch einen ärztlichen Direktor, aber Beate hat die Finanzen unter sich, verteilt das Geld. Damit ist sie deutlich wichtiger als ein ärztlicher Direktor, auch für unsere Patienten. Früher hatten mich ihre kurzen Röckchen abgelenkt, inzwischen trug Beate vorwiegend Business-Suits. Die ihr allerdings ebenso hervorragend standen.

»Meine Alzheimer erkennen nach vierzig Jahren Ehe ihre Frau nicht mehr, aber meinen Namen oder mein Gesicht können selbst die sich merken. Und dann Frau Zuckermann. Ich meine, der habe ich praktisch das Leben gerettet!«

»Ja, hab ich gehört. Glückwunsch zu deinem Volltreffer. Aber ein ganz bisschen war das auch Celine, oder?«

Wie gesagt, ich hatte vergessen, in der Klinik den Anteil von Celine und Dr. House an der Diagnose zu erwähnen. So viel zum Thema kurze Informationswege unter Freundinnen.

Beate kam zurück auf den Grund, warum sich plötzlich niemand mehr von Oberarzt Doktor Hoffmann behandeln lassen wollte.

»Felix, jeder in diesem Haus weiß Bescheid! Was denkst du denn? Und nicht nur in der Klinik. Das letzte Mal, dass ich geguckt habe, hattest du schon über 10.000 Klicks auf Youtube. Für die paar Tage seit deinem Auftritt ist das nicht schlecht.«

»Ich weiß. Ein paar mehr noch und man wird mich für Werbung buchen.«

Allerdings konnte ich mir kaum vorstellen, dass unsere Patienten, die meisten über siebzig, eifrige Youtube-Gucker sind. Stimmt, meinte Beate, aber alle dürften Kinder, Neffen oder Enkel haben. Die würden sie ausreichend über meine neue Popularität informieren, da solle ich mir keine Sorgen machen.

Ein wenig mehr Empathie durfte ich schon von Beate erwarten. Schließlich hatte sie ihren nicht gerade unterbezahlten Job als Klinikleiterin weitgehend mir zu verdanken. Ich schaute mich um. Außer ihrer afrikanischen Kunst, die in Form des eng umschlungenen Paares auf dem Schreibtisch und allerlei diabolisch grinsenden Holzmasken auf den Regalen zurückschaute, hatte sich kaum etwas verändert, seit unser ehemaliger kaufmännischer Leiter Bredow hier zu Tode gekommen war. Genauer gesagt nebenan, in dem privaten Badezimmer, das er dem Büro einverleibt hatte. Es war immer noch ein Arbeitszimmers vom Stil Neue Reichskanzlei: eine schwere Polstergarnitur um einen Rauchtisch, ein riesiger Kronleuchter und ein ebenso überdimensionierter neogotischer Schreibtisch. Schon während Besprechungen mit Bredow hatte ich die reichen Schnitzereien des Möbelstücks wiederholt nach eingearbeiteten Hakenkreuzen oder sichtbaren Spuren ihrer Entfernung abgesucht.

Beate hingegen hatte sich deutlich verändert. Aus der Angestellten, die in einem Steuerbüro Schuhkartons mit Belegen irgendwelcher Steuerbetrüger sortiert hatte, war unsere selbstbewusste und durchsetzungsfähige Chefin geworden.

»Es hilft nichts, Felix. Bis Gras über die Sache gewachsen ist, müssen wir dich aus der Schusslinie nehmen. Einige Wochen solltest du für die Patienten unsichtbar sein.«

»Kein Problem. Ich habe mindestens hunderttausend Überstunden, die ich zum Beispiel am Strand von Florida abbummeln kann.«

»Keine Chance. Ich gönne dir Sonne und Meer, aber die Klinik kann sich das nicht erlauben, das weißt du. Und unsere Mutter, der Vital-Konzern, erst recht nicht. Die Leute dort haben dich übrigens auch schon auf Youtube gesehen.«

Das wunderte mich kaum. Mir war schon immer klar, dass die sich in ihren Luxusbüros den stressigen Arbeitstag im Internet vertreiben.

»Also pass auf. Was wir für dich brauchen, ist eine ärztliche Tätigkeit ohne Patientenkontakt. Wie wäre es, wenn du eine gewisse Zeit im Labor arbeitest? Oder du hilfst den Röntgenologen bei der Interpretation ihrer Schattenrisse?

Diese Ideen stammten sicher aus der Vital-Konzernzentrale. Auf deren Besetzungsplänen konnte eine Säuglingsschwester eben mal ein Loch im OP stopfen oder ein Internist im Kliniklabor raffinierte biochemische Reaktionen beurteilen. Auf dem Plan sah das dann nach einer ordnungsgemäßen Stellenbesetzung aus. Soundso viele Krankenschwestern im Dienst, soundso viele Ärzte. Alles im Lot. Von Beate allerdings hätte ich inzwischen mehr Durchblick erwartet.

»Denkst du wirklich noch, Arzt ist Arzt, Beate? Der muss alles können, wo irgendwie Medizin draufsteht? Heute befundet er Kernspintomografien, morgen schüttet er Reagenzien im Labor zusammen und zwischendurch macht er noch schnell 'ne Herztransplantation?«

Mein Pieper ging und enthob Beate einer direkten Antwort. Es war Schwester Manuela von der Intensivstation. Aber es ging nicht um Frau Zuckermann.

»Felix, Ihre Studenten warten auf Sie. Und stehen mir im Weg.«

3

Klar, es war Mittwoch und ich hatte die Studenten vergessen mit ihrem Unterricht am Patientenbett, dem sogenannten *bedside-teaching*. Schließlich ist die Humanaklinik ein akademisches Lehrkrankenhaus. Einmal die Woche wenigstens wollen die Studenten raus aus dem Hörsaal und echten Patienten begegnen. Dabei sollen sie lernen, wie man eine Krankengeschichte erhebt und eine körperliche Untersuchung durchführt. Und natürlich auch Krankheitsbilder »in echt« sehen.

Ich hatte meine Studenten nicht wirklich vergessen, sondern verdrängt. Zum *bedside-teaching* braucht es Patienten, die sich dafür zur Verfügung stellen. Manche unserer Kranken empfinden das sogar als willkommene Abwechslung in ihrem Krankenhauspatienten-Dasein. Es kann allerdings schlimm kommen, wenn man ein »interessanter Fall« ist. Spätestens nach dem zehnten Trupp Studenten bedeutet *bedside-teaching* keine nette Abwechslung mehr.

Im Moment konnte es für unsere Patienten noch schlimmer kommen – sie könnten an Doktor Felix Hoffmann als behandelnden Arzt geraten. Kein Wunder also, dass ich für heute keinen einzigen Kranken gefunden hatte, der sich meinen Studenten zur Verfügung stellen wollte. Um die Wahrheit zu sagen: Ich hatte es gar nicht erst versucht.

Aber ich hatte einen Notfallplan und die Studenten auf die Intensivstation bestellt. Dort standen sie nun Intensivschwester Manuela im Weg. Ich führte die Damen und Herren in eines unserer sogenannten Maxi-Care-Zimmer. Keiner der drei Patienten hatte sein Einverständnis für das heutige *bedside-teaching* gegeben, ging nicht. Erkrankungsbedingt oder dank eines Medikamentencocktails befanden sie sich in verschiedenen Stadien der Bewusstlosigkeit, so dass die Studenten unter anderem deren Differenzierung lernen konnten. Ich musste nur aufpassen, dass sie es bei der Prüfung auf Schmerzreize nicht übertrieben. Danach erzählte ich ihnen noch ein wenig über die verschiedenen Beatmungstechniken, über Thromboseprophylaxe und warum diese armen Leute überhaupt bei uns waren. Alles in allem brachte ich die zwei Stunden ganz gut über die Runden und kein Student sprach mich auf meinen TV-Auftritt an. Sie hatten mir sogar wie üblich meinen Latte Macchiato von Starbucks um die Ecke mitgebracht, das war der Deal für einen guten Unterricht.

Am Mittag traf ich Beate wieder. Diesmal in der Klinikcafeteria zu Würstchen mit Kartoffelsalat.

»Wenn die Patienten mich vorerst nicht sehen sollen, könnte ich ja mal wieder einen wissenschaftlichen Artikel mit hohem Impact-Faktor rauswerfen. Schließlich sind wir ein akademisches Lehrkrankenhaus, wäre gut für den Ruf. Zum Beispiel gammeln seit Jahren die eingefrorenen Blutproben von der Intensivstation im Keller vor sich hin und werden mit jeder Wiederbelebung mehr. Da kann man sicher was rausholen.«

Gemäß meiner anerkannt schlechten Manieren unterstützte ich den Vorschlag mit der Gabel plus Wienerwurststückchen in der Hand in Richtung Beate.

»Ja, Felix, die Intensiv ist eine gute Idee. Die ist wirklich schlecht besetzt.«

»Nenn mir eine Station, die das nicht ist.«

»Genau. Genau deshalb können wir nicht auch noch einen Arzt für brotlose Wissenschaft abstellen. Aber auf der Intensiv ist es besonders eng. Insbesondere seit uns dieser Doktor Ahmed Knall auf Fall abhanden gekommen ist ... Doktor Valenta liegt mir deshalb fast täglich in den Ohren.«

»Natürlich tut er das. Ist ja Valentas Aufgabe als Chef der Intensivstation. Solange Ahmed hier seine Gastrolle gegeben hat, war die Besetzungssituation wenigstens halbwegs entspannt.«

Es war eine wirklich seltsame Geschichte mit diesem Doktor Ahmed. Vor knapp einem Jahr war er über irgendein Stipendium in der Humanaklinik aufgetaucht. Er sollte bei uns Intensivmedizin lernen, um danach seine Landsleute in Palästina bei Bedarf kompetent intensiv zu behandeln. Ahmed zeigte sich recht anstellig und lernbereit, schien es selbst mit Humor zu nehmen, wenn wir ihn nach muslimischen Attentaten in Europa spaßeshalber nach Waffen absuchten. Bald konnten wir ihn in den ordentlichen Dienstplan aufnehmen. Aber vor gut drei Monaten war er plötzlich Hals über Kopf verschwunden, kein Wort vorher, keine Nachsendeadresse. Erschwerend kam hinzu, dass er den bürokratischen Teil seiner Arbeit nicht allzu ernst genommen hatte. Jedenfalls purzelten uns, als wir nach seinem Verschwinden seinen Spind öffneten, mindestens hundert nicht abgeschlossene Fallakten vor die Füße. Kein Abschlussbericht an den Hausarzt, keine Antworten auf Anfragen von der Krankenkasse. An Problemen mit der Sprache kann es nicht gelegen haben, wir fanden sein fast perfektes Deutsch im Gegenteil erstaunlich für jemanden, der angeblich vorher nie in Deutschland gewesen war. Natürlich wurde die Sache mit den Akten nicht publik gemacht, da drohte Arbeit. Wir beschränkten uns darauf, sie ordentlich in den Spind zurückzustopfen, wo sie heute noch liegen dürften.

»Also, was sagst du?«

»Sag ich wozu?«

Natürlich war mir klar, worauf Beate hinaus wollte, aber warum sollte ich es ihr leicht machen?

»Na, du beschäftigst dich mal wieder ein bisschen mit Intensivmedizin. Hast du doch immer gerne gemacht.«

Beate sprach nicht aus, was sie wirklich meinte: Ich könnte trotz meiner gegenwärtigen Popularität auf Youtube aus demselben Grund Arzt auf der Intensivstation sein, wie ich vorhin meinen Unterricht dort hinverlegt hatte: Patienten mit dickem Beatmungsschlauch in der Luftröhre können kaum gegen den behandelnden Arzt protestieren, selbst wenn sie bei Bewusstsein wären – was sie natürlich nicht sind.

»Da ist etwas, das du übersiehst, Beate. Es ist wie mit den Patienten, über die wir heute Morgen gesprochen haben. Auch die armen Schweine auf Intensiv haben Angehörige. Und wenn die den behandelnden Arzt sehen möchten, was sie fast täglich wollen, sehen sie – mich! Und schon ist es vorbei mit meiner Unsichtbarkeit. Das ist übrigens Naturdarm, kannst du mitessen.«

Beate schob gerade die Pelle der Wiener Würstchen in Einzelteilen rund um den Tellerrand, während sie überlegte, wie sie meine Unsichtbarkeit mit einer besseren Besetzung der Intensivstation in Einklang bringen könnte.

»Na, wenigstens Nachtdienste könntest du machen, da kommen doch keine Angehörigen«, meinte sie schließlich. »Besprich mit Valenta, dass er dich ab sofort einteilen soll.«

Mir fiel kein stichhaltiges Gegenargument ein, aber ich war sauer. Schließlich bin ich in einem Alter, in dem man eine ganze Woche Nachtschicht nicht mehr so leicht wegsteckt. Immerhin versuchte ich, eine Strafmilderung herauszuschlagen.

»Aber Notarztwagen fahre ich nicht!« Unser Notarztwagen, zuständig für den Südwesten Berlins, wird alternativ mit Ärzten von der chirurgischen oder der internistischen Intensivstation besetzt.

»Mach das mit Valenta aus. Selbst der muss zurzeit manchmal auf dem NAW aushelfen.«

Dann hatte Beate noch eine Idee zum Thema Intensivstation und wie ich mich unsichtbar nützlich machen könnte. Auch bei dieser ärztlichen Tätigkeit, da hatte sie recht, dürfte sich niemand gegen Doktor Hoffmann wehren. Unter anderem deshalb, weil ein beträchtlicher Teil der Beteiligten inzwischen tot war.

4

Doktor Valenta mache gerade Übergabe in der Stationsküche, sagte man mir auf der Intensiv. Schon vor der Tür war zu hören, dass es dabei hoch herging. Auch, was die allgemeine Heiterkeit auslöste. Ich erkannte, etwas gequetscht, meine eigene Stimme.

»Keine neue Hüfte mehr für Patienten über fünfundsiebzig Jahre, keine Dialyse, keine Wiederbelebung!«

Offenbar gab es Beschäftigte in der Humanaklinik, die meinen TV-Auftritt beziehungsweise das, was man daraus auf Youtube zusammengeschnitten hatte, immer noch nicht gesehen hatten. Oder noch nicht oft genug.

»Felix, Sie müssen mir einen Gefallen tun. Oder besser, der Klinik. Da habe ich doch einen Termin für heute vollkommen vergessen«, hatte mich vor knapp einer Woche Chefarzt Kleinweg am späten Nachmittag angesprochen. Schon vor seinem Fahrradunfall, als er zwei Monate auf unserer Intensivstation im Koma lag, hatte Kleinweg gerne mal Unangenehmes vergessen und dann in letzter Minute an mich weitergegeben. Besonders gerne, die Klinik bei der Beerdigung von Privatpatienten zu vertreten. Jetzt aber konnte er auf sein Schädelhirntrauma verweisen und es war noch schwerer, ihm eine Bitte abzuschlagen. Dass er mich mit Felix ansprach, deutete auf eine ziemlich große Bitte hin.

»Ist ein Heimspiel, Felix.« Kleinweg legte mir den Arm um die Schultern. Nun war klar, es würde wirklich unangenehm werden. »Sie kennen doch diese Medizinsendung im Lokalprogramm. Mit dieser ... dieser Multi-Gelifteten. Wie heißt die doch gleich?«

»Lisa Ruege?«

»Richtig. Die Ruege! Also, es ist heute Abend, geht um

Medizin und Wirtschaft. Ist doch sozusagen Ihr Thema, Felix!«

»Wann heute Abend?«

Kleinweg hatte auf seine Uhr geschaut. »Wenn Sie gleich losfahren, müssten Sie es schaffen.« Er schob mich in Richtung Ausgang. »Machen Sie ordentlich Werbung für uns. *Native advertising*, Sie verstehen schon.«

»Der arme Hoffmann schwitzt ja wie ein Schwein«, hörte ich Manuela, als ich die Tür zur Stationsküche öffnete. Das Youtube-Video auf dem Tablet von Intensivpfleger Johannes zeigte gerade den Teil, wo es um die Kumpanei zwischen Ärzten und Pharmafirmen ging.

»Wie viele Reisen zu Fortbildungskongressen haben Sie mit Unterstützung von Pharmafirmen gemacht? Von Pharmafirmen, die dafür den Preis für eine Malaria-Tablette eben mal von 13 Dollar auf 750 Dollar anheben?«, hatte die Multi-Geliftete mich gerade gefragt.

»Kann ich Ihnen im Moment nicht genau sagen.« Diesen Teil meiner schwitzend vorgebrachten Antwort hatte man nicht weggekürzt, ebenso wenig wie die dazu verständnisvoll nickende Ruege.

»Verstehe. Bei so vielen Reisen kann man schon mal den Überblick verlieren.«

Der Teil, in dem ich darauf hinwies, dass Medizinkongresse in Fünf-Sterne Hotels längst Geschichte seien, ich meine Reisekosten seit Jahren selber zahle und sich die Pharmafirmen in Deutschland schon lange einem Kodex in Sachen geldwerte Leistungen an Ärzte unterworfen haben, fehlte auf Youtube.

Ich war auf den letzten Drücker im TV-Studio angekommen und hatte das gut gemeinte »Für ein bisschen Puder ist noch Zeit« der Maskenbildnerin überheblich abgelehnt. Nun kämpften meine Schweißdrüsen gegen mindestens dreißig Scheinwerfer und die Regisseurin, sicher eine Freundin von Lisa, sorgte für ausdruckskräftige Nahaufnahmen. Wirkung: »Frau Ruege heizt diesem arroganten Herrn Doktor mal tüchtig ein, gut so!«

Ich hätte es wissen müssen. Wann hatte Kleinweg jemals einen Fernsehauftritt abgelehnt beziehungsweise »vergessen«? Nie, auch nicht nach zwei Monaten im Koma!

Dreißig Minuten dauerte das »Gespräch«, im Internet hatte man es auf knapp sieben Minuten *best of* gekürzt. Da konnte schon mal was unter den Tisch fallen. Zum Beispiel, wie es zu meiner scheinbaren Ablehnung von kostenintensiver Therapie bei über Fünfundsiebzigjährigen gekommen war. Lisa hatte richtig angemerkt, dass achtzig Prozent aller Krankheitskosten in den letzten zwei Lebensjahren entstehen. Bei Intensivbehandlung und Lebensverlängerung, folgerte sie, ginge es also auch nur um das große Geschäft, um die Verschwörung von Ärzten mit den Herstellern von Arzneimitteln und Medizinprodukten. Ich hatte entnervt geantwortet: »Sollen wir also zum Beispiel Ihre Mutter sterben lassen im Falle eines Falles? Was Sie sagen, heißt doch: Keine neue Hüfte mehr für Patienten über 75 Jahre, keine Dialyse, keine Wiederbelebung!«

Nur den letzten Teil des Satzes hatte man in dem Zusammenschnitt übernommen.

5

In der Teeküche der Intensivstation konnte ich auf Richtigstellung meiner Youtube-Aussagen verzichten. Jeder im Raum wusste, wie ich tatsächlich dachte. Natürlich auch Intensivchefarzt Valenta, Kollege, Glatzenträger und persönlicher Freund seit Jahren. Kurz informierte ich ihn, was sich Beate neben den Nachtschichten auf seiner Station noch ausgedacht hatte, um mich unsichtbar, aber nützlich zu beschäftigen.

»Spinnt die? Lass uns das Zeug einfach verbrennen! Danach kräht doch kein Hahn mehr.«

Genau damit hatte Valenta leider nicht recht. Immer wieder trudelten Nachfragen und Beschwerden von Hausärzten und Krankenkassen bei Chef Kleinweg ein, der sie prompt seinem Oberarzt anvertraute. »Kümmern Sie sich doch bitte darum, Herr Hoffmann.«

Ich hatte sie dann jeweils an Valenta weitergeleitet, der sie sofort im nächsten Papierkorb entsorgte. Nun blieb mir tatsächlich nichts anderes übrig, als die von Ahmed unerledigt hinterlassenen Akten abzuschließen. War das am Ende gar nicht Beates, sondern Kleinwegs tolle Idee gewesen?

»Na, dann geh schon mal vor und guck dir das Debakel an«, meinte Valenta missmutig, als hätte der Auftrag ihn persönlich erwischt. »Ich komme nach, sobald wir mit der Übergabe fertig sind. Hoffentlich hast du dich bis dahin von dem Schock erholt, der dir bevorsteht.«

Ich hatte den Spind erst ein paar Zentimeter geöffnet, schon drückte die Masse an nachrückenden Akten die Tür komplett auf und Ahmeds Abschiedsgeschenk purzelte mir vor die Füße. Um die hundert Fälle hatte ich als *Worst-case*-Szenario befürchtet, denn ich hatte den Stapel ja schon einmal gesehen. Aber als ich die Akten durchgezählt hatte, stellte sich die Sache als weit schlimmer heraus. Es war keine Neuheit, dass es ausscheidende Kollegen gegen Ende ihrer Karriere bei uns nicht mehr so genau nahmen mit dem bürokratischen Teil der Arbeit. Doch Ahmed würde offensichtlich als einsamer Rekordhalter in die Klinikgeschichte eingehen.

»So böse hast du es dir nicht vorgestellt, was?«

Ich hatte Valenta nicht kommen gehört, während ich, geschockt und gefangen in Selbstmitleid, vor Ahmeds Erbe stand.

»Wie lange war Ahmed bei uns? Wie kann es sein, dass er in dieser Zeit so viele Patienten hatte? Diesem Stapel nach zu urteilen hat er jeden hier auf Intensiv behandelt! Oder schummelt ihr diesem Stapel auch neue Fälle unter?«

»Du weißt doch, wie es läuft, Felix. Ahmed war Anfänger. Und was machen Anfänger außer Blut abnehmen und Befunde suchen? Außerdem war sein Deutsch doch richtig gut. Und es sind ja nur ein paar Standartsätze wie ›Leider müssen wir Ihnen mitteilen, dass unser gemeinsamer Patient/unsere gemeinsame Patientin ...‹, mit denen wir auf dieser Station für diejenigen auskommen, die wir nicht zurück auf die Normalstation verlegen.«

Da hatte Valenta recht. Wo gibt es keine Hackordnung?

»Gut. Dann suche ich mir noch ein ruhiges Plätzchen ...«

»Nimm die Teeküche, sonst haben wir nichts. Aber lass uns vorher noch deine Nachtschichten für die nächsten Wochen festlegen. Ich habe hier schon mal einen Vorschlag.« Valenta reichte mir einen Zettel. »Guck dir die Daten in Ruhe an und sag mir möglichst bald, ob das so für dich in Ordnung ist.«

Ich schaute auf den Zettel und freute mich, dass Valenta Wort gehalten hatte: keine Dienste auf dem Notarztwagen. Außerdem bekam ich eine Frage beantwortet, die zu stellen ich mich bisher nicht getraut hatte.

»Unsere Bergwanderung übernächste Woche ist also nicht gestrichen?«

»Du meinst wegen dem Tod von Erika?«

Ich nickte. Nur ein paar Tage, bevor Ahmed plötzlich verschwand, war hier, genau auf dieser Station, Valentas Frau unter dramatischen Umständen verstorben. Über zwei Stunden hatten wir es mit jeder Art der Wiederbelebung versucht, ohne Erfolg.

»Ich bin noch nicht weg über Erika, klar. Aber es ändert doch nichts an ihrem Tod, wenn wir unsere Bergwanderung absagen. Im Gegenteil. Körperliche Anstrengung wird mir gut tun.«

Ich war doppelt froh. Froh, dass die Frage geklärt war. Und froh, dass wir in knapp zwei Wochen unsere Bergwanderung machen würden. Schon war ich nicht mehr ganz so deprimiert über den Aktenhaufen vor mir.

Intensivpfleger Johannes machte denselben Vorschlag wie Valenta, »alles verbrennen und gut ist«, half mir aber trotzdem, in zehn bis fünfzehn Märschen die Akten zur Teeküche zu schleppen. Dann wurde erst einmal sortiert. Ganz nach oben kamen die Akten, zu denen schon Anfragen oder Beschwerden von den einweisenden Ärzten vorlagen oder, noch wichtiger, die Krankenkassen nicht zahlen wollten. Nach links die Fälle, bei denen man weitgehend mit Standardformulierungen arbeiten konnte. Rechts entstand der größte Stapel. Hier musste ich in den nächsten Tagen oder Wochen jeweils die komplette Akte durcharbeiten, bevor ich sie abschließen konnte.

Doch je mehr ich sortierte, desto stärkere Unruhe ergriff mich. Hier stimmte etwas nicht! Gegen Morgen war klar, dass ich noch einmal ganz neu sortieren musste. Und dass wir ein Problem hatten. Oder, weniger dramatisch formuliert: Die Existenz der Humanaklinik stand auf dem Spiel.

6

»Das kann nicht sein. Unmöglich! Felix, du siehst wieder mal Gespenster!«

Gut möglich, dass Beates Assoziation an meinem Erscheinungsbild heute Morgen lag. Die gesamte Nacht hatte ich die verdächtigen Akten immer wieder neu sortiert und auf Fehler kontrolliert. Einige Fälle waren noch nach Ahmeds Verschwinden in dem Stapel entsorgt worden, die würden meine Kollegen nach der Morgenkonferenz wieder auf ihren Schreibtischen finden. Aber für die fragliche Zeit blieb das Ergebnis dasselbe: Auf der Intensivstation der Humanaklinik wurde gemordet! Nun schwänzte ich gerade die tägliche Morgenkonferenz und konfrontierte Beate mit meiner Entdeckung. Die gefiel ihr ganz und gar nicht.

»Du verstehst doch was von Medizinstatistik, mein Lieber. Da gibt es, hast du mir selbst einmal erklärt, immer wieder Ausreißer, wenn man zu kurze Zeiträume betrachtet.«

Beates Reaktion überraschte mich nicht. Ihr Verleugnen war normal. Dass in einem Krankenhaus gemordet wird, ist generell unvorstellbar. Durch die Mitarbeiter erst recht nicht und im eigenen Krankenhaus schon gar nicht. Was nicht sein kann, kann eben nicht sein. Aber es blieb dabei: im Vergleich zu den Vorjahren über doppelt so viele Wiederbelebungen in den neun Monaten, die die Akten umfassten. Weit über die Hälfte mit tödlichem Ausgang. Ich hatte vergangene Nacht verschiedene Listen und Diagramme dazu gemacht. Den Kopf in beide Hände gestützt, starrte Beate auf meine Fleißarbeit, schüttelte wiederholt den Kopf und versuchte, einen Fehler zu finden oder eine harmlose Erklärung. Beides gab es nicht. Langsam musste sie die Realität der Zahlen akzeptieren.

»Das ist einfach unvorstellbar!« Beate schüttelte weiterhin den Kopf. »Du weißt, wenn das wahr ist und publik wird, überlebt die Humanaklinik das nicht.«

Ich konnte nur nicken. Wer würde noch als Patient in unsere Klinik kommen wollen? Außerdem stand wieder einmal eine Krankenhausstrukturreform an. Sie sollte gute Medizin honorieren, schlechte finanziell bestrafen, bis hin zur Schließung von Abteilungen oder sogar ganzer Häuser. Noch war unklar, wie man »gute« und »schlechte« medizinische Leistung halbwegs objektiv messen wollte, aber mutwillig herbeigeführte Todesfälle auf einer Intensivstation würden den Bürokraten in der Gesundheitsverwaltung ihre Entscheidung massiv erleichtern.

»O Gott, o Gott, o Gott!«

Stufe eins nach Kübler-Ross, verleugnen, war damit vorbei. Beate hatte die Tatsachen akzeptieren müssen. Nun kam lehrbuchgemäß Stufe zwei: Zorn und Ärger.

»Hast du nicht schon genug Schaden für die Klinik angerichtet mit deinem unseligen TV-Auftritt? Du solltest doch nichts weiter, als ein paar Akten formal abschließen, nicht wieder einmal Detektiv spielen!«

Ich sagte nichts, zwecklos. Die Phase Zorn und Ärger würde noch ein paar Sätze andauern. Beate war aufgestanden und tigerte durch ihr Büro.

»Mein Gott, war das zu viel verlangt? Kontrollieren, ob alle medizinischen Leistungen für die Abrechnung erfasst worden sind, ein kurzer Standardbericht, wenn sich schon irgendein Hausarzt beschwert hat, unterschreiben, dass die Akte abgeschlossen ist, Schluss!«

»Eben, Beate: unterschreiben. Ich lese mir die Dinge schon mal durch, die ich unterschreibe.«

Sie blieb stehen, schaute mich kurz an und verschwand plötzlich eilig in das büroeigene Badezimmer. Nach ein paar Minuten klopfte ich dort vorsichtig.

»Alles in Ordnung?«

Ziemlich blass tauchte Beate wieder auf und ließ sich auf ihren Schreibtischstuhl fallen.

»Tut mir leid, Felix« – wobei offen blieb, ob sie damit ihren Gang zum Bad oder ihre Vorwürfe gegenüber dem Schuldigen an der Misere, den Überbringer der schlechten Nachricht, meinte.

»Und nun? Was machen wir jetzt?«

Ich zuckte mit den Schultern. »Bevor du die Polizei einschaltest, würde ich mir jedenfalls gerne noch ein paar Sachen genauer anschauen. Die beschlagnahmen alles sofort und wir sehen die Akten auf Monate nicht wieder.«

»Großer Gott. Keine Polizei! Da können wir die Klinik auch gleich selbst dichtmachen.«

»Willst du einen Verbrecher decken? Einen Mörder?

Beate war wieder aufgesprungen.

»Selbstverständlich nicht. Aber du hast eben selbst gesagt, dass wir noch Zeit haben, ein paar Informationen mehr brauchen.« Sie wandte sich mir voll zu. »Hast du schon jemandem von der Sache erzählt? Außer mir, meine ich?«

Ich verneinte wahrheitsgemäß.

»Auch nicht Chefarzt Kleinweg?«

»Nein.«

Vor seinem Schädelhirntrauma und langen Koma wäre Kleinweg wahrscheinlich der Erste gewesen, mit dem ich gesprochen hätte. Aber seit diesem Unfall stand er wiederholt neben sich, hörte oft kaum zu oder missverstand, reagierte manchmal eigenartig. Weit hergeholt, doch wer garantierte mir, dass ihm jetzt nicht ab und zu eine Stimme irgendeine »Spezialbehandlung« bei einem unserer Intensivpatienten befahl? Aber ein anderer bot sich weit mehr als Hauptverdächtiger an, das hatte ich Beate schon berichtet.

»Du meinst also, es war dieser Doktor Ahmed?«

»Jedenfalls fallen diese Vorfälle in seine Zeit bei uns. Außerdem, sein plötzliches Verschwinden … und danach haben sich die Zahlen wieder normalisiert!«

Beate packte meine Listen und Diagramme zusammen und schob sie mir über den Schreibtisch zurück. Sie straffte den Oberkörper.

»Die Angelegenheit bleibt, falls es überhaupt eine Angelegenheit gibt, wenigstens vorerst in diesen vier Wänden. Keine Polizei, nichts zu den Kollegen, und um Gottes willen nichts zur Konzernmutter. Falls überhaupt was an der Sache dran sein sollte, ist dieser Ahmed ja jetzt weg.«

Beate war jetzt ganz Leiterin der Humanaklinik. Die Chefin. Auch wenn wir mal miteinander geschlafen hatten. Aber das war nur einmal geschehen und Jahre her, damals, während Celine im Irak verschwunden war.

Natürlich blieb »die Angelegenheit« nicht in Beates vier Bürowänden. Die Geschichte war genau das, was Beate unbedingt mit ihrer Freundin Celine besprechen würde. Und dann wäre Celine sauer, dass ich ihr nichts davon erzählt hätte. Außerdem hilft es oft bei der Lösung, mit jemandem über einen unklaren Sachverhalt zu sprechen, wie schon Heinrich von Kleist in seinem Essay »Über die allmähliche Verfertigung der Gedanken beim Reden« ausgeführt hat. Und letztlich wäre es sicher nützlich, wenn Celines analytischer Mathematikerinnenverstand die Sache durchleuchtete, zumal der in ihrem Beruf als Mathelehrerin unterfordert war.

Es war Samstagmorgen, ich hatte wie üblich Brötchen und Zeitung auf dem Weg zu Celine besorgt. Fast jeder in der Klinik kannte die Regeln unserer Beziehung: Wir vertrauten einander bedingungslos, verbrachten Urlaube und Wochenenden gemeinsam, waren aber nie zusammengezogen und gingen während der Woche getrennte Wege. Desto mehr gab es beim gemeinsamen Frühstück am Samstag zu erzählen.

Ich konnte Celine berichten, dass es Frau Zuckermann dank ihrer Dr.-House-Diagnose schon deutlich besser ging (laut Aussage meiner Kollegen, mich wollte sie ja nicht sehen), und gab ihr einen kurzen Überblick zu meinem Aktenstudium auf der Intensivstation, dem Gespräch mit Beate und deren »Keine Polizei«.

Celine muss sich keine Sorgen um ihr Gewicht machen, macht sie auch nicht. Mit Genuss biss sie gerade in ein reichlich mit Butter und Honig beschmiertes Brötchen. Ihre erste Frage zu meinem Bericht erstaunte mich allerdings.

»Wo habt ihr, Beate und du, über die Sache gesprochen?«

»Hä?«

Celine strich sich mit dem Zeigefinger ein wenig Honig aus dem Mundwinkel. »Was ich dich schon lange fragen wollte: Hast du eigentlich mal was mit Beate gehabt?«

»Hast du den Verstand verloren? Bist du prämenstruell? Menstruell? Postmenstruell? Hast du schlecht geträumt?« Ich verzichtete auf jede dieser aggressiven Gegenfragen und antwortete mit einem schlichten Nein. Wozu etwas eingestehen, das schon Jahre zurücklag, sich ohne tiefere Bedeutung aus der Situation ergeben hatte und von Beate danach als »Mitleidsex« bezeichnet worden war – und zwar Mitleid mit mir! Es gibt Geständnisse, die vielleicht das Gewissen des Geständigen entlasten, aber ansonsten alles nur schwierig machen.

Ebenso unvermittelt, wie Celine auf das Thema gekommen war, ließ sie es fallen und kam auf »die Angelegenheit« zurück.

Ich war inzwischen in den Klinikakten noch ein paar Jahre weiter zurückgegangen, und das Bild hatte sich bestätigt: Selbstverständlich schwankte die Zahl der Reanimationen von Jahr zu Jahr, aber nie um mehr als maximal zwanzig Prozent. Ja, bestätigte mir Celine, die Stichprobe wäre groß genug und es sei damit »sehr unwahrscheinlich«, dass die von mir gefundene Zunahme von fast hundert Prozent »eine Abweichung vom Sollwert« wäre, sie liege »zu weit außerhalb dieses Bereichs« und sei damit vermutlich nicht mehr zufällig.

»Dazu kommt«, ergänzte ich, »dass es zu einem großen Teil um Patienten geht, bei denen niemand mit der Notwendigkeit einer Wiederbelebung rechnete. Einige waren sogar für denselben oder den nächsten Tag für die Rückverlegung auf die Normalstation vorgesehen.«

»Und sonst? Hast du irgendwelche Übereinstimmungen unter den Opfern gefunden?«

»Es geht quer durch alle Altersgruppen, Männlein wie Weiblein, Herz-, Leber- oder sonst wie Kranke. Allerdings scheinen mir Juden eventuell überrepräsentiert. Erst sind mir nur Namen aufgefallen wie Rosenzweig und so. Daraufhin habe ich mir die Aufnahmebögen angeschaut. Niemand ist gezwungen, seine Religion anzugeben, aber viele Patienten tun es. Zum Beispiel Katholiken, die im Falle eines Falles auf eine letzte Ölung Wert legen. Oder eben gläubige Juden wegen der koscheren Ernährung.«

Ich ließ meinen Blick über unser Frühstück schweifen. Juden oder Mohammedaner hätten hier Schwierigkeiten. Veganer auch.

»Also, du meinst, es war dieser Arzt aus Gaza?«

»Wie gesagt, es geht um seine neun Monate auf der Intensivstation. Und natürlich sein plötzliches Verschwinden. Vielleicht haben seine Opfer Mohammedwitze gemacht …«

Celine warf ihre original italienische Kaffeemaschine für einen neuen doppelten Espresso an und musste die Stimme heben wegen des lauten Mahlwerks.

»Fragen wir ihn doch!«

Ich erklärte mich sofort einverstanden. Alles besser, als dass Celine noch einmal auf die längst verjährte Geschichte zwischen mir und ihrer Freundin Beate zurückkam.

8

Celine ist nicht nur Mathelehrerin. Sie ist unter anderem auch Verhörspezialistin, wie ich aus leidvoller Erfahrung bestätigen kann. Und zwar ganz ohne Stricknadeln unter die Fingernägel zu schieben. Leugnen zwecklos. Also war klar, für Celine wenigstens, dass sie mich zur Erkstraße begleitete.

Erkstraße 196 war die Adresse von Doktor Ahmed el Ghandur, die ich mir in der Personalabteilung besorgt hatte. Beates Büro liegt gleich am Übergang zum Bettenhaus, selten habe ich Grund, mich im Verwaltungstrakt dahinter herumzutreiben. So beeindruckt mich hier jedes Mal aufs Neue der Duft von frischem Kaffee und ruhigem Beschäftigtsein. Die meisten Patientenzimmer schauen auf den OP- und Labortrakt, die Mitarbeiter der Personalabteilung hingegen haben einen herrlichen Blick über die Havel und den Grunewald. Mit dem Argument »die Patienten sind hier für ein paar Tage, wir für immer« hatten sie sich beim letzten Umbau erneut erfolgreich gegen ihre Umquartierung gewehrt.

»Die Adresse von unserem Doktor el Ghandur wollen Sie?«

Leicht verträumter Blick der Sachbearbeiterin, offenbar eine der vielen weiblichen Fans unseres ehemaligen Gastarztes. Ich nickte und setzte mein freundlichstes Lächeln auf. Ohne Erfolg.

»Darf ich Ihnen leider nicht geben. Datenschutz.«

»Doch, dürfen Sie. Sonst rufen Sie Ihre Chefin an.« Ich wechselte zu meinem bösen Lächeln. »Die wird Sie lieben für Ihren wichtigen Anruf.«

Der übliche Bluff, aber er wirkte. Gut so, denn ich wollte nicht wirklich, dass Beate von meinen Aktivitäten Wind bekam, schließlich war alles, was sie wollte, die Sache begraben. Schlimm genug, dass Felix Hoffmann »die Angelegenheit« überhaupt ausgegraben hatte.

Ziemlich ratlos kurvten Celine und ich bereits zum zweiten Mal im Kriechtempo die Erkstraße in Neukölln entlang. »Ein Idiot könnte sich nicht so viele Spielarten ausdenken, um Verwirrung zu stiften«, hatte schon Mark Twain zum System der Hausnummerierung in Berlin bemerkt, und als dreißig Jahre später die Vorstädte eingemeindet wurden, machte das die Sache nicht besser. Trotzdem mussten wir schließlich einsehen: Ein Haus Erkstraße 196 gab es nicht.

»Vielleicht ein Zahlendreher. Fahr mal zur 169«, schlug Celine vor.

Die Hausbriefkästen und der stille Portier in Nummer 169 kannten keinen Ahmed el Ghandur, aber wenigstens gab es hier einen Dönerladen.

Ein paar Gäste an den Resopaltischen, ein Mann mit schlechten Zähnen hinter dem Tresen. Außer Celine und mir offenbar niemand ohne »Migrationshintergrund«. Ich bestellte uns je einen Chickendöner und fragte nach Ahmed.

»Ich Ahmed«, strahlte der Dönerbrater, »aber nicht Doktor. Gibt viele Ahmeds hier.« Einen Doktor Ahmed kenne er nicht. Seine Gäste an den Tischen schüttelten ebenfalls den Kopf.

Von mir unbemerkt, tauchte plötzlich aus dem Halbdunkel im hinteren Bereich des Ladens ein Rauschebart in langem Gewand mit einer Art Käppi auf dem Kopf auf und stellte sich uns in den Weg.

»Können Sie sich ausweisen?«

»Warum sollen wir uns ausweisen?«, fragte Celine, aber sie hätte genauso gut aus Luft sein können, Rauschebart ignorierte sie völlig. Aus der Nähe erkannte ich, dass Bart, Käppi und Nachthemd alles waren, was an dem Typ arabisch war. Also doch noch jemand ohne Migrationshintergrund außer uns.

»Würden Sie die Frage meiner Freundin beantworten? Warum sollen wir uns ausweisen – Ihnen gegenüber?«

Der konvertierte Salafist grinste schief. »Meinen Sie, ich weiß nicht, was Sie hier wollen? Was sind Sie? BND? Verfassungsschutz?«

»Weder noch. Wir suchen einen Kollegen, einen Arzt aus Palästina. Ahmed el Ghandur. Kennen Sie ihn? Wir müssen ihn dringend sprechen.«

Es blieb unklar, ob der Salafist mir den Kollegen glaubte oder unseren Ahmed kannte. Statt einer Antwort gab er mir ein Buch in blauem Einband.

»Diese Schrift hier beantwortet alle Ihre Fragen. Die wirklich wichtigen jedenfalls.«

Rauschebart hatte uns den Schuppen verleidet. Wir nahmen unseren Chickendöner mit ins Auto und fuhren Richtung Heimat.

Unterwegs blätterte Celine in dem noch nach Druckerschwärze riechenden Koran. Gerade knatterte ein Motorrad an uns vorbei, dessen Fahrer mit ausgebautem Schalldämpfer auf seine mangelhafte anatomische Ausstattung hinwies, da kicherte es neben mir.

»Endlich weiß ich, wo ›Arsch mit Ohren‹ herkommt!«

»Hä?«

»Hier, Sure 4, Vers 47: O ihr, denen die Schrift gegeben ward, glaubet an das, was Wir herabsandten, bestätigend, was ihr habt, bevor Wir eure Gesichter auswischen und sie ihren Hinterteilen gleich machen.«

Tja, die Schrift ward uns ja nun gegeben …

9

Am nächsten Morgen stellte ich beim Rasieren erleichtert fest, dass mir Allah nicht den Hintern über das Gesicht gezogen hatte. Wenigstens noch nicht. Vielleicht sah er ein, dass das Koranstudium schon etwas Zeit braucht.

Vorerst studierte ich jedoch erneut den von Ahmed hinterlassenen Aktenstapel. Unter anderem zu einer Frage, die Celine mir gestern zu Recht gestellt hatte, der ich jedoch in meiner Aufregung bisher nicht nachgegangen war.

»Sagen wir mal, dieser Doktor Ahmed hatte ein Motiv. Juden umbringen, weil die seine palästinensischen Brüder und Schwestern unterdrücken, und die anderen hatten sich vielleicht als Judenfreunde geoutet. Oder es ging um das hier ...« Celine blätterte in unserem neuen Koran. »Sure 2, Vers 191: ›Und erschlagt die Ungläubigen, wo immer ihr auf sie stoßt.‹ Aber: Hast du eigentlich eine Ahnung, wie er es angestellt hat, dass es überhaupt zu diesen Wiederbelebungsversuchen kommen musste?«

Also saß ich wieder an meinem aktuellen Arbeitsplatz, der Teeküche der Intensivstation, studierte und sortierte erneut die Akten. Gab es neben der Tatsache Wiederbelebung irgendwelche weiteren Übereinstimmungen? Art der Erkrankung, Beatmung ja oder nein, dito für Dialyse, Bluttransfusionen, eine bestimmte Medikation?

Besonders die Medikation prüfte ich jetzt genauer. Hatte Ahmed eventuell eine verrückte Idee, die ihm den Nobelpreis einbringen sollte? Oder den König-Faisal-Preis, die arabische Variante? Hatte er irgendein Medikament, das bisher nur gegen Akne oder Haarausfall bewährt war, als Wunderdroge für Intensivpatienten ausprobiert? Das ist ohne Ethikkommission und Einverständnis der Patienten natürlich unethisch und verboten, aber nicht beispiellos. Oder hatte er heimlich eine gut bezahlte Studie für einen Pharmakonzern durchgezogen? Auch fast unvorstellbar, aber eben nur fast.

Solche Aktivitäten würden jedoch kaum in den Akten festgehalten sein. Immerhin möglich, dass es einen Hinweis auf irgendeinem vergessenen Zettel oder eine Randnotiz in diesen Akten gab.

Gegen Mittag hatte ich jeweils vierzig grüne und vierzig gelbe Karteikärtchen. Grüne für die laufende Medikation zum Zeitpunkt der Wiederbelebungsaktion, gelbe für die während der Reanimation verabreichten Medikamente.

Mir war klar, dass die gelben Zettel nicht die ganze Wahrheit erzählten, während einer Reanimation gibt es Wichtigeres, als ein genaues Protokoll zu führen. Die tatsächlich erfasste Notfallmedikation zeigte jedenfalls keine Auffälligkeiten.

Ebenso keine Überraschungen bei der vorher laufenden Dauermedikation. Hier gab es viele Übereinstimmungen, aber keine, die über das hinausgehen, was bei Intensivpatienten zu erwarten ist. Deren Probleme gleichen sich unabhängig von ihrer Grundkrankheit: Kreislauf aufrechterhalten, Atmung am Laufen halten oder beatmen, die Funktion von Niere und Leber so gut wie möglich sichern, die Gerinnungsfunktion des Blutes und der Gefäßwände stabil halten. Sicher, bei manchen Patienten liefen Infusionen, deren Schnellerstellen oder Abstellen sie reanimationspflichtig gemacht hätte, aber ein Muster war nicht zu erkennen.

Und es fand sich weder ein vergessener Zettel noch eine Randnotiz zu einem Gespräch mit einer Pharmafirma oder zum Traum vom medizinischen Durchbruch. Auch nicht zu Ahmeds gegenwärtiger Adresse.

Es blieb dabei: Es wäre wichtig, mit Ahmed zu sprechen. Ich hatte längst alle gefragt, die mit ihm gearbeitet hatten. Aber niemand wusste etwas, nicht einmal sein direkter Vorgesetzter, Intensivchef Heinz Valenta. Auch Pfleger Johannes, mit dem er befreundet gewesen war, kannte die neue Anschrift nicht – angeblich jedenfalls. Doch mir kam eine Idee, wie ich eventuell doch noch an seine richtige Adresse kommen könnte. Dafür musste ich allerdings Beate aus dem Weg schaffen … wenigstens für zehn Minuten oder so.

10

Von Ausnahmen abgesehen, wusste ich ziemlich gut, wie Beates Arbeitstag ablief. Ein Blick auf die Uhr bestätigte, dass jetzt ein guter Zeitpunkt war, sie anzurufen. Ich hätte da möglichst gleich etwas Wichtiges mit ihr zu besprechen »in der Angelegenheit, du weißt schon«.

»Ist das wirklich so dringend, Felix? Ich ertrinke hier in einem Berg unerledigter Akten.«

»Dann hast du eine Mittagspause umso nötiger. Frische Energie tanken und so.« Es folgte mein für Beate unwiderstehlicher Köder. »Ich lad dich auch zum Nachtisch ein.«

»Na schön. In zehn Minuten in der Cafeteria. Gnade dir, wenn es nicht wirklich dringlich ist!«

Ich gab ihr die zehn Minuten, dann wanderte ich hinüber zum Verwaltungstrakt. Die Kombination für Beates Bürotür kannte ich, nicht besonders originell, aber gut zu merken: 0815. Wie erwartet, war das Büro leer. Ich verlor keine Zeit und wählte die Nummer von Frau Moser, Personalabteilung.

»Hallo Frau Moser. Hier ist Kriminalkommissar Czernowske, Sie erinnern sich sicher an mich. Ich rufe Sie aus dem Büro Ihrer Chefin an« – das konnte Frau Moser an der Rufnummererkennung an ihrem Apparat ablesen. Die kleine verbale Pantomime, die ich am Anfang des Telefonats aufgeführt hatte, während ich den Hörer von der linken in die rechte Hand wechselte – »bitte, lassen Sie mich gleich mit ihr sprechen, danke!« – hätte ich mir vermutlich sparen können. Bestimmt erinnerte man sich in der Personalabteilung gut an den nervigen Kriminalkommissar Czernowske. Schließlich hatte der schon oft genug und jedes Mal recht penetrant in der Humanaklinik ermittelt.

Frau Moser wollte etwas sagen, ich ließ sie nicht zu Worte kommen. »Es ist äußerst dringlich. Ich brauche sofort die Adresse des Arztes Doktor Ahmed el Ghandur, der hier bis vor kurzem gearbeitet hat.«

Würde Frau Moser mir beziehungsweise dem Kriminalkommissar Czernowske wieder mit Datenschutz kommen? Kam sie nicht. Aber sie verriet dem Kommissar, dass erst vorgestern ein Arzt des Hauses genau dieselbe Adresse wissen wollte.

»Ach ja? Das ist höchst interessant, wenn auch nicht ganz unerwartet. Auf jeden Fall macht es die Sache noch dringender.«

Ich ließ mir den Namen dieses neugierigen Arztes geben – »Hoffmann mit einem oder zwei f?« – und notierte brav erneut die nichtexistente Hausnummer 196 in der Erkstraße. Vom Gang her näherten sich Schritte. Schnell musste ich noch meine eigentliche Frage beantwortet bekommen.

«Sagen Sie, Frau Moser, hat dieser Doktor el Ghandur in letzter Zeit seine Adresse geändert? Ich meine, haben Sie eventuell noch eine ältere Adresse von ihm? – Ach, tatsächlich? Und wann war das?«

Das Klack-Klack der Schritte vom Flur her endete – direkt vor der Tür.

»Ja, bitte geben Sie mir die auch.«

Ich hörte, wie die 0815 eingegeben wurden, während Frau Moser mir die alte Adresse diktierte. Anzengruberstraße 196. Der Nummer 196 war er also treu geblieben, der gute Ahmed.

Die Tür ging auf, Beate schaute mich verduzt an.

»Also, das war sehr hilfreich. Haben Sie vielen Dank!« Ich legte auf.

»Was machst du denn hier?«

Nun war es an mir, erstaunt dreinzuschauen.

»Na, auf dich warten. Wir waren zum Lunch verabredet, schon vergessen?«

»Klar sind wir zum Lunch verabredet. In der Cafeteria.«

»Ja, und dahin wollte ich dich von hier abholen.«

»Nee, da wollten wir uns treffen. Hast du dich bei Klein-weg angesteckt?« Beate ließ sich auf ihren Schreibtischstuhl fallen. Tatsächlich verschwand sie fast hinter den Akten-stapeln, die sich vor ihr auftürmten. »Was hattest du denn so dringlich mit mir zu besprechen?«

Da ich mich nicht wirklich mit Beate hatte treffen wollen, traf mich die Frage unvorbereitet.

»Äh – ich meine, also unser Doktor aus Palästina hat wohl bevorzugt Juden seine Sonderbehandlung zukommen lassen.«

Die böse Ironie des Begriffs schien Beate zu entgehen. Entnervt griff sie nach der obersten Akte eines ihrer Stapel, signalisierte damit ihr Desinteresse.

»Und das war so dringlich?«

»Na, du wolltest doch auf dem Laufenden gehalten werden in der Angelegenheit.«

Ungeduldig begann Beate, mit harten Strichen ihres Kugelschreibers die Akte zu bearbeiten.

»Soweit ich mich erinnere, solltest du die Angelegenheit ruhen lassen und endlich die verdammten Fälle formal ab-schließen. Dieser Doktor Ahmed ist verschwunden und bleibt es hoffentlich.«

Ich erhob mich. »Tut mir leid. Da muss ich dich falsch ver-standen haben.«

Kopfschüttelnd sah mir Beate nach, als ich ihr Büro ver-ließ. Bestimmt überlegte sie, ob ich mich in punkto Erinne-rungsvermögen tatsächlich bei Kleinweg angesteckt hatte. Oder ob sie mich fragen sollte, mit wem ich eigentlich eben telefoniert hatte. Ich beschleunigte meinen Abgang.

11

Der Adressenwechsel unmittelbar vor seinem Verschwinden machte Ahmed noch verdächtiger. Und natürlich erst recht, dass es diese neue Adresse gar nicht gab. Diesmal würde ich allerdings vor einem Besuch prüfen, ob wenigstens die alte Adresse, die mir Frau Moser eben gegeben hatte, tatsächlich existierte.

Aber vorher wollte ich, wenn möglich, der Frage näherkommen, zu der die Patientenakten keinen Hinweis gaben: Wie hatte Ahmed diese Menschen in eine Situation gebracht, in der sie wiederbelebt werden mussten?

Ahmed würde seinen Opfern kaum einfach ausreichend lange ein Kissen auf Mund und Nase gedrückt haben, und ohnehin wird die Mehrzahl der Patienten auf der Intensivstation maschinell beatmet. Unterbräche man bei ihnen die Verbindung der Beatmungsmaschine zum Tubus in der Luftröhre oder klemmte den Beatmungsschlauch ab, würde gut vernehmbar der Beatmungsalarm ertönen. Nein, es musste irgendein Medikament sein, höchstwahrscheinlich eine Substanz zum Spritzen. Eventuell verdächtige Einstichstellen entstünden nicht, alle Patienten haben mehr als einen Zugang, also mehr als einen Plastikschlauch in einer Vene.

Doch wie diese Substanz finden? Zumal aus meiner Liste bisher nur hervorging, dass sich insgesamt die Zahl der Reanimationen zu Zeiten Ahmeds verdoppelt hatte, es aber weiter unklar blieb, bei welchen Patienten nachgeholfen worden war. Insgesamt hatten weniger als die Hälfte der reanimierten Patienten die Intensivstation lebend verlassen. Diese Überlebenden hatten die Substanz längst ausgeschieden, die Toten jedoch hatten sie mit ins Grab genommen – sofern sie nicht eingeäschert worden waren. Bei einigen wäre sie also wahrscheinlich noch nachweisbar. Müsste ich nun, ohne Polizei und Anordnung vom Staatsanwalt, wie Frankenstein nachts Leichen auf dem Friedhof ausbuddeln? Celine wäre sicher mit Begeisterung dabei.

Erfreulicherweise gab es eine Lösung, die weder Staatsanwalt noch nächtliches Buddeln erforderte. Wie gesagt, wir sind ein akademisches Lehrkrankenhaus, und ich habe ebenfalls schon erwähnt, dass wir für eventuelle wissenschaftliche Auswertungen Serumproben insbesondere auch von Patienten, bei denen, ob erfolgreich oder nicht, eine Reanimation stattgefunden hat, tiefgefroren aufbewahren. Alles, was ich zu tun hatte, war, mir im Klinikkeller die richtigen Serumproben zusammenzusuchen und jemanden zu finden, der sie analysierte.

Der Keller ist alles, was nach den Bomben des Zweiten Weltkriegs von der damaligen Klinik übrig geblieben ist – heute würde man von Kollateralschaden sprechen. Im Grunde handelt es sich nicht um einen einfachen Keller, sondern um ein weit verzweigtes System unterirdischer Räume, die man damals entweder zusätzlich gebaut oder eilig mit Beton verstärkt hatte. In den letzten Kriegsmonaten wurden hier Arme und Beine amputiert oder Kinder per Kaiserschnitt zur Welt gebracht, zumeist ohne Narkose, hatte mir die inzwischen verstorbene Schwester Käthe erzählt. Heute zeugen von diesen Zeiten nur noch die gasdichten und häufig klemmenden Bunkertüren, mit Handkurbel zu bedienende Luftfilter und eine Beleuchtung, die in manchen Abschnitten zuverlässig, in anderen nicht ganz so zuverlässig funktioniert. Das unterirdische Labyrinth gilt als mindestens so gruselig wie ein Friedhof bei Nacht, unsere Schwestern weigern sich selbst tagsüber, die Serumproben hierhin zu bringen. Nachts haben auch wir Ärzte weder Lust noch Zeit dazu, also bleiben die Proben dann im Tiefkühler auf der Intensivstation in der Hoffnung, dass sich am nächsten Tag jemand ihrer erbarmt. Oder wir vertrauen die Kellermission einem unserer Medizinsklaven frisch von der Uni an. Trotz gegenteiliger Gerüchte sind sie alle früher oder später wieder aufgetaucht.

Die Suche nach den Serumproben übernahm ich selbst. Den Schlüssel für die entsprechende Tiefkühltruhe musste ich mir von Valenta geben lassen, der ihn nur widerwillig herausrückte.

»Was willst du denn mit den alten Proben anstellen?«

»Endlich was für meinen längst fälligen Nobelpreis tun.«

Wenigstens hielt ich mich an mein Versprechen gegenüber Beate, »die Angelegenheit« auch gegenüber meinen Kollegen geheim zu halten. Große Begeisterung schien Valenta für mein angeblich wissenschaftliches Interesse nicht aufzubringen. Falls er mir das überhaupt abnahm.

Im Keller angekommen, musste ich feststellen, dass der Schlüssel nicht für die Tiefkühltruhe passte. Auf dem Rückweg zur Intensiv stieß ich an der Kellertür fast mit Valenta zusammen.

»Tut mir leid. Habe ich verwechselt. Hier ist der richtige.«

Zurück an der Tiefkühltruhe war es nicht überraschend, dass ich nicht zu allen Reanimierten die entsprechende Serumprobe fand. Einige hatten es wahrscheinlich gar nicht erst bis in den Keller geschafft, andere dürften falsch eingeordnet worden sein. Aber mit einundsiebzig von zweiundachtzig gesuchten war meine Ausbeute ausreichend, falls nicht ein System hinter den fehlenden Proben steckte. Nun musste ich es nur noch ohne Rattenbiss aus dem Keller schaffen und einen Dummen finden, der mir diskret und kostenlos die einundsiebzig Seren untersuchte. Das ohnehin überlastete Kliniklabor kam dafür aus nahe liegenden Gründen nicht in Frage.

Ich packte die Röhrchen in eine Kühltasche und fuhr zu Micha. Klar würde der sich freuen, wieder einmal seinen alten Kollegen Felix zu sehen.

12

»Mensch, schön dich zu sehen, Felix. Welche Ehre, dass mich der berühmte TV-Doktor besucht!«

Micha umarmte mich herzlich. Wir hatten seinerzeit zeitgleich in der Humanaklinik angefangen, ich bei den Internisten, er als Laborarzt. Unter dem damaligen Laborchef Dohmke hatte Micha es nicht allzu lange bei uns ausgehalten und schon vor Jahren sein eigenes medizinisch-diagnostisches Labor eröffnet. Es war bekannt für besonders schwierige oder nur selten angeforderte Untersuchungen, die für ein Kliniklabor zu aufwendig waren, und für die ausgesucht hübschen MTAs, die er offenbar von einer Model-Agentur bezog. Wie immer trug Micha Krawatte, Seide selbstverständlich.

»Erinnere mich nicht an den TV-Auftritt!«

»Einverstanden. Dann eben willkommen, Doktor House!«

Tja, manche Dinge sprechen sich schnell herum.

»Das war eigentlich Celines Verdienst«, musste ich gegenüber einem so guten Freund zugeben.

»Ist wahr? Aber hätte ich mir denken sollen. ECD kennt doch außer mir in Deutschland keine Sau.« Wie häufig bei Micha war nicht klar, ob er scherzte oder im Gegensatz zu mir wirklich dieses ECD gekannt hatte. »Schade nur, dass du Celine nicht mitgebracht hast.«

Ich öffnete die Kühlbox und holte eine Flasche Veuve Clicquot heraus. »Nee, nur die alte Witwe, meine letzte Flasche Dankbare-Patienten-Schampus. Sieht schlecht aus mit Nachschub, zurzeit habe ich weder dankbare noch undankbare Patienten.«

Auch das war Micha bekannt. In der medizinischen Gemeinschaft läuft nicht weniger Klatsch als beim Frisör um die Ecke.

»Sei doch froh – keine Patienten! Die verderben einem nur die Freude an der Medizin. Warum sonst, meinst du, bin ich Laborarzt geworden?«

Wir genehmigten uns den Schampus, tauschten weiteren Medizintratsch aus und gedachten der Zeiten, wo alles so viel besser funktioniert hatte. Doch letztlich wusste Micha, dass dies kein reiner Freundschaftsbesuch war. Spätestens der Veuve Clicquot hatte mich verraten.

»Und was hast du sonst noch so in deiner Kühlbox?«

»Genau das wüsste ich gerne von dir. Sind Serumproben.«

»Geht's ein bisschen genauer?«

»Es sind Seren von Intensivpatienten, die reanimiert worden sind. Zum Teil erfolgreich, zum größeren Teil nicht. Die Frage ist: Gibt es eine Substanz, die nicht in der protokollierten Medikation des jeweiligen Patienten auftaucht, aber in vielen dieser Seren?«

Ich schob Micha meine grünen und gelben Kärtchen mit Dauer- und Akutmedikation der Patienten über den Tisch. Er sah sie sich kurz an.

»Na, das ist einfach. Ich erfinde schnell mal eine Methode, mit der ich all die auf deinen Karten aufgeführten Medikamente irgendwie binde und aus den Seren extrahiere. Dann dasselbe für alle körpereigenen Stoffe, die drin sein dürfen, wie Transporteiweiße, Hormone, Gerinnungsstoffe und und und – und simsalabim, irgendetwas bleibt am Ende übrig. Mehr als ein paar Monate oder Jahre sollte das nicht dauern.«

»Vielleicht können wir es etwas einengen. Es dürfte um ein Medikament gehen. Ein Medikament, das auch in höherer Dosierung nicht absolut tödlich ist, wenn das Opfer sofort reanimiert wird. Das Zeug kommt wahrscheinlich in Ampullen und dürfte auf Intensiv verfügbar sein.«

»Ich fürchte, Felix, du musst mir erklären, worum es

44

eigentlich geht. Vielleicht fällt mir dann ein, wie ich dir helfen kann.«

Okay, streng genommen hatte ich Beate nur versprochen: »keine Polizei« und »nichts zu den Kollegen in der Klinik«. Für Micha galt beides nicht. Außerdem hatte er vollkommen recht. Je mehr er wüsste, desto besser meine Chancen, dass er helfen könnte – und würde.

Also fasste ich die Sache kurz zusammen: die wundersame Verdopplung der Reanimationen während Ahmeds Zeit auf Intensiv, sein Verschwinden, die nicht existente Erkstraße 196.

»Nehmen wir einmal an, dein Doktor Ahmed steckt dahinter. Irgendein Motiv?«

Ich zitierte Celine, beziehungsweise den Koran und seine Anweisung, wie man mit Ungläubigen umzugehen habe.

»Liest du keine Zeitung, Felix? Der Islam ist eine zutiefst friedliche Religion.«

»Ja, sicher. Dann ist Ahmed wahrscheinlich die berühmte Ausnahme. Oder er hat den Koran missverstanden.«

Aus einem Laborkühlschrank, vollgestopft mit bunten Chemikalien, besorgte Micha Schampus-Nachschub. Wieder Veuve Clicquot, allerdings Gold Label. So um die hundert Euro das Fläschchen.

»Darauf müssen wir anstoßen!«

Das taten wir. Ich mit etwas schlechtem Gewissen, weil an einen Sekt-Ignoranten wie mich schon mein Yellow Label eine Verschwendung gewesen war. Micha hingegen lächelte zufrieden.

»Letzte Frage. Warum sollte ich das machen mit deinen Serumproben? Selbstverständlich sofort und pro bono, wie ich dich kenne.«

Ja, es war ein Fehler, dass ich ohne Celine gekommen war. Ich kenne keinen Mann, der Celine einen Wunsch abschlagen würde.

»Weil du ein guter Freund bist. Weil auch du meinst, wer

das gemacht hat, sollte nicht ungeschoren davonkommen. Und weil du schon genug Seidenkrawatten hast.«

»Schön. Ich will sehen, was ich tun kann. Aber ruf mich jetzt nicht andauernd an, Felix. Ich melde mich, sobald ich was für dich habe.«

13

Wir hatten uns vergewissert, dass in der Anzengruberstraße die Hausnummer 196 wirklich existierte. Nun konnten wir nur hoffen, dort auch wirklich auf unseren Doktor Ahmed zu stoßen.

»Übrigens könnte ich ziemlichen Ärger bekommen, wenn deine Freundin Beate von unserem Ausflug erfährt. Also, bitte: kein Wort!«

Celine warf mir einen Blick von der Seite zu: Wie konnte ich so etwas auch nur denken! Der Ausdruck wurde verstärkt durch den mal stärkeren, mal schwächeren Schatten unter den Augen, der bei ihr nicht an einen verschreckten Waschbären, sondern eher an ein besonders raffiniertes Make-up erinnerte.

Während Celine uns durch den Berliner Verkehr zur Anzengruberstraße steuerte, hatte ich Zeit, sie wieder einmal heimlich zu betrachten. Ihre Schönheit war ebenso natürlich wie offensichtlich. Die Schatten unter den Augen verstärkten den südländischen Gesamteindruck. Vater Spanier vielleicht, Mutter aus Israel? Falsch und falsch. Kaum zu glauben, dass die Großeltern mit ihrer kleinen Tochter im Januar 1945 bei minus 25 Grad über das gefrorene Haff aus Ostpreußen geflüchtet waren. Und diese Tochter, Celines Mutter, dann einen Hamburger Kaufmann geheiratet hatte.

»Was guckst du mich so an?«

»Äh?«

»Wir sind übrigens da. Kommt dir die Gegend bekannt vor?«

Geschickt parkte Celine ein. Wir standen fast genau vor dem Dönerladen, in dem man uns vor ein paar Tagen mit dem Buch zum rechten Glauben versorgt hatte. Ahmed hatte wenig Fantasie bewiesen mit der Wahl der falschen Adresse, Erkstraße 169 war gleich um die Ecke. Eigenartig, dass Döner-Ahmed ihn angeblich nicht kannte. Hatte unser Ahmed ihn entsprechend instruiert? War unser Ahmed Vegetarier? Oder stimmte auch diese Adresse nicht?

An den Hausbriefkästen in der Nr. 196 jedenfalls fanden wir seinen Namen nicht. Doch wir hatten Glück: Als wir unser weiteres Vorgehen besprachen, kam eine ältere Dame mit ein paar Aldi-Tüten angeschleppt.

»Wen suchen Sie denn?«

»Doktor Ahmed el Ghandur«

»Dritter Stock links«, kam es wie aus der Pistole geschossen. »Hab ihn allerdings schon länger nicht mehr gesehen.«

Dankbar trug ich der Frau ihren Einkauf bis vor die Tür, erster Stock. Im dritten Stock dann aber kein Ahmed el Ghandur am Klingelschild, weder links noch rechts. Wir klingelten links. Überraschend schnell wurde uns die Tür überraschend weit geöffnet.

»Ich bin Doktor Hoffmann von der Humanaklinik. Und das ist …«

»Ja, Doktor. Ich warte schon. Komm rein.«

Celine schaute mich fragend an, ich konnte nur mit den Schultern zucken. Doktor Ahmed war das jedenfalls nicht. Dieser Mann hier war deutlich kleiner und vermutlich Türke. Hinter ihm versteckt, lugte jetzt sein noch kleinerer Klon hervor, wahrscheinlich sein Sohn.

»Komm schnell, Doktor!«

Wir folgten dem aufgeregten Mann plus Klon in ein vollkommen überheiztes Schlafzimmer. Im Bett eine Frau um die vierzig, mit Kopftuch und auch sonst bis zum Hals dick eingepackt.

Ich setzte mich zu ihr auf die Bettkante. Entweder hatte die Frau hohes Fieber oder sie schwitzte lediglich unter ihrer Kleidung und der dicken Daunendecke. Offensichtlich jedenfalls hatte sie Schmerzen.

»Wo?«

Die Frau deutete mit dem Zeigefinger auf den Kopf. Dann auf die Brust. Danach auf Bauch, Arme, Beine. Das uns aus der Klinik nur zu bekannte Ganzkörpersyndrom.

»Und wo ganz viel?«

Kopf, Brust, Bauch, Arme, Beine. Aha. Es wäre schön gewesen, wenigstens schon einmal den Blutdruck zu messen. Ersatzweise begann ich, durch das Nachthemd vorsichtig den Bauch abzutasten.

»Vay! Vay! Vay!« Aha. So viel Türkisch kann inzwischen jeder Arzt in Deutschland, dass er weiß, dass »Vay!« unserem »Aua« entspricht.

»Du kein Werkzeug dabei? Instrumente?«, fiel dem kleinen Mann auf.

Vom Hausflur hörte ich lautes Stampfen, dann flog die Tür auf. Der Mann hatte in seiner Aufregung wohl die Wohnungstür offen gelassen.

»Hier bei Özmir?«

Ich drehte mich um. Zwei stämmige Rettungssanitäter der Berliner Feuerwehr und meine Rettung – Valenta!

»Was machst …?«

Ich fiel dem Notarzt ins Wort, betont förmlich.

»Herr Kollege, gut, dass gerade Sie kommen. Ein dringender Fall. Wahrscheinlich hoch infektiös!«

Valenta schaute nach wie vor irritiert, dann hatte er halbwegs verstanden. Jedenfalls spielte er mit.

»Alle raus hier!«

Ich schob den Ehemann mit mir vor die Tür und beruhigte ihn.

»Herr Doktor ist Spezialist. Alles wird gut.«

Celine war inzwischen nicht untätig gewesen. Was uns hier wirklich interessierte, hatte sie längst vom Sohn des Hauses in Erfahrung gebracht. Ja, bis vor drei Monaten war das die Wohnung von Doktor Ahmed gewesen. Der hätte ihnen auch sein Auto verkauft (das kannte ich, ein alter Mercedes Diesel Typ Bombe im Kofferraum). Nein, die gegenwärtige Adresse von Doktor Ahmed kannte der Sohn nicht.

»Aber die steht doch sicher auf dem Kaufvertrag für das Auto«, meinte Celine.

Also fragten wir Herrn Özmir.

»Ja, Adresse ist in Vertrag. Aber warum Sie wollen wissen? Adresse ist Privatsache, oder?« Manchmal funktioniert Integration eben doch!

Ich nahm den Hausherren beiseite, zückte meinen Arztausweis und setzte eine bedeutende Miene auf.

»Hören Sie, Herr Özmir, die Sache ist sehr ernst. Ich darf Ihnen keine Einzelheiten verraten, aber Doktor el Ghandur hat sich in unserer Klinik mit einem gefährlichen Virus infiziert. Deshalb müssen wir ihn so schnell wie möglich finden.«

Der Arztausweis ist mehrsprachig, auch in Türkisch. Der Mann war trotzdem nicht völlig überzeugt. Zeit für Celine.

»Dieser Virus ist hoch infektiös ... ansteckend. Vielleicht hat Doktor Ahmed auch Ihre Frau angesteckt ... oder Ihren Sohn!«

Der kleine Mann holte den Kaufvertrag.

14

»Doktor Hoffmann?«

Falls Ahmed el Ghandur über den Besuch eines ehemaligen Kollegen erfreut war, wusste er das gut zu verbergen. Auch sichtbare Freude wäre schwer zu erkennen gewesen, hatte er die Tür doch lediglich einen Spalt breit geöffnet und hielt sie in dieser Position fest.

Vor ein paar Jahren hätte man den Umzug in ein Hinterhaus im Neuköllner Schillerkiez nicht unbedingt als Verbesserung der Wohnsituation gegenüber der Anzengruberstraße bezeichnet. Aber längst war der Flughafen Tempelhof Geschichte, es dröhnten keine Flugzeuge mehr nur hundert Meter hoch über die Schillerpromenade, und man hatte begonnen, die Gegend in ihren ursprünglichen Zustand als »die schönste Wohngegend Rixdorfs« zurückzusanieren. Auch der Begriff Hinterhaus hatte seine negative Bedeutung verloren, stand nun für wohnliche Ruhe inmitten des hippen Neukölln. Statt Sperrmüll beherrschten Schatten liebende Rhododendron den Hof.

»Wie haben Sie mich gefunden?«

Als Antwort lächelte Celine ihn an, klappt fast immer. »Dürfen wir reinkommen?«

Aber eben nur fast. »Eigentlich wollte ich gerade ...«

Es fiel Ahmed nicht ein, was er eigentlich gerade wollte. Bestimmt nicht uns hereinbitten, so viel war offensichtlich. Ohne passende Ausrede blieb ihm jedoch keine Wahl, nur ein schwaches »Viel Zeit habe ich nicht ...«

»Keine Sorge. Wir haben nur ein paar Fragen.«

Doktor Ahmed führte uns in die Küche. Offenbar hatte er die Wohnung weitgehend möbliert übernommen, die Küche wenigstens war perfekt eingerichtet. Ich erwartete, dass er uns wenigstens einen Tee anbieten würde, arabische Gastfreundschaft und so, tat er aber nicht.

»Wie haben Sie mich gefunden?«

Das schien ihn mehr zu interessieren als die angekündigten Fragen.

»War nicht ganz einfach«, gab ich zu. Ohne wenigstens einen Tee sah ich keinen Grund, konkreter zu werden. »Die Sache ist die, Ahmed: Sie haben, als Sie gegangen sind, eine Menge unerledigter Akten hinterlassen.«

»Das waren nicht alles meine Patienten. Die Kollegen haben mir einfach auch ihre Fälle für das Schreiben der Hausarztberichte und so weiter untergeschoben.«

»Ja, die gute alte Hackordnung. Jedenfalls habe ich jetzt die Aufgabe, an Ihrer Stelle diese Akten abzuschließen. Da habe ich die eine oder andere kurze Frage.«

Ich zog einen Stapel Patientenakten aus meinem Rucksack und begann mit zwei, drei unkritischen Fällen. Zweimal konnte ich angeblich seine Schrift nicht lesen, dann ging es um eine chirurgische Konsiliaruntersuchung, die offensichtlich zu einem anderen Patienten gehörte. Ahmed schien sich zu entspannen. Umso mehr, als Celine ein wenig mit ihm plauderte, während ich, bewusst unbeholfen à la Inspektor Columbo, nach der nächsten Akte suchte oder meinen Stapel neu sortierte. Im Gegensatz zu dem Salafisten in der Dönerbude nahm Ahmed Celine sehr wohl wahr, und Celine genoss sein Interesse und unsere abgesprochene Variante von böser Bulle – guter Bulle. Schließlich bot uns Ahmed sogar einen Arak aus Ramallah an. Alkohol in der Wohnung eines Moslems? Ich war erstaunt, hielt aber den Mund. Es war an der Zeit, zum eigentlichen Thema zu kommen. Schließlich war ich der böse Bulle.

Bei der ersten Akte, in der das Patientenschicksal mit einer versuchten Wiederbelebung geendet hatte, reagierte Ahmed noch vollkommen natürlich, versuchte sich zu erinnern, kannte aber – behauptete er – den Fall nicht. »Wieder so eine untergeschobene Akte!« Beim nächsten Reanimationsfall meinte er sogar, sich zu erinnern. Erst als ich ihm gleich darauf mit zwei weiteren Reanimationen kam, war es vorbei mit seiner Entspanntheit.

»Versuchen Sie mir etwas anzuhängen, Kollege Hoffmann? Warum geht es plötzlich nur noch um Reanimationen?«

»Das ist einfach, Kollege Ahmed: Weil sich während Ihrer Zeit auf unserer Intensivstation die Zahl der Reanimationen mehr als verdoppelt hat. Aber leider nicht der Erfolg. Im Gegenteil.«

Wie sollte ich Ahmeds Blick interpretieren? Ungläubig? Wütend? Entsetzt?

»Und an allen diesen Reanimationen, meinen Sie, war ich beteiligt? Oder nur an den erfolglosen?«

»Sagen Sie es mir.«

Natürlich hatte ich die Dienstpläne mit den Reanimationen abgeglichen. Aber Dienstpläne sind weniger als die halbe Wahrheit, ein beträchtlicher Teil des Arbeitstages eines Klinikarztes besteht darin, vorgesehene Dienste überhaupt und gelegentlich auch sehr kurzfristig zu tauschen. Selbstverständlich ging ich nicht davon aus, dass Ahmed an allen Reanimationen beteiligt gewesen war. Schließlich musste es noch die geben, die auch ohne sein Zutun stattgefunden hatten.

Ahmed sah mich weiter an, schüttelte den Kopf.

»Sie meinen, ich habe Patienten mit Absicht in die Situation gebracht, wo eine Reanimation gemacht werden musste. Und die war vielmal ohne Erfolg?«

Ich blickte wortlos zurück.

»Warum sollte ich so etwas getan haben? Das ist doch vollkommen verrückt!«

Ja, vollkommen verrückt. War Ahmed vielleicht vollkommen verrückt?

»Jedenfalls sind auffällig viele Juden unter den Opfern.«

»Ich verstehe. Ich bin aus Gaza, also ist mein Hauptberuf nicht Arzt, sondern Juden umbringen. Aber wenn ich Sie richtig verstehe, Kollege Hoffmann, geht es um Wiederbelebung, nicht um Töten. Wenn Sie also meinen, alle Araber wollen möglichst viele Juden töten, passt das nicht mit der Wiederbelebung, oder?«

Dieser Punkt war auch mir immer noch unklar.

»Na ja, vielleicht doch. Man kann dem Patienten zum Beispiel eine Substanz verabreichen, die zwar zu einer Wiederbelebungssituation führt, die Wiederbelebung selbst aber ziemlich aussichtslos macht.«

Es entstand eine Pause, für eine ganze Weile sagte keiner von uns etwas.

»Warum«, nahm Celine das Gespräch wieder auf, »haben Sie eigentlich den Ahmed aus dem Dönerladen in der Erkstraße instruiert, Sie auf Nachfrage nicht zu kennen?«

Hatte er oder hatte er nicht? Ahmed gab keine Antwort, es kam zu einer erneuten Pause. Ohne die hätten wir das Geräusch wahrscheinlich gar nicht gehört, eine Art Kratzen vielleicht, vom Flur her. Aber ehe ich das näher zuordnen konnte, wurde klar, dass ich bei Ahmed offenbar doch einen Nerv getroffen hatte. Er sprang auf, wollte sich in Richtung Wohnungstür aus dem Staub machen.

Nicht mit Celine! Die schob kurz ihr Bein vor und mit ziemlichem Getöse knallte Ahmed gegen den Küchentisch. Schnell fing er sich jedoch, rannte zur Wohnungstür und riss sie auf. Ich hinterher. Deutlich war zu hören, wie jemand eilig die Treppe hinunterpolterte, dann schlug unten die Haustür zu.

Ahmed sah jetzt ziemlich blass aus.

»Was war denn das?«, fragte ich.

»Keine Ahnung. Sicher ein Kinderstreich.«

Seinem verstörten Gesichtsausdruck nach glaubte er das allerdings selbst nicht. Zumal das Poltern die Treppe hinunter für ein Kind viel zu schwer gewesen war.

Inzwischen stand auch Celine an der Wohnungstür. Ahmed sah die Gelegenheit, uns loszuwerden.

»Haben Sie sonst noch Fragen? Weitere Beschuldigungen?«

»Vorerst nicht. Es sei denn, Sie haben mir etwas zu sagen.«

»Ich habe Ihnen nichts zu sagen. Aber eine Frage habe ich an Sie. Es können ja nicht alle Patienten Juden gewesen sein. Weshalb habe ich nach Ihre Meinung die anderen umgebracht?«

»Was weiß ich. Vielleicht haben die Witze über den Propheten gemacht. Oder Sie folgen einfach dem Koran und töten so viele Ungläubige wie möglich.«

Ein Lächeln umspielte jetzt Ahmeds Lippen. Er war wohl tatsächlich verrückt. Oder heißt das streng gläubig?

Wir waren schon auf der Treppe, als er uns doch noch etwas zu sagen hatte.

»Übrigens, Kollege Hoffmann, bin ich Christ. Wie meine Eltern und deren Eltern.«

Damit schloss Ahmed el Ghandur die Tür hinter uns und wir hörten, wie er sie doppelt verriegelte.

15

»Kann tatsächlich sein, dass Ahmed kein Moslem ist. Laut Wikipedia sind etwa 1,6 Prozent der Bevölkerung in Palästina Christen und eine vierfache größere Zahl palästinensischer Christen lebt im Ausland. Zu denen gehörte er dann wohl.«

Während ich uns zwei Cappuccini geholt hatte, war Celine im Internet fleißig gewesen. Wir saßen fast direkt gegenüber dem Eingang zu Ahmeds Haus in einem dieser Starbucks-Imitate, die inzwischen so zahlreich und schnell überall auftauchen wie erst vor ein paar Jahren ihr Vorbild. Einmal, weil wir den Parkautomaten vorhin für zwei Stunden gefüttert und damit Ahmeds Gesprächsbereitschaft deutlich überschätzt hatten. Aber auch, um in alter Krimi-Manier zu beobachten, wie Ahmed gleich aus dem Haus gestürmt kommen würde und wir ihn verfolgen und das Rätsel lösen könnten. War aber bisher nicht geschehen.

»Wenn er tatsächlich Christ ist und kein Moslem«, meinte Celine, »macht das deine Theorie mit Juden und andere Ungläubige umbringen eher unwahrscheinlich.«

Das stimmte. Wenigstens zurzeit steht Juden töten nicht auf der christlichen Agenda. Auch wenn das in Deutschland nicht so furchtbar lange her ist. Trotzdem sah ich meine Theorie nicht widerlegt.

»Ich kann mir kaum vorstellen, dass die Christen in Palästina die israelischen Besatzer als willkommene Gäste in ihrem Stückchen Land sehen. Könnte ein palästinensischer Christ nicht auch zur Fatah oder Hamas gehören? Zur PLO?«

Celine drehte eine Locke um den Zeigefinger. »Ich weiß

nicht. Irgendwie kommt mir Ahmed nicht wie ein durchge-
knallter Terrorist vor.«

»Gib's zu. Du findest ihn attraktiv und willst ihn nicht als
Täter sehen.«

»Ich finde ihn nicht attraktiv. Der Bursche *ist* attraktiv.
Sehr sogar!«

»Also kann er nicht der Täter sein?«

»Mit diesen Augen?«

Klar, Celine wollte mich nur ein wenig reizen. Dass wir
seit Jahren ein Paar waren, bedeutete ja auch für mich nicht,
attraktive Frauen zu ignorieren.

»Okay, vielleicht ist das mit den Juden unter den Toten
Zufall. Wie gesagt, eventuell hatte er eine heimliche Medika-
mentenstudie am Laufen, eventuell sogar für die Pharmaindustrie. Denn falls Ahmed nichts mit der Sache zu tun hat,
auch wenn die während seiner Zeit bei uns gelaufen ist:
Warum hat er dann die Klinik so überstürzt verlassen? Nur
keine Lust, die vielen Akten abzuschließen? Warum der
plötzliche Wechsel der Adresse kurz zuvor? Und nun hat er
schon wieder eine andere Wohnung? Er wollte ganz offensichtlich nicht gefunden werden.«

Celine wischte sich mit der Zungenspitze den Milch-
schaum von der Oberlippe. Niedlich anzusehen, aber kein
wirkliches Argument. Also fuhr Staatsanwalt Hoffmann
mit der Aufzählung seiner Indizien fort.

»Natürlich hat er den Typ von der Dönerbude instruiert,
ihn nicht zu kennen. Spricht das für ein gutes Gewissen?
Eine reine Weste? Und dann, wollte er eben nicht abhauen?
Und hätte es geschafft, wenn du ihm nicht ein Bein gestellt
hättest?«

»Ich denke eher, dass ich ihm damit Unrecht getan habe.
Da war doch ein Geräusch, kurz bevor Ahmed aufgesprungen ist, richtig? Ich glaube, da hat sich jemand am Türschloss
der Wohnung zu schaffen gemacht. Das dürfte er gehört
haben und deshalb wollte er zur Tür. Und wenn ich ihm

nicht mein Bein in den Weg gestellt hätte, wüssten wir jetzt möglicherweise mehr. Du hast doch das Poltern im Treppenhaus gehört? Sein Gerede vom Kinderstreich hat mich jedenfalls nicht überzeugt.«

Innerlich schmollte ich zwar, dass Celine wenigstens einen Punkt meiner Beweiskette gegen Ahmed gekillt hatte, musste ihr aber recht geben. Unausgesprochen wenigstens.

»Könnte doch ein zufälliges Zusammentreffen gewesen sein von Flucht- und Einbruchsversuch. Oder was immer das war.«

Celine warf mir einen mitleidigen Blick zu. Leider zu Recht.

Wir hatten unsere Cappuccini ausgetrunken, unser Beobachtungsobjekt war nicht aufgetaucht.

»Und jetzt?«, fragte sie.

»Wenn unsere Parkzeit abgelaufen ist, ist es nach 18 Uhr, das Parken bis zum Morgen kostenlos. Also machen wir es uns in deinem Wagen gemütlich, alle zwei Stunden ist Wachwechsel. Und unsere wasserdichten Pappbecher hier nehmen wir mit. Für nächtliche Bedürfnisse.«

»Du spinnst, oder?«

»Keine Lust auf Abenteuer?« Mir war selbst nicht klar, ob ich meinen Vorschlag ernst gemeint hatte. »Na schön. Dann fahren wir jetzt.«

»Moment noch. Wo du es erwähnt hast ...« Celine marschierte in Richtung Toiletten.

In der Regel ist es irritierend, dass Frauen kurz vor dem Aufbruch nach wohin auch immer noch unbedingt zur Toilette müssen. Diesmal aber war ihr Timing fast perfekt – sonst wären wir schon fort gewesen, als jetzt doch Ahmed vor dem Haus erschien, die Straße überquerte, in ein Auto stieg und mit quietschenden Reifen losfuhr. Die quietschenden Reifen waren dem Wagen angemessen: ein Porsche 911 Carrera!

Ein Porsche Carrera? Den dürfte er sich garantiert nicht

vom Gehalt der Humanaklinik geleistet haben. Belohnte die Hamas beziehungsweise Fatah ihre erfolgreichsten Kämpfer mit Sportwagen? Oder kam das Geld von der Pharmaindustrie für eine besonders diskret durchgeführte Studie? Wie auch immer, und ob Christ, Moslem oder am Ende Buddhist: Doktor Ahmed el Ghandur war auf der Liste möglicher Täter porscheschnell wieder nach ganz oben gerutscht.

16

»Sag mal, Valenta, was kostet eigentlich ein Porsche Carrera?«

Wenn es um Luxus ging, war Heinz Valenta der richtige Ansprechpartner. Er bekam zwar das gleiche Gehalt wie ich, hatte aber reich geheiratet – und nach dem Tod seiner Frau vor gut drei Monaten entsprechend geerbt.

»Willst du dir endlich ein anständiges Auto zulegen, Felix? Gute Idee. Aber doch keinen Porsche. Das ist 'ne Karre für Kieferchirurgen oder Kriminelle.«

Mit Kriminellen konnte er recht haben.

»So hunderttausend?«

»Leg lieber noch ein paar Euro drauf, wenn du wenigstens einen Rückspiegel dran haben willst.«

Valenta begann, mir Alternativvorschläge zu machen. Die konnte ich mir genauso wenig oder noch weniger leisten. Dann wurde er ernster.

»Wie kommst du eigentlich auf Porsche?«

Wieder einmal enthob mich Schwester Manuela einer Antwort, die uns mit elegantem Hüftschwung auf dem Klinikflur entgegenkam. Wieder einmal war es Mittwoch geworden und wieder einmal ich hatte meinen Studentenunterricht vergessen. Besser: wie üblich verdrängt.

Ursprünglich waren mir zehn Studenten zugeteilt worden, relativ regelmäßig erschienen acht. Heute waren es nur zwei, beides junge Frauen im Gothik-Look. Ihre Kommilitonen, gaben sie schließlich zu, hätten sich andere Dozenten gesucht, wegen »Sie wissen schon ...« Also hatte sich meine TV- beziehungsweise Youtube-Prominenz nun auch unter den Studenten herumgesprochen.

Hinsichtlich des *bedside-teaching* bedeutete das einen

Vorteil: Für zwei Studenten brauchte ich nur einen Patienten. Da war Herr Kowalik genau der richtige. Kowalik war sozusagen Stammgast mit seiner CCL. Das heißt chronisch-lymphatische Leukämie und ist bei älteren Menschen nicht so furchtbar aggressiv, bedarf trotzdem immer wieder einmal einer stationären Behandlung. Patienten mit chronischen Leiden werden über die Jahre Spezialisten für ihre Erkrankung, kennen alle Untersuchungsmethoden, können alle Symptome schildern, sind ein kompletter Lehrbuchersatz. Als positiver Nebeneffekt für den Unterricht kam noch die zunehmende Demenz von Herrn Kowalik hinzu. Die betraf fast ausschließlich sein Kurzzeitgedächtnis und war etwas, das der alte Herr einfach nicht wahrhaben wollte. Er war der perfekte Kandidat!

»Guten Morgen, Herr Kowalik. Noch einmal vielen Dank, dass Sie sich für den Studentenunterricht zur Verfügung stellen. Hier sind die beiden jungen Damen, die ich Ihnen gestern Abend angekündigt habe.«

Nie im Leben würde er zugeben, dass er sich an diese Zustimmung nicht erinnern konnte – auch wenn er dieses Mal damit recht hätte. Er lächelte höflich, mehr als bereit, selbst jungen Damen mit schwarz lackierten Fingernägeln und Smokey Eyes seine Krankengeschichte zu erzählen.

Mindestens eine Stunde würde ich jetzt meine Ruhe vor den beiden haben, denn Herr Kowalik hatte viel zu berichten. Insofern war es etwas übertrieben gewesen, als ich gegenüber Beate behauptet hatte, nicht einmal die Alzheimer würden sich von mir behandeln lassen.

Umso überraschender, dass die Studentinnen nur eine knappe Viertelstunde später wieder auftauchten, beide ziemlich aufgelöst.

Kleinlaut fragten sie mich, was Priapismus bedeute.

»Das ist eine Dauererektion des männlichen Gliedes, sehr unangenehm. Entsteht zum Beispiel durch eine Thrombose in der abführenden Vene. Und Thrombosen, das wissen Sie, sind keine seltene Komplikation bei chronisch-lymphatischer Leukämie.«

Ich konnte mir grob vorstellen, was passiert war, die Studentinnen schilderten verlegen die Details. Was denn für ihn bei seiner Erkrankung das Unangenehmste sei, hatten sie ihn mitfühlend gefragt.

»Die Schwäche, die Müdigkeit, die Behandlungszyklen sind nicht schön. Am schlimmsten aber ist, wenn ich diesen verdammten Priapismus bekomme.«

Wie gesagt, chronisch kranke Patienten werden schnell zu Spezialisten ihrer Erkrankung und lassen entsprechend auch gerne den einen oder anderen medizinischen Fachbegriff einfließen. Junge Ärzte aber, und insbesondere Medizinstudenten, geben ungern Wissenslücken zu, tasten sich lieber durch Fragen zur Antwort vor. Als Herr Kowalik sich also über seinen »verdammten Priapismus« beschwerte, hatten die Studentinnen ihn gefragt, wie der sich bei ihm bemerkbar mache.

»Nein, du hast gefragt, wie er sich bei ihm zeigt!«

Egal, Herr Kowalik fühlte sich auf den Arm genommen. Wenn er das auch drastischer ausgedrückt hatte.

»Wollen Sie mich verarschen? Verlassen Sie sofort mein Zimmer!«

Natürlich taten mir die beiden leid, ihre Maskara-Bemalung hatte sich aufgelöst und lief in schwarzen Schlieren ihre weiß gepuderten Gesichter hinunter. Trotzdem konnte ich kaum ein Grinsen unterdrücken.

»Nun wissen Sie wenigstens, was Priapismus ist, und werden es nie vergessen. Und glauben Sie mir, Sie werden im Laufe der Zeit schlimmere Erlebnisse am Krankenbett haben.«

Am Abend musste ich noch immer über die Geschichte schmunzeln. Bis das Telefon klingelte. Es war unser ehemaliger Kollege Ahmed.

»Doktor Hoffmann?«

»Ja?«

»Da gibt es doch etwas, über das ich gerne mit Ihnen sprechen würde. Hat mit Ihren Fragen zu den Reanimationen zu tun.«

»Interessant. Was wollen Sie mir dazu erzählen?«

»Das möchte ich nicht am Telefon sagen. Können Sie zu mir kommen? Am besten heute noch?«

Was war seit gestern geschehen? Was hatte der gute Ahmed vor? Auf jeden Fall wäre es mehr als unvorsichtig, jetzt in die Dunkelheit hinauszustürmen.

»Heute geht das bei mir nicht. Aber morgen Nachmittag würde ich schaffen. So gegen fünf Uhr?«

»Mir wäre es wirklich wichtig, wenn Sie gleich vorbeikommen könnten.«

Mein ungutes Gefühl nahm zu.

»Daraus wird nichts. Aber morgen gegen fünf. Bis dann.«

17

Statt wie angekündigt um fünf, standen Celine und ich am nächsten Tag gegen vier Uhr vor Ahmeds Tür. Die Stunde früher war Celines Idee gewesen.

»Falls er was Böses vorhat, uns irgendeine Falle stellen will, können wir ihn vielleicht noch dabei überraschen.«

Schon allein diese gute Idee, redete ich mir ein, rechtfertigte, dass ich Celine von Ahmeds Anruf erzählt hatte. Außerdem würde die Begleitung einer attraktiven Frau und Verhörspezialistin sicher nicht schaden. Oder suchte ich in Wahrheit nur Rückendeckung, setzte ausgerechnet meine Freundin einem Risiko aus? Aber es gab kein Zurück mehr.

»Bei unserem letzten Besuch hat er doch auch nicht versucht, uns umzubringen«, argumentierte Celine.

»Stimmt, nur ist er dieses Mal auf den Besuch vorbereitet.«

Genauso pragmatisch wie ihr »Fragen wir ihn doch!« vor unserem Besuch vorgestern kam von Celine jetzt: »Finden wir's raus!«

Während wir warteten, dass Ahmed auf unser Klingeln an seiner Wohnungstür reagierte, fiel mir noch etwas ein, das mich störte. Außer einer gewissen Preisvorstellung zu Sportwagen von Porsche kamen wir nicht mit mehr Informationen als vorgestern. Ungeduldig wartete ich schon seit Tagen auf die Laborergebnisse von Micha. Ungewöhnlich, dass der so lange brauchte.

»Klingel noch mal. Und länger.«

Auch das hatte keinen Erfolg.

»Wahrscheinlich ist er mit den Vorbereitungen zu unserer Exekution noch nicht fertig«, frotzelte Celine und lehnte sich gegen die Tür. Da ging sie auf! Aber es war kein Ahmed zu sehen, der uns freundlich hereinbat.

»Das gefällt mir nicht.«

»Wie jetzt – stehst du lieber vor verschlossenen Türen?«, lästerte Celine und stieß die Tür mit dem Fuß komplett auf.

»Ahmed?«

Keine Antwort. Auch sonst war nichts aus der Wohnung zu hören, nur ein wenig Verkehrslärm von der Straße. Ein Stockwerk höher oder tiefer lief eine Quizshow im Fernsehen.

»Doktor el Ghandur?«

»Ich glaube, er meint, wir sollten schon einmal reingehen und uns setzen. Bestimmt holt er nur noch frischen Kuchen für unser Kaffeekränzchen.«

Celines Stimme verriet, dass sie in Wahrheit ebenso angespannt war wie ich. Was erwartete uns, wenn wir die Wohnung betraten? Ein Stolperdraht, der eine Sprengung auslöste? Ein Doktor el Ghandur, der zwei vermeintliche Einbrecher in Notwehr erschießen würde? Unschlüssig sahen wir einander an.

»Ich mach mich gleich nass«, flüsterte Celine. »Aber ich glaube trotzdem, dass wir nachgucken müssen. Vielleicht braucht er sogar Hilfe.«

Ganz als Feigling wollte ich nun auch nicht dastehen. Also tat ich einen – sehr kurzen – ersten Schritt in die Wohnung. Dann einen ebenso kurzen zweiten, dicht gefolgt von Celine.

»Ahmed?«

»Doktor el Ghandur?«

Wir fanden ihn im Schlafzimmer. Er lag im Bett, vollständig angezogen. Die Einschusswunde saß direkt unter der Nase.

Ich trat näher an die Leiche, dabei stieß ich mit dem Fuß gegen etwas, das dabei unter das Bett rutschte.

»Das war die Pistole«, informierte mich Celine und kramte aus ihrer Jackentasche eine Haarspange hervor. »An der willst du bestimmt keine Fingerabdrücke hinterlassen.«

Auf allen vieren angelte ich mit der Haarspange nach dem Ding.

»Hat sie so gelegen?«

»Ich denke schon. So in etwa wenigstens.«

»Nicht andersrum? Oder dichter am Bett?«

»Keine Ahnung«

Ich sah mir den toten Ahmed näher an. Eine relativ kleine Eintrittswunde, Kaliber 22 oder vielleicht 32 schätzte ich. Direkter Aufsatzschuss, man sah nur die Brandspuren, wo die Pistolenmündung aufgesetzt worden war, keine Schmauchspuren. Der Schmauch war direkt in den Schusskanal hineingepresst.

Natürlich suchte ich routinemäßig nach einem Puls, den es schon lange nicht mehr gab. Die Fingergelenke waren bereits steif. Dann versuchte ich, Ahmeds Unterarme zu bewegen, danach die Beine. Hier war die Totenstarre noch nicht komplett.

»Mausetot. Seit sechs bis zehn Stunden, so in etwa.«

Celine sagte nichts.

Vorsichtig drehte ich Ahmeds Kopf ein wenig.

»Keine Austrittswunde. Ein Ringelschuss. Er dürfte direkt den Hirnstamm oder das Kleinhirn getroffen haben. Schneller Tod. Fachmännisch ausgeführt. Nicht so ein blöder Schuss in die Schläfe, nach dem du lediglich blind durch die Gegend taperst.«

Celine sagte noch immer nichts. Sie sah mich überrascht an. Ich hob die Schultern.

»Medizinisches Allgemeinwissen.«

Wir schauten uns um. Gab es einen Abschiedsbrief, am besten mit Geständnis? »Es tut mir leid, es war falsch, was ich den armen Menschen auf der Intensivstation angetan habe. Ich konnte nicht mehr mit meiner Schuld leben.« Vielleicht, vielleicht auch nicht. Das Wenige, was wir an Handschriftlichem entdeckten, war auf Arabisch. Möglich, dass er sein Geständnis dem Handy auf dem Fensterbrett anvertraut hatte. Für mich verständlich waren lediglich ein paar Kassenbons von Aldi, der Vertrag mit dem Käufer Özmir für den alten Mercedes und eine Mahnung des Stromversorgers auf dem Schreibtisch.

»Hat Ahmed uns nicht erzählt, er sei Christ?«

Celine hatte ihre Suche nach dem Abschiedsbrief auf das Bücherregal ausgedehnt.

»Ja, hat er.«

»Und trotzdem studiert er den Koran?«

Celine nahm das Buch aus dem Regal. Es sah ziemlich genau so aus wie das Exemplar, das uns der Salafist im Dönerladen aufgedrängt hatte.

»Hoppla, was ist denn das? Der Koran steckt wirklich voller Überraschungen.«

Ich trat zu ihr. Aus den Seiten war ein Hohlraum ausgeschnitten worden, etwa zwei mal vier Zentimeter und zwei Zentimeter tief. In diesem Versteck lag eine leere Ampulle. Der Aufdruck verriet ihren ehemaligen Inhalt: Ajmalin, ein Medikament zur Behandlung von Herzrhythmusstörungen.

»Pst!«

Unnötig, Celine hörte es auch. Schwere Schritte kamen die Treppe herauf. Direkt vor Ahmeds Wohnungstür hielten sie inne, dafür polterte etwas Massives zu Boden. Wir hielten die Luft an.

»Brauchst du Hilfe, Harry?«

Die Stimme kam offenbar vom Stockwerk über uns.

»Nein, geht schon wieder.«

Ein kurzes Haruck, dann wieder die schweren Schritte, die den Aufstieg mit ihrer Last fortsetzten.

»Ich denke, wir verschwinden jetzt besser. Koran plus Inhalt nehmen wir mit.«

Wir horchten an der Wohnungstür, alles war still. Vorsichtig traten wir hinaus in das Treppenhaus.

»Moment. Bin in zwei Sekunden zurück«, flüsterte Celine und verschwand noch einmal in der Wohnung. Ich stöhnte lautlos. Musste sie ausgerechnet jetzt und unbedingt hier auf die Toilette? Aber sie tauchte tatsächlich nach wenigen Sekunden wieder auf und lächelte maliziös.

»Jetzt können wir.«

Die Wohnungstür ließen wir, wie wir sie vorgefunden hatten, angelehnt.

Auf der Straße zückte ich mein Smartphone.

»Um den Rest soll sich die Polizei kümmern!«

»Ist das Ding etwa eingeschaltet?«

War es, wie eigentlich immer, nicht. Zu groß das Risiko, an einem freien Tag in die Klinik gerufen zu werden.

»Dann lass es aus und steck es sofort wieder weg«, zischte Celine und zog mich weiter die Schillerpromenade hinunter.

18

»Klar geben wir der Polizei Bescheid, aber von einer Telefonzelle aus«, sagte Celine, als wir uns ein wenig von der Schillerpromenade entfernt hatten. »Irgendwo gibt es hier sicher noch eins.«

Wieder wollte ich mich nützlich machen und mein Smartphone über Google nach einer entsprechenden Antiquität in der Nähe befragen. Klar, wieder falsch.

»Lass das verdammte Ding stecken. Noch nie was von der Speicherung von Verbindungsdaten gehört? Willst du, dass die Polizei herausfindet, dass wir keine hundert Meter von Ahmeds Wohnung entfernt waren? Was hatten wir hier zu suchen? Kamen wir vielleicht gerade aus seiner Wohnung? Waren wir das, die seinen Tod gemeldet haben? Und wenn ja, warum nicht direkt aus der Wohnung, warum sind wir nicht dort geblieben?«

Ob *ihr* Smartphone eigentlich ausgeschaltet war, brauchte ich Celine nicht zu fragen. Als treue Followerin von WikiLeaks und allem, was an Snowden-Enthüllungen jemals veröffentlicht worden ist, trug sie es wahrscheinlich sogar getrennt vom Akku mit sich herum.

Tatsächlich fanden wir auch ohne Smartphone und Google eine Telefonzelle. Fünfzig Cent verlangte der Apparat für die erste Minute, was für ein Wucher! Celine sprach nur einen kurzen Satz. »Es gibt einen Toten, Kopfschuss. Schillerpromenade 48, zweiter Stock links.« Dann legte sie auf.

»Genug Nervenkitzel für heute«, fand ich. »Was hältst du von einem leicht angewärmten Cognac bei mir?«

»Ein Schluck Alk oder zwei für die Nerven, keine schlechte Idee. Aber eigentlich … Ich würde gerne beobachten, wie die Sache weitergeht.«

Also saßen wir keine fünf Minuten später wieder in dem Starbucks-Imitat gegenüber von Ahmeds Wohnhaus. Der Vorteil dieses Imitats gegenüber dem Original war unter anderem die Berücksichtigung europäischer Gebräuche und Bedürfnisse – es gab nicht nur Kaffee in jeder Geschmacksrichtung wie bei Starbucks, sondern auch Kaffee mit Schuss.

Wir wärmten unsere Finger an einem Pharisäer, das ist Kaffee mit ein wenig Rum, und beobachteten die andere Straßenseite.

»Warum bist du eigentlich eben noch einmal in die Wohnung zurück?«

»Überleg mal. Ist nicht so schwierig.«

Mit mehren Versuchen lag ich daneben, Celine schüttelte jeweils nur freundlich lächelnd den Kopf. Ich hätte sie auf der Stelle umbringen können! Schlechtes Timing, denn gerade kam ein Streifenwagen mit quietschenden Reifen vor der Nummer 48 zum Stehen, mit Blaulicht, ohne Sirene. Zwei Beamte sprangen heraus und stürmten in das Haus gegenüber. Kaum eine Minute später ein zweiter Streifenwagen, gleiches Bild.

Gerade hatte mich der Pharisäer ein wenig entspannt, schon wurde mir wieder mulmig.

»Meinst du nicht, es ist zu gewagt, dass wir hier sitzen, praktisch am Tatort?«

»Ach Felix! Wir sitzen in der ersten Reihe, das ist alles. Da hat sich jemand ein Loch in den Kopf geschossen, und sofort wird die Polizei das gesamte Viertel absperren, niemand kann rein oder raus, alle werden verhört, besonders scharf die, die im Kaffeeschuppen gegenüber was mit Alkohol trinken … Und zum Schluss kommt unser alter Freund Kommissar Czernowske, erkennt uns natürlich sofort, und schon sitzen wir im Knast.«

Celine hatte meine Befürchtungen mehr oder weniger richtig zusammengefasst. Immerhin gab sie dann doch zu, dass ihr beim Anblick der Leiche zunehmend übel geworden war.

»Viel hätte nicht gefehlt und die schlaue Polizei müsste herausbekommen, ob die Kotze neben dem Bett zu der Leiche gehört!«

»Sei froh, dass es kein größeres Kaliber war. Dann gibt's keinen Ringelschuss, sondern einen Krönleinschuss. Der gesamte Schädelknochen wäre geplatzt und die könnten jetzt Ahmeds Hirn von der Tapete kratzen. Das nennt man hydrodynamische Sprengwirkung, kommt vom großen Wassergehalt im Gehirn.«

Gegenüber hielt jetzt ein grauer Opel Zafira in zweiter Spur, dem zwei Zivilisten entstiegen. Kripo, nahm ich an.

»Schönen Dank für die Ausführungen, Doktor Hoffmann. Ich hatte gerade überlegt, ob ich mir einen Blaubeermuffin hole. Hat sich erledigt. Jetzt kannst du mir auch gleich noch erzählen, was ein Ringelschuss ist. Dann hab ich's hinter mir.«

Also erklärte ich kurz den Ringel- oder auch Konturschuss. Wegen des kleinen Kalibers durchschlägt die Patrone auf der anderen Seite nicht den Schädelknochen, sondern fährt praktisch Karussell an ihm entlang. Deshalb gab es keine Austrittswunde.

»Woher weißt du so gut in forensischer Medizin Bescheid? Dein Hang zum Makaberen?«

Ich wollte gerade antworten, da betraten die zwei Polizisten, die vorhin als Erste eingetroffen waren, das Starbucks-Imitat. Hatte ich es doch gewusst! Aber sie holten sich nur zweimal Irish Coffee to go. Alkohol im Dienst!

»Nee, im Gegenteil. Gerichtsmedizin interessierte und interessiert mich nicht die Bohne, aber seinerzeit gab es noch nicht die ganzen TV-Serien dazu. Also bin ich im Staatsexamen bei Gerichtsmedizin durchgefallen und habe zur Wiederholungsprüfung entsprechend gebüffelt. Ich könnte dir auch ausführlich was über die verschiedenen Grade der Verwesung erzählen oder über Todeszeitfeststellung bei Wasserleichen.«

»Ja, unbedingt. Erinnere mich dran, wenn wir mal wieder schick essen gehen.«

Drüben hielt jetzt ein Kleintransporter. Männer in weißen Ganzkörperanzügen schleppten mit ernster Miene Metallkoffer in die Nr. 48. Spurensicherung, das kennt der Fernsehzuschauer. Offenbar nahm die Polizei die Sache richtig ernst. Hatten die Ahmed in ihrer Terroristendatei?

»Was ist das eigentlich, das Zeug, das im Koran versteckt war?«

»Eine leere Ampulle Ajmalin. Damit behandelt man Herzrhythmusstörungen. Wird aber heute nur noch selten angewendet.«

»Und warum, meinst du, hat Ahmed die leere Ampulle so gut versteckt?«

»Das würde ich auch gerne wissen. Die Polizei wird jetzt sowieso in der Klinik herumschnüffeln. Mit der Koran-Ampulle würde sie dabei sicher tiefer schürfen, als uns im Moment lieb sein kann.«

Ich klopfte auf meine Jackentasche, um mich zu vergewissern, dass Koran plus Inhalt dort weiterhin sicher verstaut war. Gegenüber tauchte einer der Männer im Ganzkörperanzug wieder auf und holte einen weiteren Metallkoffer aus dem Kleintransporter. Mir schien, dass er dabei direkt zu uns schaute. Was sicher Quatsch war, trotzdem wäre ich gerne endlich von hier verschwunden. Aber mit Celine: keine Chance.

»Du auch noch einen Latte spezial?«, fragte sie.

»Na schön. Aber unbedingt einen Spezial.«

Celine wollte gerade aufstehen, um die Bestellung zu beschleunigen. Ich hielt sie fest, umschlang sie mit beiden Armen und küsste sie inniglich wie schon lange nicht mehr. Wenn auch überrascht, ließ sie es sich gefallen. Bis es ihr ein bisschen zu lange wurde. Vorsichtig versuchte sie sich aus meiner Umarmung zu befreien.

»Noch nicht«, flüsterte ich ihr zu. »Gerade ist Czernowske hereingekommen!«

Dem mussten wir hier wirklich nicht über den Weg
laufen.

19

Es war vorauszusehen: Irgendwann gegen Abend war Celine der ihr im Starbucks-Imitat umständehalber entgangene Blaubeermuffin eingefallen und auch bei mir hatte sich der Hunger gemeldet. So saßen wir jetzt – wo sonst – bei unserem Stammitaliener Luigi, zusammen mit meiner Chefin, unserer gemeinsamen Freundin Beate, und deutlich mehr auf den Tellern als einem Muffin. Die Scampis à la Luigi sind unübertroffen.

»Jedenfalls ist er tot, unser Doktor Ahmed?«, vergewisserte sich Beate nach unserem Bericht.

»Mausetot.«

»Und ihr meint, Selbstmord?«

»Es spricht alles dafür. Der Kopfschuss war fachmännisch ausgeführt, gute anatomische Kenntnisse. Nur wenn du sicher den Hirnstamm triffst, setzt du sofort die Hirnautonomie außer Kraft, bist augenblicklich handlungsunfähig, auch nicht mehr zu einer reflexartigen Reaktion in der Lage, zum Beispiel noch schnell das Zündkabel an deiner Bombenweste zu ziehen. Deshalb ist der Genickschuss so beliebt, nicht nur beim KGB oder wie die sich jetzt nennen.«

»Ahmed hat sich selbst ins Genick geschossen?«, fragte Beate ungläubig.

»Nein, er hat unmittelbar unter der Nase angesetzt. Das führt die Kugel ebenfalls direkt zum Hirnstamm. Ins Ohr oder durch den Mund gerade an den Gaumen geht auch. Nur nicht im letzten Moment verwinkeln!«

Es ärgerte mich ein bisschen, wie cool unsere Verwaltungsleiterin meine Erklärungen zu effizienten Killertechniken aufnahm, und setzte noch einen drauf.

»Gerne wird statt Pistole ein Eispickel genommen oder

eine kräftige Metallfeile. Aber egal womit, Hauptsache: Hirnstamm.«

Beate lächelte weiterhin freundlich, vielleicht brauchte sie es plastischer. »Zur Sicherheit sollte man das Instrument dann einmal kräftig um 360 Grad drehen.«

Auch diese Vorstellung schien meiner Chefin den Appetit nicht zu verderben. »Könnte ihm nicht jemand anderes direkt unter die Nase geschossen haben?«

»Hätte eine gewisse Entfernung zum Kopf bestanden, hätten wir Schmauchspuren auf der Haut gesehen. Da waren aber keine.«

»Wie auch immer«, Beate lutschte mit Genuss an einer gegrillten Scampischale, ehe sie das Tier auspackte, »unser Problem, also ich meine das der Klinik, ist damit gelöst. Keine weiteren suspekten Reanimationen, keine Fragen mehr zu dem, was war. Ich meine, eventuell war. Angeblich war.«

Dabei schaute sie mich zwar freundlich, aber direkt an, damit ich auch wirklich verstünde. Die Sache wäre jetzt endgültig vorbei, *case closed*.

»Willst du die nicht mehr? Kann ich die haben?«

Bei Celine war der Appetit offensichtlich vollkommen wiederhergestellt, während sich vor mir noch reichlich Scampis langweilten. Ich schob ihr meinen Teller über den Tisch und sprach aus, was mir auf dem Magen lag.

»Schlimm finde ich, dass wir, beziehungsweise ich, Ahmed in den Tod getrieben haben. Ich meine, hätten wir ihn nicht aufgestöbert und mit seinen Reanimationen konfrontiert … oder wäre ich wenigstens schon gestern Abend zu ihm gefahren, wie er eigentlich wollte, wer weiß …«

»Das ist es, was für mich irgendwie keinen Sinn ergibt«, sagte Celine und leckte sich die Finger ab. »Warum soll er dich zu sich einladen, angeblich, um dir etwas Wichtiges zu erzählen, und sich dann vorher umbringen? Damit du seine Leiche findest? Was soll das?«

Ich unterdrückte ein Stöhnen. Celine und ihre Verschwörungstheorien!

»Tu nicht so, Felix. Ich sehe doch genau, was du denkst. Also sag mir doch mal, Herr Gerichtsmediziner: Ist deine Selbstmordtheorie wasserdicht? Kann nicht auch eine dritte Person die Pistole so dicht aufsetzen, dass an der Einschussstelle keine Schmauchspuren entstehen?«

Ausgeschlossen wäre das nicht, musste ich zugeben. »Aber, wie gesagt, Mörder bevorzugen in der Regel den Genickschuss.«

»Aber doch nicht, wenn es nach Selbstmord aussehen soll.«

Nun konnte ich mein Stöhnen nicht mehr unterdrücken.

»Und wer sollte ihn deiner Meinung nach umgebracht haben?«

»Was weiß ich. Die Israelis, weil er Palästinenser war. Die Fatah, weil er bei der Hamas war. Die Hamas, weil er zur Fatah gehörte. Der Ehemann einer Geliebten. Eine verlassene Geliebte ...«

Ich schüttelte den Kopf. »Frauen benutzen in aller Regel Gift, Celine, keine Pistolen.«

Wieder schmunzelte Beate. Was war so komisch an meiner Feststellung? Celine hatte das nicht bemerkt und spekulierte weiter.

»Oder es war jemand, der verhindern wollte, dass er mit uns spricht!«

Falls sie damit recht hatte, kam ziemlich gut die Person infrage, mit der wir hier saßen und die mich gerade aus blauen Augen unter blonden Locken unschuldig anlächelte. Unsere gemeinsame Freundin Beate.

Teil 2

Der Rhythmus des Todes

20

Sicher hatte ich irgendwelche Albträume. Dass ich kurz nach Mitternacht schweißgebadet aufwachte, war jedoch nicht einem Albtraum geschuldet, sondern einer Erkenntnis, die sich im Halbschlaf in mein Hirn eingeschlichen hatte: Die Polizei war gerade dabei, ein Indiz zu entdecken, das mich unleugbar mit dem Tod von Ahmed in Verbindung brachte. Und wenn nicht jetzt, dann spätestens morgen!

Ich griff zum Telefon, stoppte in der Bewegung. Was, wenn die Polizei die Leitung bereits angezapft hatte? Ich stieg in meinen seit Jahren trotz der drei Streifen nicht mehr aktuellen Jogginganzug, radelte die paar hundert Meter in Rekordtempo und klingelte Sturm.

»Wasn los? Noch 'ne Leiche gefunden?«

Celine plagten offensichtlich keine Albträume, sie hatte eindeutig tief und fest geschlafen. Wie sie mir jetzt so gegenübersaß, mit diesen verhangenen Augen, wirkte sie besonders sexy. Aber mein Wach-Albtraum verdrängte diese Beobachtung.

»Das Erste, was die Bullen machen werden, ist doch, Ahmeds Handy auszulesen. Sie werden feststellen, dass er mich gestern noch angerufen hat. Scheiße, Scheiße, Scheiße!«

Meine Freundin sah mich an, nickte.

»Wenigstens hast du noch Zeit, dir eine gute Antwort zu überlegen, warum er dich angerufen hat.«

»Na ja, ich könnte sagen, dass …«

Celine fiel mir ins Wort. »Es sei denn …« Sie stand auf und zauberte etwas aus ihrer Handtasche hervor, »… man hat gar kein Handy bei Ahmed gefunden!«

»Ist es das?«

»Ja, ist es. Ist mir an der Wohnungstür gerade noch eingefallen.« Sie warf mir das Handy zu. »Ist übrigens keine gespeicherte Abschiedsrede drauf.«

Maßlose Erleichterung erfasste mich. Aber schnell war es vorbei mit der Erleichterung.

»Prima Idee. Leider umsonst. Spätestens morgen wird sich die Polizei seine Verbindungsdaten vom Provider holen. Du weißt schon, Vorratsdatenspeicherung ...«

Celine zog ihre nackten Beine unter sich auf den Sessel. Wieder meldeten sich die zuständigen und allzeit bereiten neunzig Prozent männlicher Hirnmasse, wurden aber erneut mundtot gemacht.

»Da haben wir Glück, mein Lieber. Handyverträge laufen ja fast immer über mindestens zwei Jahre, aber so lange wollte Ahmed gar nicht in Deutschland bleiben. Also hat er sich ein Prepaid besorgt. Das kannst du ohne Ausweis auf irgendeinen Fantasienamen registrieren. Und da er dieses Handy offenbar erst seit knapp drei Monaten benutzt, also seit er sich versteckt hält, hat er das bestimmt so gemacht.«

Ein Albtraum weniger! Endlich konnten sich die neunzig Prozent Hirnmasse durchsetzen und ich blieb bei Celine. Am Morgen fühlte ich mich schon deutlich besser.

Natürlich musste ich den ganzen nächsten Tag über an Ahmeds Tod denken. Ich hatte ihn nicht besonders gut kennengelernt in seiner Zeit an unserer Klinik, aber immerhin war ein Leben ausgelöscht worden. Und wenn ich auch nicht genau wusste, warum, trug ich eine Mitschuld.

Etwas anderes aber berührte mich mindestens ebenso, und wieder trug ich sicher eine Mitschuld. Unter der Behandlung hatte sich der Zustand von Frau Zuckermann mit jener geheimnisvollen Erdheim-Chester-Erkrankung deutlich gebessert, unter anderem waren die Nieren wieder halbwegs in Gang gekommen. Aber nun hatte sich die Situation plötzlich erneut verschlechtert. In der täglichen Konferenz zeigten die Röntgenleute die neueste Thoraxaufnahme – mit einer dicken Lungenentzündung. »Irgendein weichherziger Idiot soll die verschnupften Kinder an ihr Bett gelassen haben«, berichtete Heinz Valenta wütend. »Kannst du dir das vorstellen, Hoffmann?« Konnte ich, der Idiot war ich gewesen. Was ich jetzt nicht an die große Glocke hängte.

Deutlich weniger Sorgen machte mir, dass sich mittlerweile mein alter Freund Kriminalkommissar Czernowske in der Humanaklinik herumtrieb und die Kollegen zu unserem ehemaligen Mitarbeiter Ahmed el Ghandur befragte. Aber vollkommen unberührt ließ mich auch das nicht. Natürlich war das zu erwarten gewesen, sicher nur Polizeiroutine, aber es wäre mehr als unangenehm gewesen, hätte er Celine und mich im Starbucks-Imitat gesehen.

Kommissar Czernowske war kein zweiter Sherlock Holmes, doch was ihm an kriminalistischer Spürnase oder Kombinationsfähigkeit fehlte, machte er durch Gründlichkeit wett. Also würde er sich über kurz oder lang auch zu mir vorarbeiten. Für ihn wäre es ein Festtag, könnte er mich irgendwie mit dem Tod von Ahmed in Verbindung bringen. Denn mehrmals schon hatte er in der Vergangenheit vermutet, und zwar zu Recht, dass Doktor Hoffmann ihm wichtige Informationen in einer Ermittlung vorenthielt, und fast ebenso oft hätte er gerne, zu Unrecht, diesen Doktor Hoffmann als Schuldigen überführt: Schuld am Tod des Dr. Bredow, kaufmännischer Leiter der Humanaklinik. Schuld am Tod meiner Tante Hilde und des Baulöwen Wurm. Also war ich froh, dass mein Smartphone in der Regel nicht eingeschaltet ist und Celine verhindert hatte, dass ich es bei Ahmed benutzte. Die Verbindungsdaten hätten mich zwar mit Sicherheit nicht genau in Ahmeds Wohnung lokalisiert, aber Czernowske hätte Witterung aufgenommen. Denn bestimmt glaubte er an seinen berühmten Kollegen Kommissar Zufall, jedoch nicht an Zufälle.

Als ich am Abend den Nachtdienst auf der Intensivstation

antrat, hätte ich am liebsten einen großen Bogen um das Bett von Frau Zuckermann gemacht. Sie sah mindestens so schlecht aus wie ihr Röntgenbild. Ihre Sauerstoffwerte waren entsprechend. Musste sie wieder an die Beatmung? Und das alles, weil Doktor Weichherz eine falsche Entscheidung getroffen hatte?

Eine Neueinlieferung enthob mich vorerst meiner Schuldgefühle.

»Männlich, achtundzwanzig Jahre. Selbstmordversuch mit Rohrfrei.«

»Wie viel?«

»Die Plastikflasche war leer. Aber wir wissen nicht, wie viel vorher noch drin war.«

»Sonst noch was, ich meine, außer Rohrfrei?«

»Unbekannt, aber nicht unwahrscheinlich.«

Ich leuchtete »Männlich, achtundzwanzig Jahre« in die Mundhöhle. Es blutete ordentlich aus der Zunge und den Schleimhäuten. Am Gaumenbogen und den Rachen hinunter zeigten sich Blasen mit weißlichen bis bräunlichen Blutungsbelägen als Zeichen der massiven Verätzung. Die Speiseröhre sah bestimmt nicht besser aus, aber es half nichts, ich musste sie mir bald anschauen, trotz des Verletzungsrisikos. Für Beschäftigung in den nächsten Stunden war jedenfalls gesorgt.

Selbstmord mit Rohrfrei ist nun wirklich eine Methode, zu der ich niemandem raten würde. Da hatte es Ahmed erheblich besser gemacht. Falls man die Akutphase überlebt, wird man jahrelang mit den Folgeschäden zu tun haben. Aber es war genau der Patient, für den mich Beate auf die Intensivstation geschickt hatte: einer, der sich nun wirklich nicht gegen die Behandlung durch Doktor Hoffmann wehren konnte.

Das änderte sich, als wenig später die Eltern des jungen Mannes auftauchten und mit dem behandelnden Arzt reden wollten. Die Mutter warf mir, während ich mit dem Vater sprach, immer wieder verstohlene Blicke zu: Woher kommt mir dieser Doktor nur so bekannt vor? Ich konnte nur hoffen, es würde ihr frühestens auf dem Heimweg einfallen.

21

Herr Rohrfrei hatte mich für den Rest der Nacht gut beschäftigt, leider mit mehr als ungewissem Ausgang. Am Ende führte auch kein Weg daran vorbei, Frau Zuckermann wieder zu intubieren und zu beatmen. Am Morgen war ich entsprechend müde und deprimiert. Jetzt nur nicht die Sinnfrage stellen, sondern schnell nach Hause und ins Bett! Aber daraus wurde nichts.

»Nur ein paar Routinefragen, Herr Hoffmann. Ich werde Sie bestimmt nicht lange aufhalten.«

»Sie sind aber früh unterwegs, Kommissar Czernowske.«

»Sie wissen ja: Das Verbrechen schläft nie – also auch die Kripo nicht.«

Ordentlich rasiert, mit frisch gebügeltem Hemd und scheußlich bunter Krawatte sah Kommissar Czernowske, im Gegensatz zu mir, nicht nach einer durchwachten Nacht aus. Trotzdem ließ ich ihm die Bemerkung durchgehen, warum gleich auf dem falschen Fuß beginnen? Schließlich wollte ich immer noch so bald wie möglich nach Hause.

Also beantwortete ich brav seine Routinefragen. Ob ich Herrn el Ghandur gut gekannt hätte? Nein, nicht besonders. Ob er vor seinem Verschwinden aus der Humanaklinik deprimiert gewirkt habe? Nicht auf mich wenigstens. Ob ich wüsste oder vermutete, dass er Mitglied bei Hamas oder in der Fatha gewesen sei? Mir unbekannt. Ob mir beim Aufarbeiten seiner Akten – aha, Czernowske hatte von meiner wichtigen Tätigkeit gehört – etwas aufgefallen sei (Vorsicht jetzt, Felix Hoffmann!)? Nein.

Es schien mir an der Zeit, dass auch ich ein paar Fragen an Czernowske richten sollte.

»Sie können sich sicher vorstellen, dass hier jede Menge

Gerüchte im Umlauf sind. Wie hat sich el Ghandur eigentlich umgebracht? Hat er sich erhängt? Föhn in Badewanne? Aus dem Fenster gestürzt?«

»Er hat sich erschossen. Aufgesetzter Kopfschuss, direkt unter die Nase. Mit einer Beretta 71. Kaliber 22.«

»Das ist ein ziemlich kleines Kaliber, oder?«, machte ich weiter auf unwissend.

»Stimmt, Herr Hoffmann, ziemlich kleines Kaliber. Aber in manchen Kreisen recht beliebt. Unter anderem deshalb gibt es noch offene Fragen.«

Ich lege keinen Wert darauf, dass man mich mit Doktor anredet. Andererseits scheint es mir ein Zeichen von fehlendem Selbstwertgefühl, wenn Leute wie Czernowske den Doktor pointiert vermeiden.

Sein Problem. Ich schaute ihn erwartungsvoll an, aber er hatte mich missverstanden.

»Ich weiß, wie Sie ticken, Herr Hoffmann. Ja, wir konnten einen Fingerabdruck von Ahmed el Ghandur auf der Beretta sichern. Und selbstverständlich haben wir seine Hände auf Schmauchspuren untersucht. Rechte Hand, positiv. Und der Doktor war Rechtshänder, haben mir Ihre Kollegen bestätigt.«

»Also eindeutig Selbstmord?«

»Bisher wenigstens spricht alles dafür.«

»Dann ist mir der Grund Ihrer doch recht intensiven Nachforschungen hier in der Klinik nicht ganz klar.«

»Auf jeden Fall handelt es sich um einen Tod aus nicht natürlicher Ursache. Da schaltet sich automatisch die Staatsanwaltschaft ein. Und es gibt tatsächlich ein paar Auffälligkeiten, die ich gerne noch klären würde.«

Czernowske wartete umsonst auf meine Nachfrage dazu, ich verweigerte ihm den Gefallen. Er würde mir ohnehin demonstrieren, wie gründlich er schon ermittelt hatte.

»Wir haben zum Beispiel Anlass zu der Vermutung, dass seine Approbation gefälscht war.«

Czernowske wartete, ob diese Information mich umhauen würde. Tat sie nicht. Also legte er nach.

»Wir finden es auch auffällig, wie häufig Herr el Ghandur in den vergangenen Monaten seinen Wohnsitz gewechselt hat. An seiner letzten Adresse war er noch nicht einmal gemeldet. Gerade so, als wolle er von irgendjemandem nicht gefunden werden.«

Es schien, als hätte Czernowske sein Pulver damit verschossen. Ich erhob mich langsam.

»Wenn weiter nichts ist …«

»Eine Frage noch, Herr Hoffmann. Haben Sie ihn denn schließlich gefunden, den Herrn el Ghandur?«

Ich versuchte einen verständnislosen Blick.

»Na, immerhin haben Sie sich doch recht intensiv nach seiner Adresse erkundigt bei Ihren Kollegen.«

Aber es kam noch schlimmer.

»Und am Ende hatten sie doch die aktuelle Adresse.« Czernowske blätterte in seinem kleinen Notizheft, fand endlich die gesuchte Seite. »Von diesem Herrn, dem er sein Auto verkauft hat … dem Herrn Özmir.«

Scheiße! Mir blieb nur eines: Flucht!

22

Wie gesagt, Czernowskes Gründlichkeit war mir bekannt. Aber auf so viel Gründlichkeit war ich dann doch nicht vorbereitet. Ich brauchte dringend Zeit zum Überlegen. Noch während seiner Frage zum Besuch bei Herrn Özmir hatte ich mein Diensthandy aus der Kitteltasche gezogen – offenbar hatte es sich per Vibrationsalarm gemeldet –, Czernowske ein schnelles »Notfall, muss weg« zugerufen und war hinter der nächst erreichbaren Tür verschwunden.

Die führte allerdings zum Umkleideraum für die Krankenschwestern auf Intensiv.

»Hallo, Doktor Hoffmann. Was kann ich für Sie tun?«

Vor mir stand Manuela, nur in Höschen und mit einem Körper, an dem es also tatsächlich nichts auszusetzen gab.

»Ich hab die Augen ganz fest zu, Manuela. Aber Sie müssen mir für ein paar Minuten Asyl geben. Dieser Kriminalkommissar Czernowske macht mich total fertig. Ich hatte Nachtdienst und will endlich nach Hause ins Bett! Aber der hat immer noch eine Frage.«

»Ja, der Mann ist die Pest, kann ich bestätigen. Bei mir dachte ich, es dauert ewig, weil er mir möglichst lange auf den Busen glotzen wollte.« Manuela kam einen Schritt näher. »Nun setzen Sie sich und machen Sie die Augen wieder auf. Ich habe nichts zu verbergen.«

Stimmt. Hatte sie nicht und tat es auch nicht. Ich setzte mich und nahm den Kopf zwischen die Hände. Von Manuela hatte ich genug gesehen, zumal sie auch bekleidet wenig zu erraten lässt.

Also wusste Czernowske, dass ich nach Ahmed gesucht hatte. Warum ich gesucht hatte? Tja, ich musste seine Akten aufarbeiten und da gab es jede Menge Fragen, die noch zu klären waren. Nur, hatte ich ihn schließlich gefunden? Genau die Frage, auf deren Beantwortung ich mich vorbereiten musste. Damit dass Czernowske wusste, dass ich von diesem Herrn Özmir die tatsächliche Adresse bekommen hatte, war noch lange nicht klar, wie es weitergegangen ist. War ich wirklich in den Schillerkiez gefahren? Nach so viel Mühe mit dem Finden der Adresse wäre hier ein Nein kaum glaubhaft. Aber hatte ich Ahmed auch angetroffen?

Jemand rüttelte an der Türklinke. »Hallo?«

Eine Männerstimme: Czernowske!

»Damenumkleide!«, rief Manuela und lächelte mich an. Das Rütteln hörte auf.

Moment! Ich hatte Herrn Özmir meinen Arztausweis nur kurz vor die Nase gehalten, selbst wenn er den Namen gelesen haben sollte, dürfte er sich ihn kaum gemerkt haben, insbesondere bei der Aufregung um seine Frau. Bestenfalls konnte er eine grobe Beschreibung von einem Allerweltstyp ohne besondere Auffälligkeiten gegeben haben (es sei denn, heute ist keine Tätowierung, kein Ring durch Nase/Lippe/ Ohr schon eine Auffälligkeit). Und Valenta, der uns mit seiner NAW-Mannschaft bei den Özmirs begegnet war, würde mich nie verraten, das war sicher. Allerdings war da noch Celine, da könnte eine Personenbeschreibung schon präziser ausfallen. Falls Özmir sie in dem Durcheinander überhaupt wahrgenommen hatte. Natürlich, da machte ich mir keine Illusionen, würde er mich und Celine identifizieren, käme es zu einer Gegenüberstellung. Aber würde Kommissar Czernowske so weit gehen? Wegen eines Selbstmordes? Wäre er dazu eigentlich berechtigt? Müsste ich mich einer Gegenüberstellung überhaupt stellen?

Ich erwachte aus meinen unerfreulichen Überlegungen, als Manuela sich fertig umgezogen hatte. Eigenartig, kam mir in den Sinn, dass es überhaupt keine Gerüchte gab über Manuela und ihr Liebesleben.

»Gut, Doktor Hoffmann. Dann geh ich mal diesen Kommissar ein wenig ablenken.« Sie wackelte mit den Hüften, lächelte. »Ich sag Ihnen Bescheid, wenn die Luft rein ist.«

Das würde sehr bald sein, da hatte ich keine Zweifel. Sicher würde sie den guten Czernowske leicht auf andere Gedanken bringen. Das wäre auch gut so, denn jede Sekunde könnte die nächste Schwester in die Umkleide kommen. Das wäre peinlich, und darüber hinaus sind nicht alle unsere Krankenschwestern so attraktiv wie Manuela.

23

»Also hast du Ahmed schließlich gefunden?«

»Ja. Aber da lebte er noch. Jedenfalls gibt es genug Finger-abdrücke von mir und Celine in seiner Wohnung. Das wird ein Fest für Czernowske, wenn er die entdeckt.«

Ich fühlte mich nicht wohl dabei, Heinz Valenta zu belügen. Valenta ist schließlich einer meiner ältesten Freunde, in der Klinik sogar der älteste. Gut, ich belog ihn nicht gerade-heraus, aber offenbarte ihm auch nicht die ganze Wahrheit. Weder dass wir den toten Ahmed gefunden hatten, noch warum ich in Wirklichkeit so intensiv nach Ahmed gefahn-det hatte.

»Es gab einige Unstimmigkeiten in seinen Akten, die ich deshalb nicht abschließen konnte.«

Valenta musterte mich eindringlich über den Rand seines Pappbechers mit dem dauerlauwarmen Kaffee aus der Tee-küche der Intensivstation. Ahnte er, dass ich ihm Entschei-dendes vorenthielt? Wieder fiel mir auf, wie deutlich Valenta seit Krankheit und Tod seiner Frau abgenommen hatte. Oder hatte das schon vorher begonnen, wie Celine meinte? Sie wollte seinerzeit sogar, über das Freundinnentelefon, etwas von möglicher Scheidung gehört haben.

»Hat Ahmed denn, als ihr mit ihm gesprochen habt, ir-gendetwas in Richtung Selbstmord angedeutet?«

Nun war es an mir, zu seufzen. »Hat er nicht. Aber gut möglich, und das liegt mir auf der Seele, dass unser Besuch ihn in die Richtung getrieben hat.«

»Aber Selbstmord ist sicher?«

War ich mittlerweile paranoid oder war da tatsächlich Misstrauen in Valentas Stimme? Etwas Lauerndes gar? Ich konnte ihm nicht von meinen eigenen Beobachtungen zum

Thema berichten, musste mich auf Czernowske berufen und durfte mich dabei nicht verplappern. Czernowske hatte zwar gesagt, alles spräche für Selbstmord, dann allerdings von »ein paar Auffälligkeiten« geredet, die er gerne noch klären würde.

»Außerdem«, fuhr ich fort, »hat er irgendwie das Kaliber und die Schusswaffe, eine Beretta angeblich, betont.«

Valenta hob den Kopf. »Was fand er so auffällig an einer Beretta?«

»Hat er nicht gesagt. Aber du kennst mich ja, ich hab inzwischen Beretta und das Kaliber gegoogelt.«

»Und?«

Ich holte meinen Notizzettel dazu heraus. »Ich darf mal zitieren aus der Weisheit des Netzes: ›Das Kleinkaliber ist de facto im Milieu sehr beliebt. Die Schusswaffen sind in der Regel klein und leicht zu verstecken, machen bei Abfeuern bereits durch die vergleichsweise kleine Treibladung und geringe Mündungsgeschwindigkeit weniger Lärm, können mit wenig Aufwand weiter gedämpft werden und die weichen Geschosse produzieren bei aufgesetzten Schüssen – meist Kopf- oder Genickschüssen – garantiert tödliche Verletzungen.‹ Und das hier noch: ›Kaliber .22 wird in Verbindung mit schallgedämpften Handfeuerwaffen gern vom Mossad zur Neutralisation von Weichzielen auf kurze Distanz verwendet.‹«

»Vom Mossad? Warum sollte der israelische Geheimdienst unseren Ahmed hingerichtet haben?«

Ich erzählte Valenta von meiner Alternativtheorie, dass vielleicht auch ein palästinensischer Christ zur Fatah oder Hamas gehören könnte.

Valenta nickte bedächtig. »Interessant. Hast du dem Czernowske davon erzählt? Ist doch eventuell eine wichtige Spur.«

»Um Gottes willen, nein. Kein Wort zu Czernowske. Stell dir die Schlagzeile vor: ›Arabischer Terrorist als Arzt in

der Humanaklinik«. Da können wir unseren Laden dichtmachen!«

Aus Valentas Hosentasche erklang die Melodie von John
Denvers »Perhaps love«. Diese Schnulze hatte ich noch nie
von seinem Handy gehört. Valenta stand auf, »Entschuldige
einen Moment«, und ging mit diesem einschlägig bekannten
einfältigen Grinsen vor die Tür.

Hatte Valenta Ersatz gefunden für seine verstorbene
Frau? Das wäre vielleicht etwas früh, aber trotzdem gönnte
ich es ihm. Denn auch ein ganzes Jahr konventioneller Ent-
haltsamkeit oder mehr würde seine Frau nicht wieder lebendig machen. Wer kann schon selbst bestimmen, wo und
wann die Liebe zuschlägt? Valenta war mein Freund, und
Freunden wünscht man nur das Beste. Schließlich war er mit
Erikas Tod nicht geschlechtslos geworden.

Das erinnerte mich an Manuela in der Umkleide eben und
ihren ungenierten Auftritt in Höschen. Ich denke nicht, dass
Manuela glaubt, Ärzte sähen wenigstens in der Klinik nur
quasi geschlechtslose Wesen und auch an denen lediglich
die Anzeichen drohender oder eingetretener Krankheiten.
Ein beunruhigenderer Gedanke nahm Besitz von mir: War
vielmehr ich, gut zwanzig Jahre älter als sie, in ihren Augen
quasi geschlechtslos?

Während ich Valenta durch die angelehnte Tür in sein
Handy flüstern hörte, fiel mir ein, dass auch ich noch dringend telefonieren wollte. Zwar ist der Gebrauch von Handys
streng verboten auf Intensiv, aber wenn selbst Valenta offenbar nicht fürchtete, dass dadurch irgendwo die Beatmung
stoppte oder eine Infusionspumpe plötzlich doppelt so
schnell lief, warum sollte ich mir Sorgen machen?

Ich versuchte, Michael zu erreichen, sowohl in seinem
Labor wie auch unter seiner Handynummer. Beides ohne
Erfolg. Ich hinterließ eine Nachricht mit der Bitte um baldi-
gen Rückruf. Sollte er nicht längst meine Blutproben analysiert haben? Warum meldete er sich nicht?

24

Ich hatte zwar weder Micha erreicht noch hatte der zurück-
gerufen, aber ausgerechnet auf Intensiv gab es etwas Posi-
tives zu vermelden. Frau Zuckermann mit der Erdheim-
Chester-Erkrankung und der Lungenentzündung, an der
ich zumindest eine Mitschuld hatte, ging es deutlich besser.
Sie konnte sogar von der Beatmung genommen werden
und, meinte Valenta, sicher in ein paar Tagen zurück auf die
Normalstation.

Trotzdem hatte ich schlecht geschlafen. Ich weiß nicht
mehr, wer in meinem Traum Ahmed mit der Beretta erledigt
hatte – war ich das gewesen? Celine? Beate? Valenta? Jedenfalls war ich schweißgebadet aufgewacht, ohne eine Spur von
morgendlicher Frische.

In der Klinik war ich dann vorwiegend damit beschäftigt,
Beate auszuweichen, die, hatte sie mir getextet, mit mir sprechen wollte. Ich aber nicht mit ihr. War ihr eine weitere
Tätigkeit eingefallen, mit der sie mich patientenfern beschäftigen könnte? Hatte sie von meinem Czernowske-Telefonat
mit Frau Moser erfahren? Oder von meiner paranoiden Vorstellung, dass vielleicht *sie* das Problem Ahmed aus der Welt
geschafft hätte? Schließlich stellte sie mich in der Cafeteria.

»Versuchst du mir auszuweichen, Felix?«

»Warum sollte ich?«, erwiderte ich mit unschuldigem
Blick.

»Genau das frage ich mich.« Eine Weile schaute sie mich
forschend an, hob dann die Schultern. »Ist ja auch egal.«

Sie wollte nur wissen, was Czernowske mich so gefragt
und ob ich dicht gehalten hätte.

»Selbstverständlich.«

Nachdem ich ihr von Czernowskes Auftritt berichtet

hatte – wobei ich meinen Abgang in die Schwesternumkleide für nicht erwähnenswert hielt –, ließ ich mir von Beate berichten, was der Schnüffler den anderen Mitarbeitern so an Fragen gestellt hatte: deutlich weniger als mir.

»Ja, irgendwie bist du auf seinem Radar und wirst es wohl auch bleiben. Also weiterhin, was immer er von dir will: Klappe halten. Es gibt doch tatsächlich nicht einmal einen konkreten Hinweis, geschweige denn einen Beweis, dass Ahmeds Tod irgendetwas mit der Klinik und seiner Arbeit hier zu tun hat. Am Ende liegst du sogar mit deiner Mossad-Theorie richtig!«

Es schien Beate ziemlich egal, ob Ahmed vom Mossad umgebracht worden war oder von Außerirdischen, die aus der *area 51* ausgebüchst waren. Natürlich akzeptierte sie auch Selbstmord. Hauptsache: keine Verbindung zur Klinik.

Ich hatte Celine inzwischen gefragt, ob sie ihre Freundin über unseren geplanten zweiten Besuch bei Ahmed informiert hatte. Selbstverständlich hatte sie. War meine Überlegung, dass Beate sich persönlich um Ahmed gekümmert hatte, also tatsächlich so paranoid? Wie weit würde Beate gehen, um »Schaden von der Humanaklinik abzuwenden«?

Am Nachmittag endlich kam der ersehnte Anruf.

»Felix, Michael hier. Ich habe da etwas gefunden, das dich interessieren wird.«

»Erzähl!«

»Nicht am Telefon … Wann kannst du vorbeikommen?«

»Sofort!«

Ich rannte auf die Intensivstation und packte meine paar Sachen zusammen. Jetzt nur noch Treppe, Haupteingang, Parkplatz, Vollgas. Ich hatte noch nicht die Treppe erreicht, als sich von hinten eine Hand auf meine Schulter legte.

»Herr Hoffmann. Nur einen Moment, bitte!«

25

Klar. Ich hätte mit Czernowske rechnen müssen, mich deutlich mehr vor ihm hüten sollen als vor einer Begegnung mit Beate. Hatte ich aber nicht.

»Nur noch ein, zwei Routinefragen zur Klärung, Herr Hoffmann.«

Ich schaute mich um – kein Entrinnen. Nicht noch einmal könnte ich in die Umkleide flüchten.

»Wissen Sie, Herr Hoffmann, unsere Kriminaltechniker waren richtig fleißig in den letzten Tagen. Wir haben jetzt, denken wir, alle Fingerabdrücke aus der Wohnung von Herrn el Ghandur. Einige haben wir bereits identifiziert. Die von el Ghandur natürlich, dann die vom Hausmeister und von der Nachbarin.«

»Hat die ihn gefunden?«

Czernowske musterte mich nachdenklich. »Nein. Wir wurden telefonisch informiert. Anonym. Von einer Frau. Aber das war nicht die Nachbarin.«

Ich bemühte wieder einmal mein Pokerface. Damit zwang ich Czernowske zum Weiterreden. Vielleicht bekäme ich auf diese Weise noch ein paar Informationen zum Ermittlungsstand. Aber er blieb bei seinen Fingerabdrücken und seinem Kernthema.

»Sind Sie sicher, dass Sie die Wohnung nicht betreten haben, Herr Hoffmann?«

Jedenfalls war ich sicher, dass ich ihm diese Frage bisher nicht beantwortet hatte, weder wahrheitsgemäß noch gelogen. Aber unsicher, ob die Polizei nicht längst im Besitz meiner Fingerabdrücke war. Und hatte er meine Fingerabdrücke nicht irgendwo gespeichert, könnte er mich zu einem Abdruck zwingen? Auf jeden Fall würde ich aufpassen, nichts anzufassen, von dem er dann Fingerabdrücke asservieren könnte.

Vorerst, mein Schweigen als ein Nein interpretierend, kam Czernowske mit einer neuen Frage.

»Wären Sie bereit, mir Ihre Handynummer und Ihren Provider zu verraten?«

Das konnte ich dank Celine ohne Gefahr. Ich ergriff die Chance, Czernowske damit von meinen Fingerabdrücken abzubringen.

»Warum sollte ich?«

»Nun, es würde Ihre Aussage stützen.«

Meinte er die, die ich ihm bisher vorenthalten hatte?

»Ich glaube nicht, Herr Kommissar, dass ich dazu verpflichtet bin. Bestimmt nicht ohne richterlichen Beschluss.«

»Aber Herr Hoffmann ...«

Plötzlich flog die Tür auf, Manuela steckte ihren hübschen Kopf heraus.

»Felix! Notfall! Sofort!«

Ich unterdrückte mein Grinsen und rannte Manuela hinterher. Gleich würde ich mich bei ihr für die erneute Rettung vor Czernowskes Daumenschrauben bedanken. Doch es war keine Finte.

Ich sah Pfleger Johannes mit hochrotem Kopf auf dem Bett knien, beide Hände flach übereinander auf dem Brustkorb der Patientin, den er mit rhythmischen Stößen bearbeitete. Der Monitor über dem Bett von Frau Zuckermann zeigte Kammerflimmern. Manuela rollte den Defibrillator heran, ich stieg hinter das Kopfende des Bettes und griff nach dem Intubationsbesteck.

Noch jemand glaubte an eine Finte, nicht noch einmal wollte Czernowske sich so leicht ins Bockshorn jagen lassen.

»Raus hier!«, schnauzte Manuela, ohne aufzublicken, während der Defibrillator mit hohem Fiepton seine Kondensatoren auf Leistung brachte.

Hätte sie sich sparen können. Offenbar nur zu gern räumte der Kommissar das Feld, denn es gibt einen gewissen Unterschied zwischen einer TV-gerechten Reanimation in der Schwarzwaldklinik und dem wahren Leben.

Eigentlich bedurfte es meiner gar nicht. Manuela war inzwischen eine kompetente Intensivschwester und von Johannes hätte ich mich jederzeit selbst reanimieren lassen. Er konnte wahrscheinlich sogar routinierter als ich intubieren. Ich wusste, dass er in seiner Freizeit Noteinsätze mit dem Roten Kreuz fuhr, ohne Bezahlung, aus Leidenschaft für die Tätigkeit.

Die beiden hatten inzwischen die Plätze getauscht. Jetzt machte Manuela die Herzmassage und Johannes drückte den Beatmungsbeutel. Während ich mit den entsprechenden Medikamenten ihre Arbeit unterstützte, bewunderte ich erneut Manuelas Brüste, die ihr Kittelausschnitt bei jedem Stoß freigab.

Entgegen einem weit verbreiteten Vorurteil sind auch Männer, in dieser Hinsicht wenigstens, multitaskingfähig. Und gerade eine Reanimation lehrt uns, selbst die kürzesten Geschenke des Lebens anzunehmen.

Gefühlt hatten wir mindestens eineinhalb Stunden gemeinsam um das Leben von Frau Zuckermann gekämpft, in Wirklichkeit etwa die Hälfte der Zeit. Ab und zu führte einer von uns Protokoll: welche Medikamente, wie viel Watt bei den Elektroschocks, wann temporäres Schrittmacherkabel gelegt.

Aber während einer Reanimation ist Protokollführung nicht das Wichtigste, so fehlten sicher einige Medikamente in der Liste und auch, wie viele Elektroschocks wir der armen Frau wirklich verpasst hatten. Wichtig allein: Schließlich waren wir erfolgreich.

Keiner von uns dreien hatte eine Idee, warum Frau Zuckermann plötzlich ins Kammerflimmern gekommen war – wo es ihr doch trotz der verschnupften Kinder und der Lungenentzündung inzwischen wieder so gut gegangen war, dass Valenta sie morgen auf Normalstation zurück verlegen wollte.

»Wo ist eigentlich Valenta?«

»Keine Ahnung«, sagte Manuela. »Er hat gesagt, wenn was wäre, wären Sie ja da, und ist abgedampft.«

26

»¿Que tal?«

Michael war stolz auf seinen spanischen Wortschatz. Im Gegensatz zu mir kannte er mindestens hundert Worte Spanisch. Aber er hatte eben auch – ebenfalls im Gegensatz zu mir – ein Haus auf Mallorca. Richtig schlecht lebt man also nicht als selbstständiger Laborarzt.

Pflichtbewusst wie immer hatte ich Frau Zuckermann nach der Reanimation die obligatorischen zehn Milliliter Blut abgenommen und schnell auf der Intensivstation zentrifugiert. Nach Ahmeds Tod bräuchte Michael diese Probe nicht mehr zu untersuchen, aber ich war zu gespannt, was er gefunden hatte, um das Reagenzglas noch in den Klinikkeller zu bringen. Also hatte ich es mitgenommen und parkte es jetzt in einer seiner Kühltruhen.

»Lass es raus, Michael. Was haben deine schlauen Maschinen gefunden?«

So einfach machte er es mir natürlich nicht, ein bisschen Spannung musste schon sein. Erst einmal kam er mit einer neuen Flasche Veuve Clicquot und dann mit einer kleinen Rede, wie schwierig die Untersuchungen waren, sehr zeitaufwändig, außerdem hätte sein Labor auch zahlende Kunden. Aber schließlich ließ er die Bombe platzen.

»Gebt ihr jetzt routinemäßig Ajmalin bei Reanimationen? Fast die Hälfte deiner Proben war voll von dem Zeug!«

Selbstverständlich hatte ich die Ajmalin-Ampulle in Ahmeds Koran nicht vergessen, war aber trotzdem sprachlos. In voller Absicht hatte ich Michael nicht von unserem Fund informiert. Wie sich jetzt herausstellte, hätte es ihm die Arbeit erleichtert. Aber auch bei scheinbar objektiven wissenschaftlichen Untersuchungen gibt es genug Beispiele, dass sich erwartete Ergebnisse auf wundersame Weise bestätigen, selbst wenn sie falsch sind.

Michael gab mir die Unterlagen zu seinen Ergebnissen, ich verabschiedete mich. Erst auf meinem Weg zu Celine fiel mir das Serum von Frau Zuckermann ein. Kein Grund zur Umkehr, zumal ich inzwischen fast bei Celine angekommen war. In der Kühltruhe bei Michael stand es vorerst ebenso gut wie im Klinikkeller.

27

»Also das Zeug, das in der versteckten Ampulle bei Ahmed war!«

»Genau das. Eine ziemlich deutliche Verbindung zwischen Ahmed und den mysteriösen Reanimationen.«

Ich ließ Celine Zeit, die Information zu verarbeiteten.

»Aber ich verstehe nicht«, sagte sie dann. »Wenn dieses ... Eichmannlin?«

»Ajmalin. Hört sich nur gesprochen an wie eine Entwicklung von KZ-Doktor Mengele für den Kollegen Eichmann. Wir benutzen es kaum noch. Die Ajmalin-Reserve der Humanaklinik gammelt sicher in unserer Krankenhausapotheke ungenutzt ihrem Ablaufdatum entgegen.«

»Schön. Aber wenn dieses Ajmalin dazu da ist, Herzrhythmusstörungen zu beseitigen, warum bekamen eure Patienten davon lebensgefährliche Rhythmusprobleme?«

»Eine Frage der Dosierung. Schon richtig dosiert können diese Medikamente genau die gegenteilige Wirkung haben. Und ordentlich überdosiert ist sie garantiert.«

Michael ¬ mit einem Herz für den in seinen Augen schlecht bezahlten Klinikdoktor – hatte mir die angebrochene Flasche Veuve Clicquot mitgegeben. Celine nahm einen kräftigen Schluck. »Verstehe ich. Trotzdem sehe ich nicht ganz den Sinn. Darauf hat uns schon Ahmed hingewiesen: Wozu der ganze Aufwand, der Umweg über dieses Medikament? Es gibt doch bestimmt einen sichereren Weg, wenn man Patienten umbringen will?«

»Stimmt. Zum Beispiel eine großzügige Dosis Kalium. Wirkt sofort tödlich und ist praktisch nicht nachzuweisen, weil Tote fast immer hohe Kaliumwerte haben.« Also kam ich zurück auf meine Theorie mit Ahmed und den Pharmafirmen. »Vielleicht ging es darum, auszuprobieren, ob hohe Dosen Ajmalin bei bestimmten Patienten helfen.«

»Ist denn das Zeug so teuer, dass sich das gelohnt hätte für die Industrie?«

»Nein, ist ein altbewährtes Medikament, kostet vergleichsweise wenig. Kann sich aber trotzdem lohnen für den Hersteller. Er beantragt und erhält die Zulassung für die neue Indikation, also bei welchen Krankheiten oder krankhaften Zuständen das Zeug angewandt werden soll, und denkt sich einen neuen Namen aus. Dann erhöht er den Verkaufspreis kräftig.«

»Wie soll denn das gehen? Ihr könnt es doch einfach billig unter dem alten Namen kaufen und trotzdem für die neue Indikation benutzen.«

»Nee – das Medikament unter dem alten Namen nimmt der Hersteller vom Markt.«

Ich erzählte Celine von der wunderbaren Gewinnmaximierung mit dem Medikament Alemtuzumab. Im Sommer 2012 hatte der Pharmakonzern Sanofi plötzlich dieses seit Jahren bewährte Medikament gegen Leukämie vom Markt genommen. Warum? Die Sanofi-Forscher hatten herausgefunden, dass Alemtuzumab auch bei Multipler Sklerose wirkt. Mit Medikamenten für Multiple Sklerose lässt sich aber viel mehr Geld machen als mit Medikamenten gegen Leukämie. Natürlich könnte man den Wirkstoff auch weiterhin gegen Leukämie einsetzen, aber unter dem neuem Verkaufsnamen ist Alemtuzum ab jetzt zweiundvierzigmal teurer. Vorher kostete ein Milligramm Wirkstoff 21, unter dem neuen Namen plötzlich 888 Euro.

»Nur mal zum Vergleich: Für ein Milligramm Gold würdest du heute knapp vier Cent bezahlen. Bei 888 Euro pro Milligramm lohnt es sich schon, einen neuen Namen auf die Flasche zu kleben.«

»Und mit so etwas kommen die Firmen durch?«

»Leicht. Es gibt viele ähnliche Fälle. Die Pharmariesen

Roche und Novartis zum Beispiel haben es mit einem Krebsmittel, Avastin, genauso gemacht. Plötzlich hieß das Zeug Lucentis und wirkte gegen eine häufige Netzhauterkrankung im Alter. Schon ging der Preis von 40 Euro auf 1 500 Euro pro Behandlung hoch. Letztes Beispiel: Martin Shkreli mit seiner Firma Turing Pharmaceuticals. Er hat das Patent an Daraprim gekauft, einem seit über sechzig Jahren gegen Toxoplasmose eingesetzten Medikament, als er hörte, dass es auch gegen Aids wirkt. Nun kostet eine Pille 750 Dollar – statt vorher 18 – eine Preissteigerung von 4 000 Prozent! Im Bundestag ließ die Regierung durch eine zur Staatssekretärin beförderte Gesamtschullehrerin erklären, sie beobachte diese Fälle ›sorgfältig‹, sähe aber ›keinen Handlungsbedarf‹.«

Nach all dem Champagner war ich über Nacht lieber bei Celine geblieben. Zwar fahre ich vorzugsweise Fahrrad, aber manchmal braucht man dann doch das Auto und also auch den Führerschein. Beim Frühstück hatte Celine, ja selbst Lehrerin, meine kleine Spitze bezüglich der zur Staatssekretärin mutierten Gesamtschullehrerin nicht vergessen. Mein Frühstücksei war hart, ihres perfekt gekocht.

»Uups – tut mir leid«, behauptete sie mit unschuldigem Lächeln.

Mehr aber war sie immer noch empört über die Pharmaindustrie und unsere Bundesregierung. Da ich gleich in die Klinik wollte, um einer bestimmten Person ein paar Fragen zum Ajmalin zu stellen, galten meine Gedanken eher der Frage, wie ich dabei vorgehen sollte. Und ob Freund Czernowske mir dort auch heute auflauerte. Ich dürfte wohl kaum damit rechnen, ihm ein drittes Mal im entscheidenden Moment zu entwischen.

»Weißt du, eigentlich habe ich das Spielchen mit Czernowske satt. Ich meine, wir haben Ahmed nicht umgebracht, also was soll's? Ich gestehe ihm, dass wir mit ihm gesprochen haben, dass er mich dann telefonisch um ein weiteres Gespräch gebeten hat und tot war, als wir das zweite Mal zu ihm kamen. Ende der Geschichte, und ich habe meine Ruhe.«

Celine bedachte mich mit diesem Blick, den sie wahrscheinlich auch ihren netten, aber ein wenig begriffsstutzigen Schülern gönnte.

»Bist du naiv! Du unterschätzt Czernowske, und gleichzeitig überschätzt du ihn. Zum einen ist er offenbar ein geschickter Taktiker. Natürlich hat er den Mercedes-Kaufvertrag bei Ahmed gefunden und gleich an dich gedacht, als dieser Özmir ihm vom Besuch eines Arztes und einer jungen Frau erzählt hat, die unbedingt die aktuelle Adresse von Ahmed haben wollten. Jedenfalls sobald er wusste, dass Ahmed in der Humanaklinik gearbeitet hat. Trotzdem hat er zuerst nicht dich, sondern die anderen Mitarbeiter in der Klinik befragt. Nämlich um Material zu sammeln und, wichtiger, dich nervös zu machen. Und du überschätzt ihn, wenn Du ignorierst, wie sein Polizistengehirn arbeitet. Wenn du jetzt zugibst, dass wir die Leiche gefunden haben, hat er dich endlich: Du warst vor Ort, also warst du fast mit Sicherheit auch der Täter. Warum sonst hättest du Ahmed so fleißig gesucht?«

»Und was für ein Motiv hätte ich gehabt, ihm eine Kugel in den Hirnstamm zu jagen?«

»Da mach dir mal keine Gedanken, dein Motiv wird dir der Staatsanwalt schon verraten. Hast du nie Streit mit Ahmed gehabt?«

Ich erinnerte mich, wie ich bei zwei Gelegenheiten deutlich geworden war, als Ahmed die Patienten ziemlich schlampig untersucht und betreut hatte. Aber das würde, wenn überhaupt, einen Groll von Ahmed gegen mich rechtfertigen, also hätte, wenn überhaupt, er mir den Hirnstamm wegpusten müssen, nicht umgekehrt.

»Egal«, meinte Celine. »Irgendjemand wird euch streiten gehört haben und nicht unbedingt, worum es dabei ging.« Ein maliziöses Lächeln trat in ihr Gesicht. »Und wenn der

Staatsanwalt mich in den Zeugenstand ruft, müsste ich, sichtlich ungern und erst nach langem Zögern, zugeben, wie schnell du furchtbar in Wut geraten kannst.«

»Dafür würde ich dich erwürgen!«

»Siehst du? Jedenfalls wäre unbestritten, dass es wiederholt Streit zwischen euch gab. Deine Version dieses Streits: reine Schutzbehauptung!«

Ich gab noch nicht auf. »Ich denke trotzdem, dass Czernowske bei einem wirklichen Verdacht gegen mich zuerst bei mir aufgetaucht wäre. Dadurch dass er vorher fast alle anderen in der Klinik verhört hat, hat er mich doch gewarnt. Mir Zeit gegeben, Spuren zu beseitigen.«

»Da gibt's nichts mehr zu beseitigen, mein Lieber. Schon gar nicht unsere Fingerabdrücke in Ahmeds Wohnung.«

Mit dieser freundlichen Versicherung entließ mich meine Freundin in den Tag.

28

Unser Krankenhausapotheker residiert in dem Geschoss, das in Immobilienanzeigen euphemistisch mit »Gartenparterre« umschrieben wird. Eine Bezeichnung mit einer gewissen Berechtigung, kann man doch durch die Fenster tatsächlich das Gras im Innenhof der Humanaklinik wachsen sehen. Wenigstens wenn man auf einen Stuhl steigt.

Diplom-Pharmazeut Meyer hing vorhersagbar am Telefon. Was gibt es für einen Krankenhausapotheker schon zu tun außer sich von hübschen Pharmavertreterinnen bestechen zu lassen oder sich telefonisch nach den Lieben zu Hause zu erkundigen? Aber wieder einmal hatte ich mich getäuscht.

»Was immer Sie erübrigen können, Kollege. Packung angebrochen, kurz vor Ablaufdatum – egal. Ich habe hier drei Chemo-Patienten, die dringend darauf warten!«

Meyer legte auf, wandte sich mir zu. »Es wird jeden Tag schlimmer. Auch die großen Hersteller haben mittlerweile ihre Produktion nach Thailand, China oder wer weiß wohin verlegt. Wenn es dort zu Produktionsengpässen kommt wegen Erdbeben, Tornado, nicht bezahlter Bestechung, dauert es Monate, bis die Ersatzproduktion in Europa oder USA wieder anläuft. Und dann natürlich erst einmal für lebenswichtige Pillen zur Steigerung von Potenz oder Haarwuchs mit großer Profitspanne. Die Hälfte des Tages verbringe ich mit betteln, ob ich bestimmte Medikamente irgendwo besorgen kann.« Meyer fuhr sich durch sein schütteres Haar. »Aber ihr Ärzte meint wahrscheinlich, ich trinke hier nur Kaffee mit knuddeligen Pharmavertreterinnen oder telefoniere den ganzen Tag nach Hause.«

Ich konnte nur hoffen, dass ich nicht rot wurde. Konnte der Mann Gedanken lesen?

»Sie sind Doktor Hoffmann von der Inneren, nicht wahr? Worüber wollen *Sie* sich beschweren?«

Erstaunt überlegte ich kurz, woher Herr Meyer mich namentlich kannte (natürlich, von Youtube!), konnte ihm aber versichern, dass es nicht um eine Beschwerde ging. Mein Interesse gelte seinen aktuellen Ajmalin-Beständen. Meyer reagierte überraschend aggressiv.

»Wie jetzt? Wollen Sie mich auf den Arm nehmen?«

»Wie kommen Sie denn darauf?«

»Weil Ihre eigene Abteilung mir ausdrücklich mitgeteilt hat, dass sie das Zeug nicht mehr brauche und ich es demzufolge nicht mehr nachbestellen solle«, antwortete Meyer immer noch deutlich indigniert und auf Verteidigung geschaltet. »Macht ja auch Sinn. Heutzutage brutzelt ihr die Rhythmusstörungen doch alle per Herzkatheter weg, oder?«

Schön wär's, dachte ich bei mir. »Na ja, wir versuchen es jedenfalls.« Mein Eingeständnis, dass auch Mediziner nicht perfekt sind, beruhigte den Apotheker etwas. Ich konnte zur eigentlichen Frage kommen. »Ist denn in den vergangenen Monaten überhaupt kein Ajmalin mehr angefordert worden?«

»Na, das war doch sozusagen ein Aufwasch. Ich sollte meine Restbestände herausrücken, aber keinen Ersatz mehr bestellen. Ist schon 'ne Weile her. Die Anforderung kam von eurer Intensivstation, glaube ich. Lassen Sie mich nachschauen.«

Meyer hackte kurz auf seiner Computertastatur herum, dann hatte er es. »Hier, ja, internistische Intensivstation. Fünf Klinikpackungen mit je drei mal fünf Ampullen zu 10 Milliliter. Das war's, was ich von dem Zeug noch hatte.« Meyer fixierte mich über den Brillenrand. »Sonst noch was?«

»Haben Sie noch den Anforderungsschein dazu? Wer die Anforderung unterschrieben hat?«

Der Diplom-Pharmazeut schaltete wieder auf Verteidigung. »Die Anforderungsscheine werfen wir weg, sobald wir den Ausgang hier in der EDV festgehalten haben. Das machen wir immer so, ist vollkommen normal. Stimmt denn was nicht?«

»Na ja, es gibt da gewisse Unstimmigkeiten«, beließ ich die Sache im Vagen. »Aber nichts, was die Apotheke betrifft.«

Für Meyer war mit meiner letzten Bemerkung die Sache abgeschlossen. Nicht für mich.

»Erinnern Sie sich vielleicht, wer das Ajmalin abgeholt hat?«

»Es war Teil einer größeren Anforderung von euch.« Das hatte ihm ein weiterer Blick in seinen Computer verraten. Ein kurzes Leuchten trat in seine Augen. »Tatsächlich, in diesem Falle erinnere ich mich. Weil es eine ganz besonders hübsche Schwester war.«

Da kam eigentlich nur eine infrage.

29

Dieses Mal erwischte Czernowske mich beim Mittag in der Cafeteria. Das kann man von zwei Seiten betrachten. Bei der Qualität der Klinikkantine konnte auch Czernowske nichts mehr verderben, oder: Selbst dieses fragliche Vergnügen konnte er mir noch weiter vermiesen. Wie dem auch sei, ungefragt setzte er sich zu mir an den gemütlichen Resopaltisch.

»Nun, Herr Hoffmann, ist Ihnen inzwischen eingefallen, ob Sie Herrn el Ghandur in seiner Wohnung besucht haben?«

Waren nun meine Fingerabdrücke noch von früher bei der Kripo registriert oder nicht? Ich war nach wie vor unsicher. Celine hatte sich bei ihrem Rechtsanwalts-Freund Burghardt informiert, ob, und wenn ja wann, Fingerabdrücke bei der Polizei gelöscht werden. Seine Auskunft: De jure je nach Bundesland nach zwischen zwei und fünf Jahren, de facto eher nie. Aber man könne schriftlich nachfragen und die Löschung beantragen. Aktuell keine gute Idee, meinten wir.

Ich kaute mein lauwarmes Wiener Würstchen besonders gründlich und zur Sicherheit dann noch einmal. Vielleicht würde Czernowske seine Frage vergessen.

Was er natürlich nicht tat. Stattdessen ließ er die Bombe platzen. »Wenn nicht, müssten Sie mir allerdings erklären, wie sonst Ihre Fingerabdrücke dorthin gekommen sind.«

Da ich immer noch mit Kauen beschäftigt war – nichts ist wichtiger für eine geregelte Verdauung –, legte Czernowske nach.

»Ich kann Sie natürlich auch zu uns zur Mordkommission einbestellen und Sie dort verhören.«

Was sollte das mit der Einbestellung zur Mordkommission? Hatten sie da noch ein paar alte Daumenschrauben und eine Streckbank? War das Ganze eine Finte? Warum sollte Czernowske mir drohen, wenn er meine Fingerabdrücke längst identifiziert hatte? Andererseits, wie stünde ich da, wenn ich den Besuch bei Ahmed abstritt und Czernowske nicht nur pokerte? Meines Erachtens lagen die Chancen bei fünfzig zu fünfzig. Celine hätte sich für abstreiten entschieden, sicher. Denn, auch darüber hatte sie sich bei Freund Burghardt informiert: Anders als eine Falschaussage vor Gericht ist lügen bei der Polizei juristisch ohne Konsequenz. Aber ich war nicht Celine und schon gar nicht mit ihren Nerven ausgestattet.

»Sie lassen mich ja einfach nicht zu Worte kommen, Herr Czernowske«, behauptete ich und fand das schon einmal ziemlich schlau. »Ich wollte Ihnen schon neulich sagen, dass ich Doktor el Ghandur schließlich gefunden und in seiner Wohnung besucht habe. Da war er allerdings quicklebendig.«

»Darf ich das als Ihre Aussage festhalten?«

Czernowske konnte ein zufriedenes Grinsen nicht unterdrücken, da wusste ich es: Er hatte mich reingelegt!

So fand ich mich am nächsten Morgen bei der Mordkommission ein, schließlich brauchte die nun meine Fingerabdrücke zum Abgleich und eine Unterschrift unter meiner Aussage.

Czernowske hatte seinen Partner dazugebeten, einen gewissen Schulz, der für seinen Auftritt als Kripobeamter offenbar vom Fernsehen ausgestattet worden war: speckige Lederjacke, T-Shirt, schlecht sitzende Jeans. Schulz wollte noch einmal alles über meinen Besuch bei Ahmed wissen. Warum ich ihn überhaupt ge- und dann besucht hätte, wie seine Stimmung gewesen wäre, hätte er deprimiert gewirkt, hätte ich eine Schusswaffe gesehen, und so weiter. Meine Hauptaufgabe bestand darin, immer »ich« und an keiner Stelle »wir« zu sagen. Schließlich verlor ich die Geduld.

»Hören Sie, das habe ich alles schon Herrn Czernowske ausführlich erzählt. Ich habe Patienten, die auf mich warten!«

Czernowske lehnte sich gemütlich in seinem gefederten Schreibtischstuhl zurück, grinste. »Davon habe ich gehört. Seit Ihrem Fernsehauftritt sollen die sich ja darum reißen, von Ihnen behandelt zu werden.«

Ich hatte nie bezweifelt, dass Czernowske mich nicht mochte. Aber nun war mir klar, dass er sauer war, weil er mich noch nicht da hatte, wo ich seiner Meinung nach hingehörte: auf der Anklagebank. Denn – was genau, wusste er noch nicht – irgendetwas hatte ich sicher mit dem Tod von Doktor Ahmed el Ghandur zu tun.

30

»Nur noch ein paar Nachfragen zu einigen Punkten«, hatte Czernowskes Partner Schulz gesagt. Und dann hatte ich mich schließlich doch verplappert und irgendwann von ›wir‹ statt ›ich‹ gesprochen. Kein großer Schaden, meinte ich, warum sollte ich nicht zugeben, dass Celine beim lebendigen Ahmed dabei gewesen war?

»Bitten Sie doch Ihre Freundin, bald kurz bei uns vorbeizuschauen. Dann können wir auch ihre Fingerabdrücke von unserer Liste streichen.«

Eine Sache mache ihm noch Kopfschmerzen, bemerkte Czernowske, als ich mich ohne Händeschütteln endlich verabschiedete. Wer die Frau gewesen sein könnte, die anonym aus der Telefonzelle in der Oderstraße den Tod von Herrn el Ghandur gemeldet hatte.

»Nur gut, dass wir alle Anrufe aufzeichnen.«

Da Czernowske recht damit hatte, dass die Patienten der Humanaklinik unverändert nicht von Doktor Hoffmann behandelt werden wollten, beschäftigte ich mich in der Teeküche der Intensivstation, inzwischen so etwas wie mein Dienstzimmer, wieder einmal mit Ahmeds Patientenakten. Genauer gesagt, ich sortierte den Stapel Reanimationen in zwei Unterstapel: Reanimationen mit und Reanimationen ohne Ajmalin im Blut. Der Haufen »mit Ajmalin« war etwas kleiner, was, zumindest relativ gesehen, positiv war. Doch eine Akte in diesem Stapel machte mir besondere Bauchschmerzen: Auch die Frau meines Freundes Valenta, die er selbst mindestens zwei Stunden lang erfolglos zu reanimieren versucht hatte, bis wir ihn schließlich mit sanfter Gewalt von der Toten trennen mussten, war ein Ajmalin-Opfer.

Irgendwann würde ich ihm das sagen müssen. Aber nicht heute. Heute war ich froh, dass Valenta am Morgen nach meiner bösen Entdeckung im Frei gewesen war und ich die Sache so zuerst nicht mit ihm, sondern mit Beate besprochen hatte. Seitdem hatte ich ihre Anweisung, die Angelegenheit für mich zu behalten, befolgt. Denn sie war vernünftig.

Der bei fast allen unseren weiblichen Mitarbeitern mehr als beliebte Ahmed – hatte er Manuela zum Apotheker Meyer ins Gartenparterre geschickt, damit der sich später nicht an ihn erinnern würde? Aber war er dabei nicht das Risiko eingegangen, dass Manuela jemandem, vielleicht sogar in aller Unschuld, davon erzählen würde? Hatte er so einen weiteren Fehler gemacht, Fehler, die in der Summe schließlich zu seinem Selbstmord geführt hatten? Oder war ich komplett auf dem Holzweg und Ahmed war gar nicht der Mann mit der Ajmalin-Überdosis?

Aber wer dann? Etwa die attraktive, eigentlich immer gut gelaunte Manuela selbst? Kaum vorstellbar, aber möglich ist alles, das lernt man spätestens in der Medizin. Zöge ich diese Möglichkeit in Betracht, könnte ich Manuela allerdings nicht fragen, ob Ahmed sie in die Krankenhausapotheke geschickt hatte.

Hinter mir ging die Tür auf. Verdammt, wenn das jetzt Valenta war – die Patientenakte seiner verstorbenen Frau lag ganz oben auf meinem Stapel!

Aber es war nicht Valenta, es war Pfleger Johannes.

»Wo steckt eigentlich Schwester Manuela, Johannes?«

Johannes schielte auf meine beiden Stapel. Schnell schob ich die Akte von Frau Valenta ganz nach unten.

»Die hat ein paar Tage frei.«

»Und Valenta?«

»Der auch. Sie fahren die nächsten drei Schichten hier, Doktor Hoffmann. Schon vergessen?«

Tatsächlich, das hätte ich fast vergessen. Oder verdrängt.

Aber im Moment war es eigentlich ziemlich egal, wo ich meinen deprimierenden Gedanken und mehr oder weniger fundierten Verdächtigungen nachging.

Als Johannes die Teeküche wieder verlassen hatte, stellte ich mich der nächsten unangenehmen Aufgabe und griff zum Telefon. Celine war *not amused*, dass ich sie bei Czernowske verpfiffen hatte.

31

Vielleicht hat Celine recht, wenn sie meint, ich sei zumindest gelegentlich (eher häufiger als selten) ziemlich naiv. Ich wusste ja, dass Czernowske mich noch nicht dort hatte, wo er mich am Ende haben wollte. Trotzdem hatte ich angenommen, ihn mit der unterschriebenen Aussage zu meinem Besuch bei Ahmed und meinen Fingerabdrücken wenigstens für ein paar Tage los zu sein. Eine Erwartung, die sich tatsächlich als naiv herausstellte. Czernowske brachte es fertig, als krönender Abschluss meiner drei Intensiv-Schichten aufzukreuzen.

»Lieber Herr Kommissar, ich habe gerade vierundzwanzig Stunden Dienst hinter mir, drei Achtstundenschichten hintereinander. Unter anderem gab es zwei Todesfälle mit ungeklärter Ursache. Sie können die Leichen gerne gleich beschlagnahmen und die Totenscheine mitnehmen. Ansonsten, was mich betrifft, lassen Sie sich einen Termin geben. Für irgendwann nächste Woche zum Beispiel.«

Es war die fast detailgetreue Wiederholung des ersten Auftritts von Czernowske neulich bei mir: er perfekt rasiert, gebügeltes Hemd, frisch gewaschene Haare. Ich als hätte ich die Nacht in einem Pappkarton auf der Kurfürstenstraße verbracht. Und mit Entgegenkommen oder gar Schonung durfte ich heute ebenso wenig rechnen: Sie hätten auch 24-Stunden-Rufbereitschaft bei der Kripo, meinte der Kommissar, und die Angelegenheit könne nicht warten.

»Es ist nämlich so, Herr Hoffmann, dass Sie uns nicht die ganze Wahrheit gesagt haben. Unter anderem haben Sie verschwiegen, dass Sie mindestens zwei Mal in der Wohnung von Herrn Ahmed el Ghandur waren. Zuletzt an seinem Todestag.«

Ach du Scheiße! Hatte ich die Kriminalpolizei schon wieder unterschätzt? »Wie kommen Sie denn darauf?«

Czernowske lächelte selbstzufrieden. »Tja, die Kriminaltechnik macht Fortschritte. Auch in der Daktylographie, der Lehre von den Fingerabdrücken.«

Da waren sie wieder, meine verdammten Fingerabdrücke!

Czernowske fuhr fort: »Wie Ihnen sicher bekannt ist, entstehen Fingerabdrücke durch das Anhaften von Fett und Schweiß der Haut an den berührten Gegenständen. Wie Sie sicher auch wissen, wird Fett mit der Zeit ranzig. Oder, wie Sie es als wissenschaftlich ausgebildeter Mensch ausdrücken würden, unterliegt Fett sowohl der hydrolytischen Spaltung wie auch der Autoxidation.«

Stimmt. Er hatte hydrolytische Spaltung und Autoxidation sogar richtig ausgesprochen.

»Alles was wir machen, ist messen, wie ranzig der Fingerabdruck ist. Und damit wissen wir, wie alt er ist. Eigentlich ganz einfach. Nur dass es bisher nicht möglich war, solche winzigen Mengen zu untersuchen. Was es inzwischen ist, dank der Schwingungsspektroskopie beziehungsweise der Infrarotspektroskopie.«

Noch einmal holte Czernowske tief Luft.

»Sie wissen ja, Herr Hoffmann, es ist immer gut, eine zweite, unabhängige Methode zu haben, um ein Ergebnis zu überprüfen. Ist doch bei Ihnen in der Medizin ganz ähnlich, oder?« Er erwartete keine Antwort, war ungeduldig, mir mit seiner »unabhängigen Methode« den tödlichen Stoß zu versetzen. »Zusätzlich wird die Feuchtigkeit des Fingerabdrucks bestimmt, die natürlich mit der Zeit abnimmt. Wir sind noch nicht auf die Minute genau, aber mit beiden Methoden zusammen kommen wir auf Vier- bis Sechsstundenintervalle. Was, wenigstens in diesem Fall, völlig ausreicht.«

Ja, hörte sich alles plausibel an. Ich sollte meine Arme ausstrecken und mir die Handschellen anlegen lassen, die Czernowske hinten an seinem Gürtel trug. Aber der Kommissar hatte einen Fehler gemacht. So plausibel seine Erklärung für die Altersbestimmung von Fingerabdrücken auch klang, er hatte die Sache einfach zu ausführlich erklärt. Hätte er einfach gesagt: »Glauben Sie mir, wir können's« – er hätte mich zumindest stark verunsichert. So aber nicht. Nicht noch einmal wollte ich auf ihn hereinfallen wie vorgestern, als er mir am Ende grinsend erklärt hatte, dass er meine Fingerabdrücke zum Vergleich gar nicht auf Lager hatte.

»Haben Sie einen Haftbefehl mitgebracht? Sonst gehe ich jetzt nämlich nach Hause, ins Bett!«

Czernowske behauptete, den können er sich jederzeit besorgen, aber es wäre doch günstiger für mich, vorerst ohne Haft zu gestehen, Strafmilderung und so.

»Besorgen Sie sich den Haftbefehl, Herr Kommissar. Sie finden mich dann zu Hause. Wenn Sie mich jetzt bitte entschuldigen.«

Czernowske war gerade abgezogen, als ein Anruf für mich kam. Mit einer Nachricht, die ich im Gegensatz zu Czernowskes Geschichten über die Altersbestimmung von Fingerabdrücken zu meinem Entsetzen allerdings glauben musste.

»Felix, diesmal ging es schneller. Ich hatte ja noch den fertigen Kit und wusste, wonach ich suchen musste.«

Ich erkannte die Stimme von Michael, hatte aber keine Ahnung, wovon er sprach.

»Äh? Was ging diesmal schneller?«

»Na, das letzte Serum, das du mir in die Kühltruhe gestellt hast.«

Endlich begriff ich, es ging um die Probe von der reanimierten Frau Zuckermann. Irgendjemand zog plötzlich einen fachgerechten Schifferknoten um meinen Magen.

»Und?«

Ich ahnte die Antwort und behielt leider recht.

»Voll mit Ajmalin. Bis zum Stehkragen!«

32

»Haben wir einen Trittbrettfahrer?«, fragte Beate in die Runde.

Es war ein halbwegs milder Frühlingsabend. Dick in Pullover eingepackt, saßen Celine, Beate und ich auf dem Balkon bei Celine, jeder einen heißen Grog vor sich. Milder Frühlingsabend ist ein relativer Begriff in Berlin.

»Trittbrettfahrer hieße, dass wir einen Mitwisser haben, jemand, der über Ahmeds Reanimationen und das Ajmalin Bescheid weiß. Ich war bei der Reanimation von Frau Zuckermann von Anfang an dabei. Wenn das Protokoll auch wie üblich lückenhaft ist, weiß ich doch genau: Wir haben zu keinem Zeitpunkt Ajmalin gespritzt.«

»Ahmed scheidet aus bekannten Gründen diesmal aus. Also ist es einer von uns dreien, oder?« Celine nahm mich ins Visier. »Oder hast du sonst noch jemandem von dem Ajmalin erzählt?«

Dieser Lehrerinnenblick! Fast fühlte ich mich schuldig. »Nur Michael weiß außer euch noch Bescheid. Ich musste ihm schließlich erklären, warum er ohne Bezahlung diese Blutproben für uns untersuchen sollte.«

Ich überlegte, wie viel ich eigentlich Valenta erzählt hatte. Ich hatte ihm gegenüber die Beretta erwähnt, den Mossad, dass vielleicht auch ein palästinensischer Christ zur Fatah oder Hamas gehören könnte. Aber ich war ziemlich sicher, dass ich ihm nichts von den Reanimationen und dem Ajmalin gesagt hatte. Und selbst wenn, würde ich das den beiden jetzt nicht auf die Nase binden.

Beate schüttelte den Kopf. »Wie lange ist Michael Thiel nicht mehr bei uns in der Klinik? Der war ja schon lange weg, als ich hier angefangen habe. Warum sollte der nach all den Jahren durch die Humanaklinik schleichen und Intensivpatienten mit Ajmalin abfüllen? Und uns dann noch den entscheidenden Hinweis geben?«

Die Frage war: Warum würde wer auch immer das tun? Aber Beate hatte recht, Michael war mit Sicherheit nicht unser Kandidat. Vielleicht ebenso wenig wie Ahmed.

»Ich fürchte«, sagte ich, »es geht womöglich gar nicht um einen Trittbrettfahrer und mit Ahmed lagen wir eventuell von Anfang an falsch. Es wird höchste Zeit, die Polizei einzuschalten.« Beate warf mir einen unwilligen Blick zu. An Celine gewand fuhr ich fort: »So viel habe ich doch bei der Sache mit Herrn Wurm von deinem Anwaltsfreund gelernt: Man ist nicht unbedingt verpflichtet, ein schon stattgehabtes schweres Verbrechen anzuzeigen. Wohl aber ein drohendes, das noch zu verhindern ist. Paragraph 138 Strafgesetzbuch, soweit ich mich erinnere. Wenn der Ajmalin-Verrückte noch unter uns ist, müssen wir damit rechnen, dass er oder sie jederzeit erneut zuschlägt. Das entspricht der Definition drohendes Verbrechen, oder nicht?«

Ungeduldig schüttelte Beate ihre blonden Locken. »Seit wann so viel Vertrauen in das Können der Polizei, Felix? Hat dich dieser Kommissar Czernowske so beeindruckt?« Na ja, immerhin hatte er mich voll überlistet mit meinen Fingerabdrücken, aber auch das brauchte ich den beiden nicht auf die Nase zu binden. Beate argumentierte weiter. »Und wie würden wir erklären, warum wir erst jetzt die Polizei einschalten?«

»Eine offizielle Untersuchung würde jedenfalls den Täter stoppen. Denn zurzeit, das hat er uns gezeigt, ist er noch aktiv«, verteidigte ich meine Position. Aber Beate war nicht kompromissbereit.

»Glaubst du, die Polizei würde die Sache diskret behandeln? Ohne Presse? Und selbst wenn, woher willst du wissen, dass nicht irgendeine Polizeisekretärin plaudert? Oder jemand hier bei uns, wenn alle Mitarbeiter verhört werden?

Außerdem wären die Kriminalheinis sowieso auf die Mitarbeit von dir oder einem anderen Arzt angewiesen. Czernowske kennt weder die Strukturen noch die Abläufe hier. Also bliebe die Aufklärung sowieso weitgehend an dir hängen – so wie jetzt.«

Celine kam mir nicht zur Hilfe, nahm mir immer noch meinen »Verrat« übel. Also konnte Beate weiter argumentieren.

»Was sich ändern würde, wenn wir die Polizei einschalten, ist also nur, dass wir den Laden dichtmachen könnten. Nicht nur, dass sich kein Mensch, der seine fünf Sinne beisammen hat, noch freiwillig in eines unser Krankenbetten legen würde. Darüber hinaus könnten wir die Wände mit den Schadensersatzforderungen der Angehörigen tapezieren.«

Mittlerweile war es auf dem Balkon auch mit Grog und Pullover ziemlich ungemütlich. Wir beschlossen, hineinzugehen und uns bei einem Wein zu beruhigen. Dort eröffnete uns Celine einen vorsichtigen Kompromiss.

»Sagen wir mal, *vorerst* keine Polizei. Das können wir ja bei Bedarf schnell ändern. Also: Wie wollen wir weitermachen? Mit anderen Worten: Wen noch informieren, um irgendwie vorwärtszukommen?«

»Wie meinst du das?«

»Na, es gab doch Fälle, zum Beispiel von sexuellen Übergriffen auf Patienten oder Patientinnen durch Krankenhausmitarbeiter, wo sich später herausstellte, dass auf der Ebene des Personals die Überraschung nicht so furchtbar groß war. Nur hatte sich niemand getraut, den Vorgesetzten seinen oder ihren Verdacht zu melden.«

»Im Prinzip richtig«, meinte Beate. »Das Problem ist nur, wen genau sollen wir einweihen beziehungsweise dazu befragen? Können wir denn irgendjemanden als Täter mit Bestimmtheit ausschließen?«

Auf jeden Fall Valenta, da war ich sicher. Schließlich war

er selbst Betroffener, wenn er es auch noch nicht wusste. Celine und Beate stimmten mir zu.

»Aber dann wird's schon schwierig, oder?«

»Stimmt«, sagte ich, »aber es hilft nichts. Wenn wir Valenta als Chef der Intensivstation einweihen, ist es nur logisch, auch die Pflegeleitung der Station mit ins Boot zu nehmen. Schwester Hedi ist seit über fünfundzwanzig Jahren in der Klinik, warum sollte die auf einmal durchdrehen? Und dann noch Chefarzt Kleinweg. Es sei denn, wir nehmen wirklich an, dass er durch seinen Unfall nicht nur vergesslich geworden ist.«

Beate war einverstanden. Sie wäre wahrscheinlich mit jedem Vorschlag einverstanden gewesen, solange es nur dabei blieb: keine Polizei!

33

Selbstverständlich hatte Celine den guten Czernowske ein wenig zappeln lassen, schließlich aber eingesehen, dass ihr nichts anderes übrig blieb, als ihn auf seinem Kommissariat aufzusuchen.

»Was der wissen wollte? Frag mich lieber, was er nicht wissen wollte.« Es war nicht zu überhören, dass Celine kaum so bald vergessen würde, wessen Dummheit sie diesen Besuch bei der Kripo zu verdanken hatte. »Gut, er hat mich nicht nach meiner Schuhgröße gefragt, auch nicht nach meinem Lieblingsfilm, aber sonst eigentlich alles. Wobei ich ihm nicht jede Frage beantwortet habe.«

Nun lächelte Celine, und ich sah die Szene lebendig vor mir. »Das geht Sie gar nichts an.« – »Und das schon mal überhaupt nichts.« – »Sehe nicht ein, was das mit unserem Besuch bei Doktor el Ghandur zu tun haben soll« und so weiter.

Sie wird es Czernowske nicht leicht gemacht haben. Schließlich wusste sie da noch nicht, um was es dem Kommissar bei all den Fragen hauptsächlich ging.

»Irgendwann kam er dann tatsächlich auf unseren Besuch bei Ahmed zu sprechen. Was er dich auch gefragt hat: dessen generelle Stimmung, ob er deprimiert oder bedrückt auf mich gewirkt, ob er einen Selbstmord wenigstens indirekt angedeutet hätte. Auch, da wurde es etwas eng, warum wir ihn überhaupt besucht hätten. Dazu wusste ich nicht, was du ausgesagt hast. Es wäre um die von ihm in der Klinik hinterlassenen Patientenakten gegangen, genauer könne ich mich nicht erinnern. Hat er akzeptiert.«

»Na, dann ist doch alles gut gegangen.«

»Moment, der interessante Teil kommt noch. Erinnerst du

dich noch an unsere Befragung, als wir damals mit der EL AL ab Tel Aviv geflogen sind?«

Ich erinnerte mich. Eine deutlich intensivere Befragung, als ich sie selbst von Czernowske bisher erlebt hatte. Eigenartig, dass wir bei Ahmed immer wieder auf den Mossad zu sprechen kamen: »Wer hat den Koffer gepackt?« – »Wo haben Sie den Koffer gepackt?« – »Wer war dabei, als Sie den Koffer gepackt haben?« – »Was genau hat wer von Ihnen in den Koffer gepackt?« und so weiter und so weiter.

»Ja. So etwa fragte dein Freund Czernowske plötzlich. Hätte Ahmed uns etwas angeboten, einen Kaffee oder so? Ja. Einen Arak aus Ramallah. Wo wir bei dem Gespräch gesessen hätten? In seiner Küche. Wo in seiner Küche? Na, am Küchentisch, wo denn sonst? Habe ich neben dir gesessen oder dir gegenüber? Wo hat Ahmed gesessen, uns gegenüber? Am Kopf des Tisches? Schließlich sollte ich Ahmeds Position und unsere sogar in einer – wie er sich ausdrückte – Tatortskizze markieren.«

»Hat er tatsächlich von Tatortskizze gesprochen?«

»Hat er. Da ist es mir zu dumm geworden. Das habe ich ihm auch gesagt und dass ich jetzt gehen würde. Da meint er, selbstverständlich könne ich die Aussage verweigern, wenn ich mich sonst selbst belasten würde.

Ich darauf: Bin ich Beschuldigte?

Czernowske: Nein, noch nicht.

Ich: Dann müsste ich nicht von meinem Recht auf Aussageverweigerung Gebrauch machen, sondern von meinem Recht auf Zeugnisverweigerung. Und das auch erst vor einem Richter. Ihnen brauche ich gar nichts zu sagen.«

Im Stillen applaudierte ich Celine. »Ist er dir denn auch mit der Geschichte von den Fingerabdrücken und der Altersbestimmung gekommen?«

»Wart's ab, Felix, noch besser. Ich stehe also gerade auf, will einen eleganten Abgang hinlegen, da geht die Tür auf und sein Copilot mit der speckigen Lederjacke ...«

»Schulz.«

»Richtig, Schulz. Der steckt also seine Nase in den Vernehmungsraum und sagt, sie wären jetzt so weit mit der Stimmenanalyse. Ob ich mir das mal anhören wolle. Ohne meine Antwort abzuwarten, fummelt dieser Schulz an seinem Laptop herum. und dann höre ich mich, wie ich aus der Telefonzelle melde, dass ein Toter in der Schillerpromenade 48 liegt.«

»Aber du hattest doch deine Stimme verstellt!«

»Ja, so hat Schulz mir die Aufnahme auch zuerst vorgespielt. Dann hat er die Sprechfrequenz elektronisch moduliert und am Ende hörte ich meinen Anruf fast in Originalstimme, Leugnen zwecklos. Jetzt war klar, dass ein großer Teil des Verhörs nur dazu gedient hatte, Zeit zu gewinnen und möglichst viel von meiner unverstellten Stimme aufzuzeichnen, damit Schulz oder seine Techniker wussten, in welche Richtung sie mit der Sprachmodulation gehen mussten. Ein elektronischer Zaubertrick, aber, mit meiner unverstellten Stimme als Grundlage, nicht wirklich schwer. Keine Chance, ich musste schließlich zugeben, dass wir die Leiche gefunden haben.«

Ich weiß nicht mehr genau, wie ich mich in diesem Moment fühlte. Ich glaube sogar, erleichtert. Schließlich spielte ich schon länger mit dem Gedanken, bei Czernowske die Karten auf den Tisch zu legen. Das wäre wahrscheinlich besser gewesen, als von ihm überführt zu werden. Nun war es zu spät.

»Vielleicht ist es an der Zeit, dass du uns wieder einmal zu einem unverbindlichen Gespräch mit Deinem Freund Burghardt, dem Rechtsanwalt, anmeldest.«

»Da hast du mehr recht, als du denkst, mein Lieber. Denn den allerbesten Teil kennst du noch nicht.«

Mir schwante Böses. Und gleich stellte sich heraus, dass das noch nicht böse genug gewesen war.

»Kaum hatte ich Leichenfund und Anruf zugegeben,

haben die von Strafvereitelung nach Paragraph 258 Strafgesetzbuch gefaselt. Das war natürlich Blödsinn, so weit hatte ich mich ja vorher bei Burghardt informiert. Strafvereitelung heißt, dass es einen Täter gibt, dessen Bestrafung wegen einer rechtswidrigen Tat ich irgendwie verhindert hätte. Bei Selbstmord ist der ›Täter‹ aber bereits tot, und darüber hinaus, so ich weiter zu den beiden Supercops, sei nach meinem Kenntnisstand Selbstmord in Deutschland keine Straftat. Da grinste Czernowske wie Schweinchen Schlau und meinte, da hätte man mich richtig informiert, Selbstmord sei in Deutschland in der Tat kein Verbrechen. Das Problem wäre nur, unser Freund Ahmed sei ermordet worden.«

34

Mord ist schlimmer als Selbstmord. Trotzdem war ich erleichtert, dass unser Besuch Ahmed nicht in den Selbstmord getrieben hatte, falls Czernowske uns nicht erneut eine Finte aufgetischt hatte.

»Wie kommen die denn plötzlich auf Mord?«

»Das habe ich Schweinchen Schlau natürlich auch gefragt. Die Antwort, kurz gesagt: Fundort war nicht Tatort.«

»Ahmed hat sich nicht in seinem Bett erschossen?«

»Nee. Ahmed hat sich überhaupt nicht erschossen. Er ist erschossen worden. In seiner Küche, am Küchentisch. Von da hat der Täter den toten Ahmed ins Schlafzimmer geschleift.«

War die Küche wirklich der Tatort, schiede Selbstmord aus. Mit einem zerstörten Hirnstamm hätte sich Ahmed nicht ins Schlafzimmer schleppen können.

»Wozu der Aufwand? Warum, meinte der Täter, sollte sich Ahmed nicht am Küchentisch umgebracht haben?«

»Keine Ahnung. Wer weiß schon, wie ein Mörderhirn tickt. Aber der Ablauf selbst ist wohl sicher. Mit ihrer auf eine spezielle Wellenlänge eingestellten Tatortlampe konnten die Spezialisten ziemlich frische Spuren von Ahmeds Blut auf dem Weg zum Schlafzimmer nachweisen. Beim Ringelschuss, so Czernowske, tritt nur kein Blut aus der Wunde, solange man die Leiche nicht noch durch die Gegend transportiert.«

»415 Nanometer.«

»Was?«

»415 Nanometer. Das ist die Lichtfrequenz, wenn du kleinste Blutspuren mit einer Tatortlampe sichtbar machen willst.«

Celine meinte, da hätte ich aber wirklich viel gebüffelt für meine Wiederholungsprüfung in Gerichtsmedizin. Aber dieses Wissen verdankte ich Fernsehserien, CSI oder so etwas. Die sieht wohl auch die Kriminalpolizei und lernt daraus.

Etwaigen Stolz auf mein Fernsehwissen dämpfte Celine jedoch gleich.»Jetzt kommt das Schönste, mein Lieber. Ohne uns hätten die Kriminalisten das wahrscheinlich alles nicht entdeckt!«

Ich muss ein ziemlich verwirrtes Gesicht gemacht haben. Celine zeigte schließlich Erbarmen.

»Es wäre die Lage der Pistole vor dem Bett gewesen, hat Czernowske mir erzählt. Die konnte einfach nicht stimmen, das wäre ihnen als Erstes aufgefallen. Die lag zu weit vom Bett entfernt. Sie hätten das wiederholt getestet, aber im Ergebnis sei sie immer mehrere Zentimeter zu weit weg gewesen. Erst daraufhin hätten sich die Tatortprofis die komplette Wohnung vorgenommen.«

Da konnte ich nur froh sein, dass Schuhspitzen keine personenspezifischen Abdrücke an Pistolen hinterlassen. Aber etwas ärgerte mich gewaltig an der Geschichte.

»Dann haben Czernowske und Co mich die ganze Zeit an der Nase herumgeführt, wenn sie von Anfang an wussten, dass es kein Selbstmord war!«

»Vielleicht. Aber wahrscheinlich ist ihnen das mit der Pistole zwar als Ungereimtheit aufgefallen, aber erst später, als sie noch einmal alle Tatortfotos gründlich studiert haben.« Celine hielt einen Moment inne, lächelte verschmitzt. »Irgendwann ist ihnen sogar bewusst geworden, dass nirgends ein Handy zu finden war, und zwar in einer Wohnung ohne Festnetzanschluss ... Jedenfalls zeigt es, dass wir die Kripo-Jungs nicht unterschätzen sollten. Ich habe dir schon in dieser Starbucks-Kopie gesagt, dass wir Ahmed nicht in den Tod getrieben haben, nun ist auch Czernowske drauf gekommen. Wenn unsere Geschichte stimme, meinte er, mache es doch keinen Sinn, dass Ahmed dich zu sich bestellt hätte, nur um seinen Selbstmord zu demonstrieren. Selbstmord machten Araber eher mit ein paar Stangen Dynamit im Rucksack in einem Einkaufszentrum als zu Hause im Bett. Ich wollte Czernowske schon fragen, ob er Rassist sei, aber ich hatte ja ähnliche Gedanken.«

Schön, also hatten wir Ahmed nicht in den Selbstmord getrieben. Aber, überlegte ich, könnten wir nicht trotzdem mitschuldig sein? War unser Besuch bei ihm beobachtet worden, oder er hatte dem Jemand, zu dem er so eilig mit seinem Porsche gefahren war, davon berichtet? Der PLO, dem Mossad, der Pharma-Mafia, wem auch immer, und die hatten ihn deshalb erledigt?

»Hat denn Czernowske eine Idee zum Täter?«

»Hat er tatsächlich, aber die wird dir nicht gefallen«, sagte Celine. Wobei mir schon der Unterton in ihrer Stimme dabei nicht gefiel. Ich wartete.

»Czernowske kam mit der Frage, warum ich den Tod anonym gemeldet hätte, wo wir doch ein reines Gewissen haben sollten, falls unsere Geschichte stimme. Dann noch einmal mit dem Tatort, der nicht der Fundort gewesen sei, der Küche also, und holte diese Skizze raus, auf der ich unsere jeweilige Position am Küchentisch bei unserem Besuch markiert hatte. ›Sehen Sie‹, erklärte er mit dem Finger auf der Skizze, ›genau hier, wo Sie ihn eingezeichnet haben, am Kopfende des Tisches, saß Herr el Ghandur, als er ermordet wurde. Und hier, sagen uns die Spuren, saß sein Mörder.‹ Da hat er auf den Platz gezeigt, den ich mit FH für Felix Hoffmann markiert hatte.«

Mir wurde übel. »Aber da hat Ahmed doch noch gelebt!«

»Das habe ich dem Kommissar auch gesagt. Genau das wäre die Frage, hat er geantwortet.«

35

Am nächsten Morgen schien mir der Leichentransport zum Schlafzimmer nicht mehr so rätselhaft. Vielleicht war der Täter unsicher gewesen, ob er nicht irgendwelche Spuren am eigentlichen Tatort hinterlassen hatte. Würde man Ahmed jedoch in seinem Bett finden und von Selbstmord ausgehen, gäbe es keinen Grund, die Küche genauer zu untersuchen. Dumm gelaufen!

Aber meinte Czernowske wirklich, ich hätte Ahmed umgebracht? Ihm an seinem Küchentisch die Beretta unter die Nase gehalten, sein Hirn weggepustet und ihn dann mit Celine über den Flur ins Bett geschleppt? War Czernowske schon auf jemanden in der Klinik gestoßen, der – wie Celine mich gewarnt hatte – ihm von einer Auseinandersetzung zwischen mir und Ahmed berichten konnte, wenn auch nichts zu deren Inhalt? Eigenartigerweise fühlte ich mich gleichzeitig weiterhin befreit, dass das Versteckspiel um Fingerabdrücke, Leichenfund und den Anruf bei der Polizei vorbei war. Zumal, kleine Überraschung, das mit den Fingerabdrücken und ihrer Altersbestimmung von Czernowske doch nicht frei erfunden war, wie Freund Burghardt uns inzwischen informiert hatte. Allerdings geht das zurzeit lediglich über die Messung der Restfeuchtigkeit des Abdrucks. Keine Ahnung, woher der Kommissar noch die Idee mit dem Fettabbau hatte. Hatte Celine auch hier recht, war Czernowske deutlich schlauer, als mir lieb sein konnte? Aber wie konnte er mich dann ernsthaft als Verdächtigen in Betracht ziehen? Nur weil ich, wie es so schön heißt, zur falschen Zeit am falschen Ort gewesen war? Vielleicht wurde es Zeit, dass ich mich bemühte, den wahren Täter zu finden.

Es war wieder einmal Mittwoch, aber bis meine Studenten zum *bedside-teaching* einlaufen würden, blieb noch Zeit. Auf dem Weg zur Klinik hatte ich mir Ahmeds Prepaid-Handy von Celine besorgt. War hier der Mörder gespeichert? Als Mathematik-Genie hatte sie längst den Zugangscode geknackt, nun studierte ich das Adressbuch und die Rufnummern, die er angerufen hatte beziehungsweise die ihn angerufen hatten. Auffällig: nicht ein einziger Eintrag im Adressbuch. Ohnehin hatte Ahmed wenig telefoniert. Wiederholt immerhin mit drei Anschlüssen, die mit 00972 begannen. Das Internet verriet mir, dass 00972 die Vorwahl für Gaza war. Seine Familie? Seine Kontaktleute bei der Hamas? Nur eine Nummer mit der Vorwahl 030, also in Berlin. Es antwortete ein Pizza-Lieferservice. Gut möglich, dass ein verärgerter Pizzabote Ahmed wegen mangelndem Trinkgeld erschossen hatte. Aber mit Rücksicht auf die anstehenden Restlieferungen hätte der sich kaum die Zeit zur Umplatzierung der Leiche genommen. Blieben noch drei Handynummern, eine davon kam mir irgendwoher bekannt vor. Bei den ersten beiden meldete sich niemand. Ich notierte die Rufnummern sowie Tag und Uhrzeit der Verbindungen auf einen Zettel, falls sie mir irgendwann unterkommen sollten. Gespannt drückte ich zuletzt die Nummer, die mir bekannt vorkam. Prompt klingelte mein Handy. So ist das in Zeiten, in denen man alles mit einem Klick speichert: Man kennt die eigene Handynummer nicht mehr. Vollkommen richtig jedenfalls, dass Celine das Handy bei Ahmed mitgenommen hatte: Der Anruf bei mir war sein letzter in diesem Leben gewesen!

Die Zeitanzeige auf dem Handydisplay erinnerte mich nicht nur an das *bedside-teaching*, sondern auch daran, dass ich noch keine Patienten dafür verpflichtet hatte. Sehr wahrscheinlich würden sich nur die beiden Priapismus-Damen einfinden, die mir trotz Youtube die Treue gehalten hatten, also brauchte ich nur maximal zwei Opfer studentischer Lernbegierde. Mir kam eine geniale Idee, wo ich die finden könnte, und machte mich auf die Socken zu unserer Augen-abteilung. Tatsächlich konnte ich dort zwei momentan stark Sehbehinderte auftun, die dank ihres Alters natürlich zu-sätzlich internistische Probleme hatten und mich dank ihres Augenproblems nicht erkannten.

Die Patienten-Akquise hatte schneller als erwartet ge-klappt, es blieb sogar noch Zeit, zum wievielten Mal auch immer, den Stapel mit den Ajmalin-Fällen durchzugehen. Vor der für morgen geplanten Konferenz, auf der wir Chef-arzt Kleinweg, Valenta und Oberschwester Hedi über das Ajmalin informieren würden, wollte ich Sicherheit, dass Ahmed nun wirklich als Täter ausschied und wir es bei Frau Zuckermann nicht doch mit einem Trittbrettfahrer zu tun hatten. Erneut verglich ich das Datum der häufig erfolglosen Wiederbelebungen mit Ahmeds Dienstplan, obgleich, wie gesagt, die Dienste oft getauscht werden. Endlich fiel mir ein Datum ins Auge: der sechste Dezember vergangenen Jahres, Nikolaus. Deshalb konnte ich mich erinnern. Ich war zu einem Medizinkongress in Köln gewesen und am Morgen prompt in die kleine Schokoladenaufmerksamkeit getreten, die mir das Hotelmanagement vor die Tür gelegt hatte. Wichtiger aber: Ahmed war zu dem Kongress mitgekommen und hatte das Zimmer neben mir. Am sechsten und am sieb-ten Dezember aber gab es jeweils einen Ajmalin-Fall. Damit war endgültig klar, dass unser Täter nicht der tote Ahmed, sondern immer noch aktiv war.

Irgendwann schaute ich auf die Uhr und stellte fest, dass heute überhaupt keine Studenten aufgetaucht waren, nicht einmal die beiden Mädchen von letzter Woche. Wollten auch die jetzt nicht mehr von dem unseligen TV-Doktor unterrichtet werden? Oder war ihnen die Sache mit dem Priapismus noch peinlich? Heute wäre mir der ungeliebte Studentenunterricht sogar recht gewesen, hätte er doch meine nächste Aufgabe für den Tag weiter hinausgezögert: Ich musste Valenta vor der morgigen Konferenz beibringen, dass auch seine Frau ein Opfer des Ajmalin-Mörders geworden war. Das war ich ihm als Freund schuldig.

Valenta hatte noch dienstfrei, ich erreichte ihn schließlich in seinem Ferienhaus, einem kleinen Restbauernhof kurz vor Leipzig.

»Prima dass du dich meldest, Felix. Ich wollte dich sowieso anrufen. Wir müssen noch ein paar Einzelheiten zu unserem Ausflug besprechen, oder? Ist ja bald.«

Das war so etwas wie ein Ritual: Jedes Frühjahr machten Valenta und ich an einem verlängerten Wochenende eine Wanderung und redeten dabei über Gott und die Welt. Einzige Bedingung: keine Frauen dabei. Bisher hatten wir uns mit den deutschen Mittelgebirgen zufrieden gegeben, Schwarzwald, Thüringer Wald, Harz und so; ich war gespannt, was Heinz Valenta dieses Mal vorschlagen würde, denn üblicherweise arbeitete er unsere Touren aus. Jedenfalls war ein persönliches Treffen genau das, was ich wollte. Ich konnte ihm kaum per Telefon über die wirkliche Ursache für den Tod seiner Frau informieren. Da passte es auch gut, dass wir uns ohnehin treffen würden, sonst hätte ich ihm mit einem geheimnisvoll-dramatischem »Worum es geht, kann ich dir am Telefon nicht sagen« kommen müssen.

Valenta schlug ein Waldrestaurant in der Nähe von Rabenstein vor.

»Im Fläming? Das ist ja mitten in der Pampa! Wo sich Fuchs und Hase gute Nacht sagen.«

»Es ist etwa in der Mitte zwischen dir und mir und die haben einen hervorragenden Hirschbraten, mein Lieber.«

Erst auf dem Weg zu diesem Waldrestaurant fiel mir ein, wie schlitzohrig Valenta zu seinem Hirschbraten gekommen war. Es stimmte schon, das Restaurant lag etwa auf halber Strecke zwischen Berlin und Leipzig. Nur hatte er vergessen zu erwähnen, dass er ohnehin nach Berlin musste. Unter anderem, weil für morgen die Besprechung bei Beate angesetzt war. Aber schön, für einen guten Hirschbraten konnte ich mich schon einmal in den Fläming aufmachen.

Bis kurz hinter Rabenstein fuhr ich Autobahn, aber je tiefer es danach auf der Landstraße in den Fläming ging, desto einsamer und dunkler die Gegend. Die Bäume standen für meinen Geschmack viel zu dicht am Straßenrand, und in gefühlt jeder zweiten Kurve tauchte im Licht meiner Scheinwerfer ein Gedenkkreuz auf. Plötzlich wurde es hinter mir hell. Im Rückspiegel raste der nächste Kreuz-Kandidat heran, den weit auseinanderstehenden Scheinwerfern nach in einem dieser unsäglichen SUVs. Binnen Sekunden hing er so gut wie direkt an meiner Stoßstange, die Scheinwerfer unverändert voll aufgeblendet. Ich kippte den Rückspiegel, konnte aber nach wie vor kaum etwas sehen. Also bremste ich vorsichtig ab, sollte der Idiot mich doch überholen! Tat er aber nicht, sondern rückte mir, sprich meinem bejahrten Golf, tatsächlich noch näher auf die Pelle. Natürlich konnte ich sein Nummernschild nicht erkennen, er hingegen mein B für Berlin. Wahrscheinlich das Abendvergnügen im Fläming: den blöden Autofahrern aus der Stadt mal so richtig einheizen! Plan B, beschleunigen statt A wie abbremsen, brachte auch nichts, der SUV-Idiot blieb an mir kleben. Plan B stellte sich im Gegenteil als gefährlich heraus, da ich immer mehr Gas geben musste beim Versuch, etwas Abstand zu meinem Verfolger zu gewinnen. Der aber hatte nicht nur zwei Tonnen mehr Gewicht um sich, sondern auch mindestens doppelt so viele PS unter der Haube und offenbar zunehmend Freude an der Sache. Besonders als jetzt die Kurven noch enger wurden und rechts von mir das Gelände direkt am Seitenstreifen steil abfiel. Das Lenkrad wurde zunehmend rutschiger vom Schweiß meiner verkrampften Finger. Denn noch etwas hatte der SUV hinter mir offensichtlich, was in der Ausstattung meines Golfs fehlte: ein Anti-Skid-System, dem ich nur abgefahrene Reifen entgegensetzen konnte. Die Karten waren mehr als ungerecht verteilt.

»Wie siehst du denn aus?!«, begrüßte mich Valenta in seinem Waldrestaurant. »Zu viel zu tun auf Intensiv? Oder ist dir auf der Fahrt durch den schönen Fläming ein Gespenst begegnet?«

»Kein Gespenst. Nur ein Verrückter in einem SUV, der versucht hat, mich von der Straße zu schieben.«

Valenta klopfte mir auf die Schulter. »Dann brauchst du erst mal einen Schnaps. Das ist das Problem hier in der Gegend. Die jungen Leute haben zu dicke Autos, langweilen sich zu Tode und niemand setzt sich abends mit weniger als einskommafünf Promille hinters Lenkrad.«

Wenigstens hatte ich mir von Celine das Navi geborgt, so dass die Computerstimme, im Gegensatz zu mir völlig unaufgeregt, endlich »Sie haben ihr Ziel erreicht. Ihr Ziel liegt rechts« verkündet hatte. Tatsächlich war hier die enge Landstraße rechts zu einem Parkplatz erweitert. Keine Sekunde zu früh, denn der SUV-Typ hatte inzwischen damit begonnen, mich mit seinem Bullenfänger zu schubsen oder sogar ein Stück vor sich her zu schieben. Nun verschwand er mit Vollgas in der brandenburgischen Nacht.

Valenta schien in dieser Waldkneipe so etwas wie ein Freund des Hauses zu sein; neben dem Wirtsehepaar und ihrer missmutig dreinschauenden Tochter, die die Bedienung gab, waren wir allein. Als Schnaps gab es den guten alten Doppelkorn, den Rotwein zum Hirschbraten hatte Valenta wohlweislich selbst mitgebracht. Aber der Hirsch, das musste ich zugeben, hatte den weiten Weg gelohnt. Wäre da nicht der Idiot mit seinem SUV gewesen.

»Also, wohin soll's diesmal gehen, Valenta?«

Wie gesagt, wir waren Freunde seit Jahren. Aber jeder nannte Heinz Valenta einfach Valenta.

»Diesmal geht es hoch hinaus, mein Lieber. Richtig ins

Gebirge. Österreich, auf den Fuchskopf. Über 2 000 Meter. Da gibt es eine tolle Hütte, habe ich gegoogelt. Und um diese Jahreszeit dürften wir die ganz für uns haben.«

»Anfang Mai auf über 2 000 Meter? Da kann es noch richtig kalt werden, sogar schneien. Meinst du das im Ernst?«

Valenta klopfte mir gut gelaunt auf die Schulter. »*No risk, no fun!* War doch immer unser Wahlspruch.«

Stimmt, war es, wenn auch die Risiken im Mittelgebirge überschaubarer waren. Aber ich wollte Valenta seine gute Laune nicht verderben, selbst wenn die vielleicht aufgesetzt war. Wieder fiel mir auf, wie viele seiner ehemals rund 125 Kilo Valenta seit dem Tod seiner Frau verloren hatte. Warum sollte ich ihm da nicht seinen Spaß lassen? Zumal der schwierigste Teil des Abends noch bevorstand: ihn vom Tod seiner Frau durch den Ajmalin-Mörder zu informieren.

Die Geschichte war auch ohne die Ajmalin-Sache traurig genug gewesen und hatte Ähnlichkeiten zum Fall von Frau Zuckermann. Insbesondere dass die gesamte Klinik damals über die Frage rätselte, welche Krankheit Frau Valenta eigentlich befallen hatte. Nicht untypisch für einen Klinikarzt, hatte Valenta sich dagegen gesträubt, seine Frau zu uns zu bringen: »Ich kann doch nicht jede Minute aufpassen, dass ihr Erika nicht umbringt!« Schließlich hatte ich einen spontanen Hausbesuch bei den Valentas gemacht. Da litt Erika unter einer schweren Magenschleimhautentzündung mit unstillbarem Durchfall und Brechkrämpfen. Gegen Valentas Protest, den ich mit Arztregel Nummer 1 »Behandle nie einen Angehörigen selbst« vom Tisch wischte, hatte ich umgehend einen Krankenwagen bestellt. Zu Recht, wie sich schnell herausstellte. Schon am nächsten Tag verschlechterten sich sowohl die Nieren- wie auch die Leberwerte, dann setzten Hautblutungen ein. Tag und Nacht saß Valenta an ihrem Bett auf der Intensivstation, uns hielt er auf Trapp mit immer neuen Labor- und sonstigen Untersuchungen. Forderungen, denen wir alle gerne und engagiert nachkamen, die aber zu keiner überzeugenden Diagnose führten. Unsere Therapie richtete sich allein an die Symptome, nicht an die Ursache, denn die kannten wir nicht. Fast schlimmer noch als die immer schlechteren Laborwerte waren psychische Störungen. Frau Valenta fühlte sich von uns bedroht, hörte Stimmen, sah Gespenster. Sie meinte, wir wollten sie vergiften. Diese Phase währte nur kurz, dann wurden sowohl ihr Gehör wie auch ihre Augen zunehmend schwächer. Jedes einzelne Symptom hatte eine erkennbare Ursache, hinter dem Sehverlust zum Beispiel steckte eine Entzündung des Sehnervs. Natürlich kam sofort Multiple Sklerose als Diagnose ins Spiel, wurde aber durch das MRT ausgeschlossen. Zehn oder elf Tage, nachdem Valenta sie auf die Intensivstation gebracht hatte, kam es dann aus heiterem Himmel zu Kammerflimmern und dem stundenlangen, aber erfolglosen Wiederbelebungsversuch. Und nun musste ich Valenta mitteilen, dass das finale Kammerflimmern nichts mit der noch immer unbekannten Grunderkrankung zu tun gehabt hatte.

»Weißt du, Valenta, morgen bist du ja wieder in der Klinik. Da hat Beate eine Sitzung angesetzt. Mit Kleinweg, Schwester Hedi und dir ...«

»Und?«

Valenta hatte sich eine Zigarre angesteckt. Für ihn der Abschluss eines gemütlichen Tages. Ein Abschluss, den ich ihm nun verderben musste. Häufiger als ihnen lieb ist, sind Ärzte Überbringer schlechter Nachrichten. Vielleicht, dachte ich jetzt, ist das für Polizisten noch schlimmer. Wenn sie die Eltern zum Beispiel vom Unfalltod ihres Sohnes oder ihrer Tochter informieren müssen, treffen sie die vollkommen unvorbereitet. Wir Ärzte bewegen uns hingegen vor dem Hintergrund einer Erkrankung, die schlechte Nachricht kommt nicht total unerwartet. Andererseits schwingt immer ein Gefühl des Versagens mit. Haben wir wirklich alles getan, was möglich war? An alles gedacht?

Egal, es musste raus. Ich erzählte Valenta von meinem Aktenstudium, der plötzlichen Zunahme der Reanimationen, dem Ergebnis der Blutuntersuchungen durch Michael. Natürlich ahnte Valenta bald, wohin das letztlich führen würde. Er unterbrach meinen Bericht an keiner Stelle.

»Du hattest keine Chance, mein Freund. Und Erika auch nicht.«

Sicher war Valenta schon vor dieser Eröffnung ein gebrochener Mann. Aber wenn sein Herz nach dem Tod seiner Frau einmal glatt in der Mitte zerbrochen war, zerfiel es jetzt sichtbar in hundert Teile.

36

Fassungslosigkeit spiegelte sich auf den Gesichtern meiner gespannt lauschenden Zuhörer. Anfangs war es Ungläubigkeit gewesen, aber damit war es vorbei, nachdem ich die Aktenstapel auf Beates Schreibtisch gelegt, anhand meiner Diagramme die plötzliche Zunahme der Reanimationen demonstriert und über das Ergebnis von Michaels Blutanalysen berichtet hatte.

»Wie konnte uns das nur entgehen mit den vielen Reanimationen?«, warf Kleinweg in die von Entsetzen gelähmte Runde, die sich in Beates Büro getroffen hatte.

»Leicht«, antwortete ich. »Wir erfassen doch nur noch Leistungen, die wir mit den Krankenkassen abrechnen können. Und dann der Schichtdienst auf der Intensivstation. Da wird die nächste Schicht ja nicht unbedingt über eine erfolglose Reanimation informiert, das ist vorbei und erledigt. Wenn der Täter auf sein Timing achtet, fällt es nicht auf.«

Ich schielte zu Valenta, der kein Wort sagte. Bleich saß er da, mit dicken Rändern unter den Augen. Sicher hatte er nach unserem Treffen gestern nicht geschlafen. Anders als noch vor wenigen Tagen konnte ich seinen Schmerz nicht mehr verringern durch die Versicherung, dass der Täter sich bereits selbst gerichtet hatte oder, warum und von wem auch immer, seiner gerechten Strafe zugeführt worden war. Celine hatte recht, es waren Gerüchte über Probleme in Valentas Ehe im Umlauf gewesen, böse Zungen hatten sogar behauptet, er hätte nur des Geldes wegen geheiratet und Erika würde ihn das spüren lassen. Wenn ich ihn jetzt ansah, war klar, wie unhaltbar diese Gerüchte gewesen waren. Hätte ich die Reanimationen und die Tatsache, dass auch seine Frau ein Ajmalin-Opfer gewesen ist, schon vor einer Woche zur Sprache gebracht, wüsste ich heute, wer Ahmed erschossen hatte.

»Haben Sie einen Verdacht zum Täter?«, fragte mich Kleinweg.

»Bis vor kurzem sind wir davon ausgegangen, dass Doktor el Ghandur dahintersteckte. Es schien alles zu passen. Aber Ahmed ist tot, wie Sie alle durch die Befragungen wissen, die dieser Kommissar Czernowske bei uns durchführt, und trotzdem hatten wir wieder einen Ajmalin-Fall – Frau Zuckermann.«

»Könnte das nicht ein Trittbrettfahrer gewesen sein?«

»Das habe ich mich auch gefragt. Aber erstens, wo soll der die Informationen her haben? Er hätte ein Vertrauter von Ahmed sein müssen. Und mehr noch habe ich inzwischen herausgefunden, dass es mindestens zwei Ajmalin-Fälle gab, während Ahmed nachweislich nicht in Berlin war.«

Allgemeine Stille. Jedem wurde langsam klar, dass es letztendlich auch jemand sein könnte, der hier unter uns saß.

Beate wandte sich direkt an Schwester Hedi. »Es gibt in der Presse doch immer wieder mal Berichte über sexuelle oder andere Übergriffe in Krankenhäusern, bei denen sich im Nachhinein herausgestellt hat, dass es schon länger unter den Kollegen Verdachtsmomente gegen den Täter oder die Täterin gegeben hat. Haben wir jemanden auf Intensiv, der, sagen wir, als ›Problemlöser‹ oder ›Vollstrecker‹ bekannt ist? Oder als Mister oder Misses Reanimation?«

Niemand, von dem sie wüsste, erwiderte die Oberschwester. Sollten wir ihr glauben? Im gesamten Klinikbereich ist der Zusammenhalt groß, weiß doch jeder, dass auch ihm irgendwann ein Fehler unterlaufen kann. Das gilt erst recht für die Intensivstation, wo sich jeder auf jeden verlassen muss und die Reihen entsprechend geschlossen gehalten werden.

Hedi solle sich verstärkt, aber diskret umhören, empfahl Beate und fragte nach Vorschlägen, um dem Täter auf die

Spur zu kommen. »Ich habe schon Doktor Hoffmann gesagt, dass ich vorerst gar nichts davon halte, die Polizei einzuschalten. Die wäre ohnehin auf unsere Mitarbeit angewiesen, aber sofort würde irgendein mehr oder weniger qualifizierter Staatsanwalt auftauchen und erst einmal alle Unterlagen beschlagnahmen. Die müsste er dann ›gründlichst auswerten‹, dazu würde er ›Experten‹ bestellen, und so weiter. Ehe da etwas herauskäme, wäre unser Täter längst gewarnt und höchstwahrscheinlich über alle Berge.«

Sie erwähnte nicht ihre Angst vor dem Bekanntwerden, der Presse und den Konsequenzen. Brauchte sie nicht, in dieser Runde war das jedem klar.

Außer der selbstverständlichen Empfehlung, Augen und Ohren offen zu halten und bei jeder weiteren Reanimation das Blut auf Ajmalin zu untersuchen, erwiesen sich alle sonstigen Vorschläge als problematisch. Die wohl am wenigsten sinnvolle Idee steuerte Kleinweg bei mit seiner Forderung nach einer »qualifizierten Leichenschau« bei jedem Todesfall. Natürlich hatte er recht, dass bei Todesfeststellungen im Krankenhaus in aller Regel ohne weitere Untersuchungen »Tod aus natürlicher Ursache« auf dem Totenschein angekreuzt wird. Ja, meinte Valenta sarkastisch, wäre doch eine tolle Werbung für unser Krankenhaus. »Sie können in der Humanaklinik beruhigt sterben, Ihre Leiche wird einer qualifizierten Leichenschau unterzogen!« Aber im Moment wenigstens ging es ja nicht primär um Morde in unserer Klinik, sondern um die Erzwingung einer Reanimation mit einem bekannten Medikament. Da reichte die Blutanalyse vollkommen aus. Außerdem, das kam natürlich von Beate, wäre Kleinwegs Idee »viel zu teuer!«

Nächster Vorschlag: Ajmalin kommt in den Tresor auf der Intensivstation, wo sonst nur die Opiate, also Morphium und seine moderneren Verwandten, aufbewahrt werden. Öffnung nur möglich mit zwei verschiedenen Schlüsseln, von denen einer von Schwester Hedi oder Vertreterin um den Hals getragen wird. Einwand: Der Täter wäre gewarnt und außerdem hatte er sich nach meinen Recherchen in der Krankenhausapotheke offenbar längst ein privates Depot angelegt.

Mein Vorschlag: Überwachungskameras auf der Intensivstation mit Aufzeichnung aller Aktivitäten.

»Hat doch heutzutage jeder BVG-Bus. Und haben nicht die Chirurgen in ihrem Aufwachraum ein System installiert, nachdem besonders weibliche Patienten nach Propofolnarkose häufig von sexuellen Übergriffen geträumt hatten, von deren tatsächlichem Geschehen sie überzeugt waren?«

»Nee«, wusste Schwester Hedi, Überwachungskameras hätte der Betriebsrat aus »prinzipiellen Erwägungen« abgelehnt. Außerdem wäre so eine Aufzeichnung doch auch nur sinnvoll, wenn sie geheim durchgeführt würde. Das sei allein schon technisch nicht möglich, die Kameras müssten ja installiert werden, und dann eben wieder – der Betriebsrat.

»Und wenn wir statt wirklichen Kameras nur Attrappen aufhängen?«

»Dann wäre der Täter oder die Täterin aber gewarnt.«

»Ja, aber wir hätten ihn oder sie wenigstens gestoppt.«

Wäre unsere Besprechung eine Diskussion im Bundestag gewesen, hätten wir uns jetzt auf die Einberufung einer Expertenkommission geeinigt. Aber auch so hatten wir nichts wirklich erreicht. Vorerst könnte unser Ajmalin-Mörder weitermachen, wenn auch vielleicht noch vorsichtiger. Denn wenn ich auch ziemlich sicher war, dass er oder sie nicht an unserer Runde teilgenommen hatte, war ich doch ebenso ziemlich sicher, dass irgendwer aus der Runde nicht absolut dichthalten würde. Oder würde in diesem Fall der Täter im Gegenteil noch aktiver werden, um seine »Mission« vor der drohenden Enttarnung so weit wie möglich voranzubringen?

Aber dann sah ich Valentas eiserne Miene. Wenn es nach ihm ging, hatte der Ajmalin-Mörder wohl keine Chance mehr.

Natürlich bringen auch Ärzte Patienten um. Aus Übermüdung. Aus Fahrlässigkeit. Aus Ignoranz. Aus Rechthaberei. Oder aus einer beliebigen Kombination dieser Faktoren. Manchmal auch aus kriminellen Motiven. Da gab es einen Fall, ich glaube in Hamburg, in dem ein Narkosearzt den Patienten des Kollegen etwas Tödliches in die Infusion mischte, um dessen Stelle zu bekommen. Ein schönes Beispiel für unsere Wettbewerbsgesellschaft. Aber das sind seltene Ereignisse, wie auch die über zweihundert Opfer des englischen Allgemeinarztes Harold Fredrick Shipman, der sich den Nachlass der Betroffenen zu sichern wusste. Häufiger liest man von Krankenschwestern und Pflegern, die ihre Patienten zu Tode gebracht haben. Stefan L., der »Todespfleger von Sonthofen«, Irene B., der »Todesengel der Charité«, oder Waltraud, Irene, Stefanija und Maria, die vier »Todesengel von Lainz« und so weiter und so fort.

»Aber das waren alles Leute, die ihre Patienten zielgerichtet umgebracht haben. In der Regel, wie sie vor Gericht sagten, aus Mitleid, um deren Leiden abzukürzen«, gab Celine am Abend zu bedenken. Beate ergänzte, dass häufig auch Stress, Überforderung oder Burnout angeführt würden. »Aber wir suchen nach jemandem, der Wiederbelebungen erzwingt, wenn auch oft mit tödlichem Ausgang. Das scheint mir, wenigstens vom Motiv her, etwas ganz anderes zu sein.«

Nun war auch Beate in Sachen Ajmalin-Nachforschungen beim Wir angelangt. Nicht dass ich damit ein Problem hatte, im Gegenteil. Vielleicht war es sogar hilfreich, mit noch jemandem Ideen durchzuspielen, der nicht vom Fach und damit berufsblind war. Wir waren uns relativ schnell einig:

Unser Täter litt nicht unter Überforderung oder Burnout, er schaffte sich mit seinen Ajmalin-Gaben ja nicht Patienten und Arbeit vom Hals, und Stress schon einmal überhaupt nicht – Wiederbelebungen sind, bei aller Routine, immer Stress. Nach wem also suchten wir? Nach jemandem, der sich unterfordert fühlte, sich auf der Intensivstation langweilte?

»Also, für mich sieht das so aus, als suchten wir eventuell doch nach einem Arzt«, sagte Celine beim zweiten Glas Chardonnay. »Vielleicht, wie du schon bei Ahmed spekuliert hast, nach jemandem, der da etwas ausprobiert. Aus eigenem Interesse oder gegen Geld, für eine Pharmafirma. Wozu sonst der ganze Aufwand?«

Da kamen, inklusive Intensivchef Valenta, erst einmal acht meiner Kollegen in Frage, das heißt die ärztliche Stammmannschaft auf der Station. Darüber hinaus aber noch eine Menge mehr, weil immer wieder einmal jemand von uns auf Intensiv aushelfen musste, insbesondere für Nachtschichten und in den Schulferien. Und letztlich hatte dort jeder unserer Ärzte Zutritt und nutzte den auch ganz natürlich, meist um nach Patienten zu schauen, die er von seiner Station dorthin verlegt hatte.

Ziemlich traurig, dass ich Celine und Beate den Rest der ersten und die gesamte zweite Flasche Chardonnay überlassen musste, packte ich Zahnbürste und Zahnpasta ein und machte mich auf den Weg zu einer weiteren TV-bedingten Nachtschicht in der Humanaklinik.

Bei Dienstübernahme fand ich Valenta in der Teeküche vor einer Flasche Doppelkorn. Kein Problem, seine Schicht war so gut wie vorbei und außerdem könnte er diesen Job nach über zehn Jahren auch mit 2,5 Promille immer noch fehlerlos machen. Mit einem stummen Blick registrierte er meine Ankunft, nahm einen kräftigen Schluck, griff in die Tasche seines blauen Intensivhemdchens und stellte mir ein verkorktes Blutröhrchen auf den Tisch.

»Hier, für deine Sammlung. Beziehungsweise für unseren Freund Michael.«

Vom Doppelkorn her war klar, dass er gerade einen Patienten verloren hatte. Das Blutröhrchen bewies, dass er sich jede Mühe gegeben hatte, dies zu verhindern.

»Wieder mal eine von Frankies Großtaten. Collitis ulcerosa, hoch akuter Schub, aber Frankie musste ja unbedingt sein Rohr schieben, ›zur Sicherheit!‹. Hat den Darm perforiert, was Wunder. Ich denke nicht, dass der noch Ajmalin brauchte.«

Schon ohne deprimierende Todesfälle war die Teeküche kein Stimmungsaufheller. Der Architekt hatte sie zwischen Geräteabstellraum und Personaltoilette gequetscht, fensterlos, dafür mit himmelblau gestrichenen Wänden. Die Zeit hatte das Himmelblau in den schmutzigen Ton eines drohenden Gewitters verwandelt. Gerne hätte ich mir auch einen Doppelkorn gegönnt. Was den Kollegen Frankie betraf, war ich hin- und hergerissen. Ich liebte ihn für sein wunderbares Klavierspiel, als Gastroenterologe jedoch war er eine Katastrophe. Er wäre mit Sicherheit ein hervorragender Konzertpianist geworden, hätte damit auch seinen Lebenstraum verwirklicht. Aber er entstammte einer Ärztesippe, also musste er Arzt werden – Familienbeschluss. Rächte Frankie sich über seine Patienten an seinen Eltern, wollte demonstrieren, dass er nie hätte Mediziner werden sollen?

Valenta gönnte sich einen weiteren Doppelkorn. »Weißt du, im Grunde ist das doch vollkommen egal, ob hier jemand ab und zu ein paar ohnehin Todkranke mit Ajmalin oder sonst irgendwie umbringt. Wie lange, würdest du schätzen, dauert eine Wiederbelebung im Mittel?«

Ich überlegte. Kammerflimmern zum Beispiel war innerhalb weniger Minuten behoben, in anderen Fällen gaben wir uns oft erst nach mehr als einer Stunde geschlagen.

»Eine halbe Stunde?«

»Genau 47 Minuten, haben die Kollegen von der Franziskusklinik mal errechnet. Dürfte hier auch hinkommen. Weißt du, wie viele Kinder weltweit in dieser Zeit sterben? Elf pro Minute, mal 47 also 517. Allein an Malaria sind es zwei pro Minute, weil sie in vielen Ländern das Geld für Moskitonetze nicht haben. Bei uns aber kommt kaum jemand unter die Erde, ehe wir nicht für die letzten ein, zwei Jahre wenigstens einen Herzschrittmacher und zwei Teflonhüften eingebaut haben. Ich schätze mal, mindestens tausend Moskitonetze würdest du für den Preis einer Hüft-OP bekommen.«

In dieser Stimmung hatte es wenig Zweck, mit Valenta zu diskutieren. Außerdem war das ein häufiges Thema zwischen mir und Celine, die mich als Rassisten beschimpfte, wenn ich sie darauf hinwies, dass diese Staaten über kein Geld für Moskitonetze, aber immer über genug für modernste Waffen verfügten. Außerdem hatte Valenta ja nicht ganz Unrecht mit seinen Zweifeln am Sinn unserer Arbeit, wir alle hatten sie zumindest gelegentlich. In Valentas Zweifeln klang seit dem Tod seiner Frau Verbitterung mit. War am Ende er unser Ajmalin-Todesengel? Aus dieser Erbitterung heraus? Aber das ergab keinen Sinn, zumal auch Erika Valenta ein Ajmalin-Opfer war und die Morde schon vor ihrem Tod angefangen hatten.

Irgendwann zog Valenta ab. Ich warf die leere Schnapsflasche in den Müll und fragte mich, wie voll sie am Nachmittag noch gewesen sein mochte. Machte ich mir nicht etwas vor mit dem angeblich dennoch funktionsfähigen Intensivchef? Dies war nicht die erste leere Flasche, die ich bei Dienstantritt entsorgen musste. Unentschlossen, ob und was ich dagegen unternehmen sollte, bereitete ich mich darauf vor, trotz Überbevölkerung der Welt und sterbender Kinder in Afrika heute Nacht dem Tod auch über Achtzigjährige von der Schippe zu stibitzen.

38

Die Nachtschicht verlief verhältnismäßig ruhig, es ging nicht über die üblichen Fälle hinaus: zweimal Lungenödem, einmal schwerer Asthmaanfall, der vorübergehend beatmet werden musste, ein Patient von der Station 3b, dem man wegen einer Verwechslung die fünffache Dosis gespritzt hatte. Frau Zuckermann ging es langsam wieder besser und mein Rohrfrei-Selbstmörder lag nach wie vor im künstlichen Koma. Bei ihm warteten wir noch zu, wie viel der Speisröhre durch Stücke aus seinem Darm ersetzt werden müsste. Es blieb mir genug Zeit für eine neue Strichliste.

Obgleich Valenta vorhin noch insistiert hatte, wir sollten die Ärzte nicht aus den Augen verlieren, Frankies Rache an seinen Eltern zum Beispiel könnte ein weiteres Ventil gefunden haben oder die Kollegen von der chirurgischen Intensivstation versuchten uns zu diskreditieren (da hatte er allerdings schon reichlich Doppelkorn intus), konzentrierte ich mich in meiner neuen Liste auf Schwestern und Pfleger, die laut dem – wie gesagt unzuverlässigen – Dienstplan bei den Reanimationen anwesend gewesen sein sollten. Ein Pfleger oder eine Schwester schien mir inzwischen als Täter am wahrscheinlichsten. So wie man immer wieder übermotivierte Mitglieder der Freiwilligen Feuerwehr als Brandstifter fasst. Vermutlich ging es um einen männlichen Täter, glaubte ich, denn Frauen geben eher Gift und töten direkt, ohne den Umweg Wiederbelebung. Als ich mit meiner Strichliste fertig war, führten drei Mitarbeiter die Statistik an. Vorne lag der dicke Olsen, dicht gefolgt von Pfleger Johannes und Schwester Manuela, die gleichauf im Ziel einliefen.

Der dicke Olsen? Möglich wäre es. Olsen war seit über zwanzig Jahren Pfleger auf Intensiv. War es ihm inzwischen zu langweilig geworden? Spielte er gelegentlich Russisches Roulette mit Patienten, die ihm aus irgendeinem Grunde auf die Nerven gingen? Die zu laut stöhnten? Zu oft ein Wechseln der Laken erzwangen? Oder sonst einfach zu arbeitsintensiv waren?

Für Johannes oder Manuela als Täter sprach, dass die Ajmalin-Fälle erst begonnen hatten, als die beiden auf die Intensivstation gekommen waren. Johannes war, soweit ich wusste, schon vorher Intensivpfleger gewesen, irgendwo in der Schweiz. Es müsste sich ermitteln lassen, warum er von dort nach Berlin gewechselt hatte. Um hier Leute umzubringen?

Am auffälligsten fand ich, dass sich Manuela etwa zur gleichen Zeit auf die Intensivstation hatte versetzen lassen. Sie war vor gut einem Jahr praktisch ungefragt von unserer Konzernmutter aus der Chirurgie zur Inneren Abteilung abkommandiert worden, wo sie sich spürbar nicht wohl gefühlt hatte. Also war der Wunsch nach einer anderen Tätigkeit verständlich, aber warum hatte sie nicht versucht, wieder auf die Chirurgie zu kommen? Wenn nicht bei uns, dann in einem anderen Krankenhaus? Ich hatte nicht den Eindruck, dass sie mit der Arbeit auf Intensiv besonders glücklich war.

So standen am Ende meiner Schicht immerhin drei Verdächtige auf meinem Zettel. Aber ich konnte nicht sicher sein, dass sich der Täter tatsächlich unter ihnen befand, und selbst wenn, war bisher keiner der drei verdächtiger als die beiden anderen. Trotz des Stillschweigens, das wir in der Runde bei Beate gelobt hatten, war sicher inzwischen etwas durchgesickert. Oder man machte sich ohnehin Gedanken, was ich da auf Strichlisten in der Teeküche festhielt. Trotzdem hatte noch niemand auffälliges Interesse an meinen Akten und Listen gezeigt, hatte mich bedroht oder mich mit einem »Endlich haben Sie mich erwischt, ich bin ja so erleichtert« überrascht.

Ein weiteres Problem musste ich bei Dienstende der nächsten Schicht überlassen: Eine mindestens zwanzigköpfige Roma-Familie hatte es an der Notaufnahme vorbei mit lautem Spektakel auf die Intensivstation geschafft. Nach fast zehn Minuten Diskussion war mir immer noch nicht klar, worum es ging und wer von ihnen der Patient sein sollte. Intensivpflichtig sah mir keiner der Truppe aus.

Nach dem wenig inspirierenden Frühstück in der Cafeteria informierte ich Beate über das Ergebnis meiner Nachtarbeit und ließ mir Johannes' Zeugnis aus der Klinik in Basel zeigen. Alles in Ordnung, Johannes habe bei seiner Arbeit auf der Intensivstation dort Kompetenz und Einsatzfreude gezeigt, sei beliebt gewesen bei Kollegen und Patienten. So weit, so gut. Was fehlte, war allerdings der übliche Satz »Wir trennen uns nur ungern von ihm« oder »Er wird uns sehr fehlen«, so in diesem Sinne. Man sei, hieß es, »im gegenseitigen Einvernehmen« geschieden. Mit anderen Worten, zumindest in Unfrieden, wahrscheinlich sogar hatte man ihn gefeuert.

Beate war einverstanden, dass wir in Basel nachfragten. Sie ließ sich mit dem Verwaltungschef der Klinik dort verbinden, dann übergab sie mir das Telefon.

Ich stellte mich kurz vor und kam direkt zu meiner Frage.

»Es hat in letzter Zeit einige Unregelmäßigkeiten in unserem Hause gegeben, die zeitlich in etwa mit der Einstellung ihres ehemaligen Mitarbeiters Johannes Bayerle begonnen haben. Das kann natürlich Zufall sein, aber wir würden gerne wissen, warum Sie Johannes Bayerle entlassen haben.«

Das war offenbar undiplomatisch, die Antwort kam schnell. »Wir haben uns, wie in seinem Zeugnis ausgeführt, im gegenseitigen Einverständnis getrennt.«

»Kommen Sie, Herr Buri. Wir beide wissen, was das heißt. Gab es Gründe, deretwegen Sie über den Weggang Ihres Intensivpflegers nicht unbedingt unglücklich waren?«

Herr Buri blieb ungerührt und wiederholte, dass man sich im gegenseitigen Einverständnis getrennt habe, mehr gäbe es da nicht zu sagen. Ich sah zu Beate, die mithörte. An Stelle des Herrn Buri hätte sie sicher genauso reagiert. Bei diesem Gedanken wurde mir klar, wie ich ihr Schweizer Pendant doch noch etwas gesprächiger machen könnte.

»Wissen Sie, Herr Buri, es geht um einige sehr ernste Vorfälle hier. Wir können auch die hiesige Staatsanwaltschaft bitten, Sie zu dem Fall durch ihre Kollegen in Basel zu befragen.«

Stille am anderen Ende der Leitung. Dann die Versicherung von Herrn Buri, er würde spätestens in einer halben Stunde zurückrufen.

Tatsächlich meldete sich Buri schon nach knapp zwanzig Minuten. Nun räumte er ein, auch bei ihnen wären im Zusammenhang mit Johannes Bayerle einige Unregelmäßigkeiten auffällig geworden. Nach einem zweiten Hinweis auf die Staatsanwaltschaft und der Zusicherung unserer Diskretion wurde Buri schließlich offener: Johannes Bayerle hätte auf Druck der Mitarbeiter wiederholt die Station wechseln müssen, ja, es habe auch ungeklärte Todesfälle gegeben, die aber, versicherte Buri eilig, genauso zufällig hätten gewesen sein können. Am Ende sei man jedenfalls nach einem längeren Gespräch mit Johannes nicht traurig gewesen, ihn ziehen zu lassen. Beweise gegen ihn habe es zu keinem Zeitpunkt gegeben.

Ich bedankte mich artig und legte auf.

»Da haben wir doch unseren Täter«, meinte Beate. »Gut gemacht!«

Wahrscheinlich hatte Beate recht, aber wie Herr Buri hatten auch wir keinen Beweis.

Als ich zurück auf der Intensivstation war, um meine Sachen zusammenzupacken, kam eine auffällig blasse Manuela auf mich zu.

»Haben Sie einen Moment Zeit, Doktor Hoffmann? Ich muss dringend mit Ihnen sprechen.« Sie suchte nach den passenden Worten. »Es geht um etwas richtig Schlimmes.«

Eigenartig, dass Manuela sich ausgerechnet mir offenbaren wollte. Wir kommen zwar gut miteinander aus, haben aber kein besonderes Vertrauensverhältnis. Auch wenn mein Nachtdienst nicht allzu aufregend gewesen war, war ich ziemlich müde.

»Können wir das eventuell morgen besprechen?«

Manuela schaute mich mit rot umrandeten Augen an. Offenbar hatte sie geweint.

»Es wäre mir wichtig … hätten Sie nicht bitte jetzt Zeit?«

Na schön, aber innerlich stöhnte ich ein bisschen. Doch da schaute Manuela an mir vorbei und meinte plötzlich: »Oder morgen, auch in Ordnung.«

In diesem Moment legte mir jemand von hinten seine Bärenpranke auf die Schulter. Mein Freund Valenta, neben ihm Pfleger Johannes.

»Na, was habt ihr beide denn zu tuscheln?«

»Nichts«, sagte Manuela und verschwand eilig im Umkleideraum.

Als ich Manuela das nächste Mal traf, gegen Mittag des folgenden Tages, war ich erstaunt: Vielen Dank der Nachfrage, aber die Sache hätte sich erledigt.

Erst einmal fand ich das eigenartig, sogar verdächtig. Aber dann machte ich mir bewusst, dass es mein Problem war, wenn ich zurzeit alles, was in der Klinik geschah oder irgendwie mit der Klinik zusammenhing, auf die Ajmalin-Angelegenheit bezog. Vielleicht wollte Manuela mir einen Behandlungsfehler beichten, den sie nun aber doch Valenta als ihrem direkten Vorgesetzten anvertraut hatte. Oder es ging, wie oft, um die Frage »einer Freundin« wegen Schwangerschaftsnachweis, Schwangerschaftsunterbrechung und so weiter.

Was den Ajmalin-Täter betraf, blieb es dabei, vieles sprach für beziehungsweise gegen Johannes. Doch es fehlte der Beweis. Celine meinte, es könne sich lohnen, auf Facebook nach ihm zu suchen. Wie wahrscheinlich neunzig Prozent seiner Generation war Johannes tatsächlich auf Facebook, sogar unter vollem Namen. Wie neunzig Prozent seiner Generation akzeptierte auch er sofort eine neue Freundin, denn je mehr Freunde und Freundinnen, desto mehr Prestige in der Gemeinde. Und wie diese neunzig Prozent ging auch Johannes davon aus, dass es die Welt tatsächlich interessierte, wo er seinen letzten Urlaub verbracht hatte, welchen Club er kommendes Wochenende besuchen wollte, was er von Angela Merkel hielt. Hin und wieder fanden wir eine Referenz zu seiner Arbeit auf der Intensivstation, aber nichts zu Reanimationen oder gar Ajmalin. Das wäre wohl auch ein wenig zu einfach gewesen. Eines war jedoch interessant: Sein Foto, eindeutig unser Johannes, zeigte ihn stolz vor einem SUV. War er es gewesen, der mich im Fläming den Hang hinunter hatte drängeln wollen? Aber woher hätte er von meinem Treffen mit Valenta wissen sollen?

»Jedenfalls«, fasste Celine zusammen, »hat der Junge ein ausgeprägtes Mitteilungsbedürfnis, so viel steht fest. Gibt es denn Internetforen von Pflegekräften auf Intensivstationen? Vielleicht redet er da mehr über seine Arbeit.«

Mir war bisher kein entsprechendes Forum untergekommen, aber da im Internet über alles diskutiert wird, von A wie Azteken-Weltuntergangsscheibe bis Z wie Zoroastrismus, gab es mit Sicherheit auch einen regen Austausch unter Intensivpflegekräften im Netz.

Nachdem wir die entsprechenden Begriffe eingegeben hatten, fanden wir auf Anhieb drei. Vorwiegend ging es um Fragen, die ich seit meiner Zeit als Arzt im Praktikum kannte: Müssen wir als Pflegekräfte Blutentnahmen machen? Spritzen geben? Dürfen wir als Pflegekräfte Blutentnahmen machen? Warum dürfen Arzthelferinnen Blutentnahmen machen, wir aber nicht? Und natürlich: Ist euer Stationsarzt auch so doof/inkompetent/gemein?

Es gab zwei Foren, in denen man sich ernsthaft mit dem Beruf und der Tätigkeit von Pflegekräften auf der Intensivstation beschäftigte. Im ersten, das wir uns anschauten, wurden Reanimationen häufig besprochen, zum Stichwort Ajmalin fanden sich nur zwei Einträge allgemeiner Natur. Aber niemand trat hier mit Klarnamen auf, und wie sollten wir wissen, ob sich hinter Pflegezorro oder Superspritze Johannes Bayerle verbarg? Sicher nicht hinter Pechmarie, deren Patienten ich nur alles Gute wünschen konnte.

Noch interessanter fanden wir ein Forum, das nur registrierten Mitgliedern Zutritt gewährte. Um Mitglied zu werden, musste man einen Test mit zehn Fragen zur Intensivmedizin beantworten – ich gebe zu, dass ich bei zwei Fragen im Lehrbuch nachschlagen musste. Aber dann waren wir drin. Der Plan war, dass sich Celine als Intensivschwester

Florence N. vorstellen und, falls er denn hier präsent war, mit Johannes Kontakt aufnehmen und sein Vertrauen gewinnen sollte. Aber das Problem blieb: Auch hier trat niemand mit Klarnamen auf.

»Kann ich nicht einfach fragen, wer noch in Berlin arbeitet? Oder sogar in der Humanaklinik?«, fragte Celine.

»Das ist zu auffällig. Und es macht auch keinen Sinn. Wenn Florence N. mit Johannes im selben Krankenhaus arbeitet, würde sie sich doch dort mit ihm unterhalten. Nee, wir müssen herausbekommen, hinter welchem Pseudonym Johannes sich versteckt. Was eventuell gar nicht so schwer sein wird.«

40

Tatsächlich war es dann doch nicht so einfach, an die Informationen in Johannes' Tablet, seinen ständigen Begleiter auch bei der Arbeit, heranzukommen. Oft genug lag es zwar herrenlos auf dem Tisch in der Teeküche, der Zugang war aber passwortgeschützt.

»Ich fürchte, wir müssen abwarten, bis er bei einem Notfall mal vergisst, das Ding herunterzufahren«, bedauerte ich.

Celine lächelte. »Oder du verschaffst mir ein bisschen unbeobachtete Zeit mit dem Teil.«

Passwörter knacken ist für die Mathematikerin Celine ein Sport wie für andere Leute Zombierennen oder das Sammeln von Kronkorken. Und sie war, das wusste ich spätestens seit der Angelegenheit mit der russischen Spende, gut in diesem Sport. Damals hatte sie dem Computer einfach die Batterie entnommen, der daraufhin seinen Passwortschutz vergaß.

»Geht das heute auch noch so einfach?«

»*Wait and see.*«

Das würde ich allerdings, wie schon bei Ahmeds Handy, nicht. Denn meine Aufgabe war es, ihr die notwendige Zeit ohne Johannes zu verschaffen. Die Gelegenheit dafür bot sich zwei Tage später.

»Haben Sie schon mal eine Nierenpunktion gemacht, Johannes?«

Hatte er natürlich nicht. Eine Niere zu punktieren, um Material für eine Untersuchung unter dem Mikroskop zu bekommen, war lange eine Königsdisziplin der Nephrologen, obgleich es nicht wirklich schwer ist. Die Niere trifft man leichter als zum Beispiel eine Vene zur Blutentnahme, weil sie viel größer ist. Und wo sie liegt und wie tief genau man stechen muss, verrät das Ultraschallbild.

Selbstverständlich war Johannes begeistert. Am nächsten Morgen stand das Ultraschallgerät schon einsatzbereit am Krankenbett und Johannes brachte den Patienten in die richtige Lage für die Punktion, während ich Celine in der Teeküche sein Tablet zeigte.

»Du hast zehn Minuten.«

»Mehr als genug.« Sie grinste und machte sich an die Arbeit. Mein Vorschlag, diese Arbeit in die Besuchertoilette zu verlegen – es könne jederzeit irgendwer in die Teeküche kommen –, wurde abgelehnt. Ich hätte wissen müssen, dass Celine auf den zusätzlichen Kick nicht verzichten würde.

Zur Sicherheit zögerte ich die Sache dann etwas hinaus, zeigte Johannes erst einmal ausführlich beide Nieren im Ultraschall, ließ ihn besonders gründlich desinfizieren und nach einer kleinen örtlichen Betäubung genau da, wo ich es ihm sagte, die Punktionsnadel hineinstechen. Am Ende hatte ich drei Dinge erreicht: Celine glücklich gemacht (»War ein Kinderspiel«), Johannes glücklich gemacht (»War ja wirklich nicht schwer. Danke!«) und sogar genug Nierengewebe für das Mikroskop.

Celine hatte den gesamten Festspeicher aus Johannes' Tablet kopiert. Spät am Abend waren wir sicher, dass der keinen Hinweis auf die Ajmalin-Reanimationen enthielt. Keine Liste der betroffenen Patienten zum Beispiel oder der verabreichten Dosen. Wir hatten nach den Patientennamen gesucht, in allen Varianten inklusive möglicher Kürzel-Kombinationen, nach Einträgen an den jeweiligen Daten der Reanimationen, hatten alle gespeicherten Tabellen aufgerufen. Nichts. Lediglich zweimal tauchte der Begriff Ajmalin auf, aber nur im Zusammenhang mit Hinweisen zur Behandlung von Herzrhythmusstörungen. Immerhin aber wussten wir jetzt, wie sich Johannes in dem Intensiv-Forum nannte: der Rote Engel. Unklar, ob er damit auf den Roten

Baron Manfred von Richthofen anspielte oder die »gelben Engel« des ADAC. Ich konnte nur hoffen, dass es nicht von Richthofen war: Wenn er sich dessen 83 Flugzeugabschüsse im Ersten Weltkrieg zum Vorbild genommen hätte, wäre bei den Ajmalin-Fällen noch einiges zu erwarten.

In seiner Freizeit fuhr Johannes nicht nur ohne Bezahlung Noteinsätze mit dem Roten Kreuz, was ich schon wusste, sondern auch bei der Johanniter Unfallhilfe. Daneben verfolgte er den Polizeifunk und wartete auf Verkehrsunfälle mit dem Stichwort Personenschaden, um gleich vor Ort zu helfen. Er war ein äußerst fleißiger Nothelfer, unser Johannes, extrem engagiert und offenbar ohne andere Interessen. Aber machte ihn das zu unserem Täter?

»Jedenfalls entspricht es voll dem Profil vom Feuerteufel bei der Freiwilligen Feuerwehr«, stellte Celine fest.

Da stimmte ich zu. Aber es war kein Beweis in Sachen Ajmalin.

Vorsichtig begann Celine im Forum mitzumischen. Florence N. war offenbar neu im Beruf und hatte noch jede Menge Fragen. Wenn es um medizinische Detailprobleme ging, musste ich die Texte schreiben: Beatmung der Patienten mit oder ohne positiven endexpiratorischen Druck, wann ist bei mangelnder Nierenfunktion eine Peritonealdialyse der Hämodialyse vorzuziehen und so weiter.

Wie zu erwarten, wurde in dem Forum auch viel über den Sinn der Intensivmedizin diskutiert. Johannes reagierte jeweils zornig: Es sei wie bei Gericht – »Unsere Aufgabe ist nicht, über den Sinn der Gesetze nachzudenken, sondern sie anzuwenden und einzuhalten!« Eine interessante Äußerung, sollte er unser Täter sein.

Ich bekam mit, dass Johannes Celine zunehmend faszinierte. Was nicht wirklich verwunderlich war, Celine ist schnell beeindruckt von Menschen, die sich rückhaltlos für etwas einsetzen, wie sie selbst für alles, was mit dem Kampf gegen den Hunger in der Welt, Ungerechtigkeit, Nicht-Achtung der Menschenrechte und der ungleichen Verteilung der Güter dieser Erde zu tun hat. Ich glaube nicht, dass sie mich bewusst zunehmend von ihren Diskussionen mit Johannes ausschloss, aber ich fühlte, dass sie mir nicht alles sagte, was sie da mit ihm im Netz besprach. Zumal mir auffiel, dass die beiden von der mehr oder weniger öffentlichen Diskussion im Forum zu direktem E-Mail-Verkehr übergegangen waren, für den sich Celine eine neue Adresse als Florence N. zugelegt hatte.

»Warum hast du mir nicht erzählt, dass ihr inzwischen über E-Mails verkehrt?«

»Findest du das keine gute Idee? Jetzt kann Johannes sich mir doch weiter öffnen, wir können sozusagen intimer werden.«

»Intimer?«

Celine lächelte ihr Celine-Lächeln. Sie hatte den Begriff mit Bedacht gewählt, um mich ein bisschen zu reizen. »Ich habe Johannes schon verraten, dass ich in Berlin arbeite, aber nicht, an welcher Klinik.«

Ich begann, mir Sorgen zu machen.

»Du weißt schon noch, worum es uns geht, oder? Dieser Apostel aller Helfer hat wahrscheinlich mehr als zwanzig Menschenleben auf dem Gewissen.«

»Ich weiß nicht. Ich habe zunehmend Zweifel. Vielleicht bist du auf der falschen Spur.«

Zumindest lag ich offenbar nicht falsch mit Celines Fasziniertsein von Johannes. Trotzdem, hatte sie am Ende vielleicht recht?

41

Ich hatte schlecht geschlafen. Genauer, ich hatte bis um zwei Uhr gar nicht geschlafen, mich lediglich hin und her gewälzt, allein mit meinen Gedanken und Befürchtungen. Schließlich hatte ich mir eine Valium gegönnt und heute Morgen prompt den Wecker überhört. Aber das war es nicht, was mir dieses verdammt flaue Gefühl im Magen verursachte.

Über eine Woche unterhielten sich der Rote Engel und Florence N. nun schon via E-Mail, aber wir waren keinen Schritt weiter gekommen. Celine war meinem Vorschlag gefolgt und hatte über ihre geringe Erfahrung mit Reanimationen geklagt. Sie sei erst bei einer einzigen Wiederbelebung dabei gewesen, das mache ihr Angst. »Bei etwas, in dem man wenig Übung hat, ist man dann ganz unsicher, wenn es geschieht.« Ob Johannes da Rat wisse?

War der Köder zu deutlich gewesen? Jedenfalls biss Johannes nicht an, es kam kein Hinweis, dass man unter Umständen medikamentös etwas nachhelfen könne. Auch als Florence N. mit dem Roten Engel über notwendige Medikamente diskutierte, die man für eine Reanimation bereithalten sollte, kam Ajmalin nicht zur Sprache.

Ich war gestern früh ins Bett gegangen und gerade weggedämmert, als Celine mich aus der Einschlafphase klingelte.

»Hä?«

»Du hast doch nicht schon geschlafen?«

»Hä? Was? Celine?«

»Ich wollte dir nur sagen, dass ich morgen Vormittag sicher einen großen Schritt weiterkommen werde, so oder so.«

»Hä? Womit weiterkommen?«

»Tut mir leid, schlaf weiter. Ich erzähle dir dann danach alles. Bei euch in der Cafeteria?«

»Schlaf weiter« war eine exzellente Idee, aber nicht umsetzbar. Gegen Mitternacht versuchte ich, Celine zurückzurufen, da hatte die aber schon auf Voicemail gestellt. Bis halb drei wälzte ich mich also von links nach rechts und vom Rücken auf den Bauch, dann gönnte ich mir schließlich die Valium – Ergebnis siehe oben.

Nachdem ich meinen Kopf unter kaltes Wasser gehalten hatte, was die Valiumreste nicht wirklich aus dem System spülte, rief ich mir Celines Anruf ins Gedächtnis. Klar, dass er sich auf Johannes bezog. Aber wie würde sie heute »einen großen Schritt weiterkommen« und was meinte sie mit »so oder so«?

Ich versuchte erneut, sie auf ihrem Handy zu erreichen, aber das war wieder einmal abgeschaltet. Wie gesagt, NSA und Co.

Das zunehmende mulmige Gefühl im Bauch signalisierte, dass ich mir nun ernsthaft Sorgen machte. Hatte Celine, abenteuerlustig wie immer, ein persönliches Treffen mit Johannes vereinbart? Wenn ja, wo? Und hatte Johannes dem Treffen zugestimmt oder es sogar angeregt, weil er Verdacht geschöpft hatte?

Celine hatte davon gesprochen, mir *danach* alles in unserer Cafeteria zu erzählen. Traf sie Johannes in der Klinik? Ich checkte den Dienstplan für die Intensivstation: Ja, Johannes sollte heute Vormittag im Dienst sein.

Hektisch rief ich die Intensivstation an. Besetzt. Nach knapp drei Minuten versuchte ich es noch einmal. Freizeichen jetzt, aber niemand nahm ab. Dann änderte sich der Klang des Freizeichens.

»Humanaklinik, Zentrale. Wen bitte wollten Sie erreichen?«

Ich stürzte die Treppe hinunter, rannte an der Haustür fast die alte Dame von unten links um, »Entschuldigung«, sprintete vor einem bremsenden Auto über die Straße, »'tschuldigung«, bekam mit Mühe den Zündschlüssel ins

Schloss und drängelte mich mit quietschenden Reifen, »'tschuldi«, in den Verkehr.

Der schlimmste Morgenberufsverkehr war vorbei, mit einigen heftigen Spurwechseln kam ich gut voran. Auf der Potsdamer Chaussee wurde es eng, Spurwechseln wurde zum rücksichtslosen Hineinquetschen, empörtes Hupen zur Dauerbegleitung. Wieder einmal überholte ich rechts, empörter Blick. Aber der kam von der riesigen Dogge auf dem Beifahrersitz, die Hundemutti am Steuer war voll auf ihr Handygespräch konzentriert. Ich setzte mich vor sie, nun bremste mich aber ein selbst ernannter Verkehrserzieher vor mir aus, rechts neben mir ein dicker Laster. Ich hätte doch besser am Telefon warten sollen! Die Einsicht kam zu spät, und bei meiner Amokfahrt konnte ich nicht auch noch mein Handy herauskramen. Das ganze Unternehmen Ajmalin war eine idiotische Idee, jedenfalls dass ich mich darauf eingelassen und, mehr noch, Celine mit hineingezogen hatte.

Der Verkehrserzieher hatte uns beide auf knapp dreißig Stundenkilometer heruntergebracht, rechts von mir der nächste Laster. Kurzer Blick: Im Gegenverkehr gab es eine Lücke! Augen zu, Steuer kurz nach links gerissen, vorbei an dem Schleicher. Der gibt jetzt Gas, ich komme nicht zurück in meine Fahrtrichtung, im Gegenverkehr rauscht ein SUV heran. Lichthupe. Lichthupe. Lichthupe. Hupe. Ich bremse, dem SUV bleibt auch nichts anderes übrig. Mit schlotternden Knien finde ich mich schließlich wieder hinter dem nächsten Verkehrserzieher. Ich bin überzeugt: Johannes hat eine Reanimations-Demonstration für Celine vorbereitet. Und durch meine Schuld wird in Kürze irgendein armes Schwein eine Überdosis Ajmalin verabreicht bekommen.

Noch weit hinter mir höre ich eine Polizeisirene. Natürlich! Wir sind im Zeitalter von Handy und Smartphone. Irgendjemand hat den Amokfahrer auf der Potsdamer Chaussee gemeldet. War das meine Chance? Mit Blaulicht in die Humanaklinik? Blödsinn, nie würden mir die Polizisten meine wirre Geschichte über einen verrückten Intensivpfleger, Wiederbelebung und Überdosis abnehmen. Vorsichtig ordnete ich mich rechts ein, bog in die nächste Seitenstraße ab. Keine Sekunde zu früh. Kaum hatte ich angehalten, raste erst ein, dann ein zweiter Polizeiwagen die Potsdamer Chaussee hinunter.

Als kein dritter folgte, wendete ich und nahm wieder Kurs auf die Humanaklinik. Wahrscheinlich zu spät. Denn jetzt war ich überzeugt: Johannes hatte uns durchschaut. Celine selbst war das Objekt seiner Demonstration.

Teil 3

Keine Polizei!

42

»Wo ist Celine?«

Manuela schaute verwirrt auf. Sie saß in der Teeküche der Intensivstation und schrieb irgendetwas in ein Protokoll.

»Celine wer?«

»Meine Freundin Celine. Schwarze Haare, lang, mediterraner Typ.«

»Hier war niemand, den ich nicht kenne.«

»Wo ist Johannes?«

»Der ist mit der Serumprobe im Keller.« Manuela deutete auf das Protokoll vor sich. »Wir hatten gerade 'ne ziemlich aufregende Rea. Neuaufnahme, junge Frau. Ich habe noch nicht einmal die Personalien.«

O Gott!

Es dauerte einen Moment, bis sich meine Augen dem dämmrigen Licht im Kellergang anpassten. Hatte ich tatsächlich vergessen, Manuela zu fragen, ob die Wiederbelebung der jungen Frau erfolgreich gewesen war? Oder hatte ich nicht gewagt, die Frage zu stellen? Mit überflüssiger Vorsicht arbeitete ich mich den Gang entlang, überflüssig, weil sich die schwere Bunkertür zum Lagerraum ohnehin nicht geräuschlos öffnen ließ.

Johannes stand an der Tiefkühltruhe mit den Blutproben. Offenbar hatte ich bei meiner Suche neulich nicht alle Ajmalin-Fälle erwischt. Oder er wollte einfach auf Nummer sicher gehen. Johannes drehte den Kopf in Richtung der quietschenden Eisentür, in den Händen einen rechteckigen Drahtkorb.

»Doktor Hoffmann? Was machen Sie denn hier?«

Johannes schien ehrlich überrascht. Ich trat einen Schritt näher.

»Es ist aus, Johannes, vorbei. Zu spät, die Proben zu vernichten.«

Unbeeindruckt ließ Johannes den Drahtkorb zu Boden fallen, wo ein Teil der Röhrchen auf dem Beton zersplitterte.

»Meinen Sie, Doktor Hoffmann? Glaube ich eigentlich nicht.«

Ich wagte einen weiteren Schritt vorwärts.

»Doktor Thiel hat in seinem Labor bereits alle Proben aus den letzten Monaten analysiert und das Ajmalin gefunden.«

Johannes grinste. »Ach ja? Und ist das ein vom Gericht zertifiziertes Labor? Ist Ihr Doktor Thiel ein vereidigter Sachverständiger?«

»Weiß ich nicht. Aber selbst wenn nicht, er hat nur jeweils ein paar Milliliter für seine Analysen gebraucht. Es ist immer noch mehr als genug Material für neue Untersuchungen vorhanden.«

Johannes hörte nicht auf zu grinsen. »Und dieses Material ist unter Zeugen entnommen und versiegelt worden?« Er zog den nächsten Korb aus der Truhe. »Es bestand keine Möglichkeit, die Serumproben zu manipulieren? Oder zu vertauschen? Ich sage Ihnen, Hoffmann, jeder halbwegs gewiefte Strafverteidiger wird Ihre ›Beweise‹ in Nullkommanichts vom Tisch fegen!«

Sah Johannes zu viele US-Serien im Fernsehen? Oder lief das in Deutschland tatsächlich auch so? Egal, endlich traute ich mich zu fragen:

»Wo ist Celine?«

»Was für eine Celine?«

»Die Frau, die Sie als Florence N. kennen.«

Totales Unverständnis in Johannes' Zügen, dann grinste er wieder.

»Ich soll also an den geheimnisvollen Mitwisser glauben, ja? Für wie dumm halten Sie mich? Sie haben einen großen Fehler gemacht in Ihren Mails: Für eine angebliche Berufsanfängerin wusste Ihre Florence N. dann doch zu gut Bescheid. Und ich erkannte langsam, dass mir irgendjemand auf die Spur gekommen war!«

Johannes wusste nichts von Celine! Celine war nicht die Frau, die gerade, mit oder ohne Erfolg, sein Wiederbelebungsprogramm durchlitten hatte! Ich war maßlos erleichtert.

»Wer, dachten Sie denn, wäre das, der Ihnen da auf die Spur gekommen war? Doktor Valenta vielleicht?«

»Nee, der macht keine solchen Umwege.«

Stimmt, Valenta war nicht der Typ, der sich auf Facebook oder in irgendwelchen Foren herumtreiben würde. Aber eigentlich war ich das auch nicht. Egal, wichtig allein: Celine lebte. Ich trat noch einen Schritt näher, stand jetzt praktisch vor Johannes.

»Ich finde, wir können das alles in Ruhe besprechen. Sie besorgen sich einen tüchtigen Anwalt und dann sehen wir weiter.« Ich streckte ihm meine Hände entgegen. »Geben Sie mir einfach diesen Korb.«

Was Johannes tatsächlich tat. Für einen kurzen Moment war ich stolz auf mein Verhandlungsgeschick. Aber nur, bis Johannes, der im Gegensatz zu mir beide Hände frei hatte, mir den Korb aus den Händen trat und mit einem schnellen Griff meine Arme auf den Rücken drehte. Wieder einmal bedauerte ich, nie mein Versprechen eingelöst zu haben, Celine zu ihren Judokursen zu begleiten. Und dass Johannes über fünfzehn Jahre jünger war als ich. Er ließ meinen linken Arm los, verdrehte mir dafür den rechten über die Schmerzgrenze hinaus.

»So, Doktor Hoffmann. Sie werden jetzt mit der linken Hand Ihren Gürtel öffnen, ihn aus den Schlaufen ziehen und mir geben. Das alles ganz langsam. Verstanden?«

Ich nickte. Johannes drehte meinen Arm weiter.

»Verstanden?«

»Ja.«

Der Moment, in dem mir Johannes mit dem Gürtel die

Arme auf dem Rücken zusammenbinden wollte, wozu er beide Hände brauchte, wäre meine Chance. Aber da traf mich ein Handkantenschlag auf die Halsschlagader, ziemlich genau auf den Glomus Caroticus. Einer der berühmten K.o.-Punkte.

Als ich wieder zu mir kam, war ich mit beiden Armen an ein Rohr gefesselt. Rostiges Wasser tropfte mir aus einem undichten Hahn auf den Kopf. Johannes stand an einem geöffneten Schrank hinter der Tiefkühltruhe. Er hatte inzwischen mehrere Glasampullen aufgesägt, deren Inhalt er gerade in eine Zwanzigmilliliterspritze aufzog.

»Leiden Sie an Herzrhythmusstörungen, Doktor Hoffmann? Da hätte ich hier was für Sie.«

Die Sache entbehrte nicht einer gewissen Ironie, dachte ich an den Titel meiner Habilitationsschrift: Hämodynamik und myokardialer Sauerstoffverbrauch bei intravenöser Applikation von Antiarrhythmika der Klassen I, III und IV. Ajmalin, erinnerte ich mich, war dabei nicht allzu gut weggekommen.

»Und nun machen wir mal schön den linken Unterarm frei.«

Meine Situation war nicht vollkommen chancenlos, schien mir. Um eine schnelle Wirkung zu erreichen, musste Johannes seine Überdosis intravenös applizieren. Und es ist eigentlich nicht möglich, die Vene zu treffen, wenn der Patient – oder das Opfer – nicht stillhält, denn auch der Täter hat nur eine Hand frei, um den Arm festzuhalten. Erst einmal aber machte ich, was die Leute in Krimis immer tun: versuchen, Zeit zu gewinnen.

»Warum haben Sie das getan, Johannes? Ich meine, den Patienten Ajmalin gespritzt, bis sie ins Kammerflimmern kamen? Nur um zu probieren, ob man sie dann noch wiederbeleben konnte?«

Johannes knöpfte die Manschette auf und schob mir den linken Hemdärmel über den Ellenbogen nach oben. »Haben

Sie wirklich einen so begrenzten Horizont, Hoffmann? Ich will Ihnen mal etwas auf die Sprünge helfen. Was ist der Zustand, in dem wir auf Intensiv die meisten Patienten reanimieren?«

In jeder anderen Situation wäre ich von mir ausgegangen und die Antwort wäre »müde«, »frustriert« oder »mit oft ungerechtfertigtem Optimismus« gewesen. Aber ich musste ja mitspielen.

»Sie meinen Kammerflimmern?«

»Richtig, Kammerflimmern. Und was ist eine wichtige Voraussetzung, wenn Sie eine vergleichende Untersuchung machen?«

»Sie müssen Ihre Fragestellung gut überlegt haben, damit Sie verwertbare Antworten bekommen.«

Offensichtlich nicht die Antwort, auf die Johannes hinaus wollte. Nächster Versuch.

»Sie brauchen in der Regel ein Vergleichskollektiv.«

Eindeutig auch nicht die richtige Antwort, aber Zeitgewinn! Ich brachte eine weitere.

»Sie sollten ihre Biostatistik beherrschen.«

Keine meiner Antworten befriedigte Johannes. Es war wie im Staatsexamen bei Professor Keller: Man konnte jede Menge richtige Antworten geben, aber das war nutzlos, bis Keller nicht genau die hörte, die er hören wollte. Jetzt allerdings wirkte sich das zu meinem Vorteil aus, ich hoffte immer noch auf irgendeine Art von Wunder, und Wunder brauchen manchmal ihre Zeit. Johannes riss der Geduldsfaden.

»Die Antwort lautet standardisierte Ausgangsbedingungen, Herr Privatdozent. Das sollte Ihnen eigentlich bekannt sein.«

Johannes zog seinen Stauschlauch aus der Tasche, legte ihn mir um den Oberarm und suchte nach einer geeigneten Vene. »Um die beste Behandlung fürs Kammerflimmern zu finden, kann ich nicht einfach herumsitzen und warten, dass einer unserer Patienten irgendwann ins Kammerflimmern kommt, oder? Ich muss es standardisiert hervorrufen können, nicht wahr?«

Johannes hatte sich für eine Vene entschieden, höchste Zeit, es ihm schwer zu machen. Mit einer Hand konnte er meinen Arm nicht ruhig genug halten. Doch er fand eine einfache Lösung. Er kniete sich auf meine linke Hand. Nun hatte er sogar beide Hände frei.

»Aber ihr Ärzte denkt ja, ihr seid die einzigen, die richtige Wissenschaft können. Spuckt große Töne in euren Ethikkommissionen. Dabei weiß doch jeder, wie das da läuft: Genehmigst du mir meine Studie, winke ich das nächste Mal deine durch.«

»Und für wen machen Sie Ihre Studie?«

Einen Moment schien Johannes verwirrt, dann grinste er wieder. »Jetzt verstehe ich. Ärzte lassen sich ihre hochwissenschaftlichen Untersuchungen natürlich von der Pharmaindustrie bezahlen. Ich verrate Ihnen, für wen ich arbeite: für die Menschen!«

Als erfahrenem Intensivpfleger bereitete es Johannes keine Schwierigkeiten, mit der Butterfly-Kanüle die Vene zu treffen. Sorgfältig zog er zur Kontrolle Blut an, das wertvolle Ajmalin sollte ja schließlich verlustlos direkt in meinen Kreislauf gelangen.

»Alle meine Studienpatienten hatten eine faire Chance, Doktor Hoffmann. Die gebe ich Ihnen selbstverständlich auch. Es müsste sich nur jemand finden, der schnell mit der Wiederbelebung beginnt.«

Zeit gewinnen. Zeit gewinnen. Zeit gewinnen. Eine Frage fiel mir noch ein.

»Sauberer Ansatz, das muss ich Ihnen lassen. Aber warum haben Sie ausgerechnet auch Frau Valenta in Ihre Studie eingeschlossen?«

Sein Daumen, drauf und dran, mir den Ajmalin-Coctail zu spritzen, stockte. Mit großen Augen sah Johannes mich an, offenbar vollkommen konsterniert.

Etwas quietschte. Wie gesagt, die alte Bunkertür lässt sich nicht geräuschlos öffnen. Natürlich hörte das auch Johannes, aber da sprang Celine ihm schon mit gestrecktem Bein in den Rücken.

Gerne hätte ich einen lässigen Spruch losgelassen wie »Wurde ja auch Zeit«, aber ich fürchte, das hätte nicht zu dem Zittern in meiner Stimme gepasst. Wobei im Moment nicht nur meine Stimme zitterte. Immerhin reichte es zu einem »Danke!«

43

Mit ihrem Tritt in seinen Rücken hatte Celine mir vorerst das Leben gerettet, Johannes aber nicht komplett außer Gefecht gesetzt. Einen Moment hatte es den Anschein, als wolle er den Kampf mit uns beiden aufnehmen, zumal ich noch an das Wasserrohr gefesselt war. Doch an Celines Körperhaltung musste er die Kampfsportlerin erkannt haben und in ihrer Miene die Entschlossenheit, auch jeden unsportlichen Griff anzuwenden. Er rappelte sich hoch, drehte sich um und verschwand durch eine Tür auf der anderen Seite des Raumes.

»Keine Ahnung, wo es da hingeht«, antwortete ich Celine auf ihre Frage, während sie mich von dem Wasserrohr losband.

»Na, dann finden wir's raus!«

Wir betraten einen nur spärlich beleuchteten, ziemlich langen und verwinkelten Kellergang. Hinter jedem dieser Winkel konnte uns Johannes auflauern. Doch dann hörten wir eine Tür schlagen und folgten dem Geräusch.

Die Tür öffnete sich zu einer der Nottreppen im Klinikgebäude. Wir also die Treppe rauf. In jedem Stockwerk bestand eine Verbindung zum Haupttrakt, aber wieder hörten wir eine Tür schlagen, deutlich weiter oben. Warum war Johannes nicht über das Hauptgebäude geflüchtet? So weit oben konnte doch nur noch das Dach sein? Aber als wir das Dach erreicht hatten und Celine sich vorsichtig aus der Tür lehnte: keine Spur von Johannes.

Ein scharfer Luftzug, ein kurzer Schrei, dann lag Celine bewusstlos auf dem Flachdach, am Kopf getroffen von einer Holzlatte, die Johannes jetzt fallen ließ. Ehe ich, gelähmt durch den Schreck und meine Höhenangst, reagieren konnte, schleifte er Celine mit einer Hand an die Dachkante. Das war nicht weit, das Dach deckte lediglich die Feuertreppe, maß vielleicht sechs mal sechs Meter. Er schob Celine noch ein Stück weiter, so dass Kopf und Schultern nun über die Kante ragten.

»Ist das Ihre Florence N.?«

Ich erwachte aus meiner Schockstarre. »Sie ist jedenfalls jemand, der Ihnen nichts Böses getan hat. Im Gegenteil, Celine hat sie gerade davor bewahrt, zum Mörder zu werden.«

Ich ging davon aus, dass sich Johannes hinsichtlich seiner Ajmalin-Versuche nicht als Mörder fühlte. Blieb die Frage, wie verwirrt er tatsächlich war, ob rationale Argumente noch etwas ausrichten könnten. Denn selbst wenn ich ihm körperlich überlegen gewesen wäre, es brauchte nur einen Stoß und Celine wäre auf dem Weg nach unten.

»Was wollen Sie damit erreichen, Johannes? Sie haben doch selbst gesagt, dass jeder halbwegs clevere Strafverteidiger Sie heraushauen könnte. Aber sicher nicht mehr, wenn Sie Celine in die Tiefe stoßen!«

In diesem Moment wurden wir von einem Knattern in der Luft abgelenkt – unser Rettungshubschrauber kehrte von einem Einsatz zurück. Die mussten uns doch sehen! Nur – würden sie uns nicht für Leute halten, die irgendeine Reparatur auf dem Dach vornahmen? Aber selbst wenn sie die Situation erkennen sollten, was dann? Das war nicht die GSG 9 in dem Hubschrauber, kein hochtrainierter Soldat oder SEKler würde sich an einem Seil zu Celine herablassen. Und vom Helikopter alarmiertes Klinikpersonal, das auf Johannes einredete, würde die Situation kaum verbessern.

Celine bewegte sich! Um Gottes willen! Würde sie, sicher noch benommen, ihre Situation begreifen? Oder versuchen aufzustehen und dabei gnadenlos abstürzen? Ich brüllte: »Nicht bewegen!«, aber über das Geknatter des Hubschraubers hinweg konnte sie mich bestimmt nicht hören. Ich sah, wie sie mit den Händen nach Halt suchte. Egal, was Johannes tun würde – ich legte mich auf den Bauch und robbte auf sie zu.

»Bleib liegen. Nicht bewegen. Ich habe dich gleich!«

Hörte sie mich doch? Oder war sie starr vor Entsetzen? Jedenfalls lag sie wieder still. Das Knattern des Hubschraubers wurde noch lauter, offenbar hatte die Besatzung erkannt, dass etwas nicht stimmte, und kreiste über uns. Das war keine Hilfe, und kämen sie noch weiter herunter, würde uns der Wind der Rotoren alle drei vom Dach fegen.

Ich hielt den Blick starr auf Celines Beine gerichtet. Ich konnte nicht hören, ob und was Johannes gerade unternahm, und meinen Kopf zu drehen traute ich mich nicht. Würde er uns beide vom Dach schieben, wenn ich Celine erreicht hatte?

Endlich bekam ich ihre Füße zu fassen. Fest umklammerte ich die Fesseln und zog sie langsam zu mir. Dann kroch ich direkt neben ihr Ohr.

»Nicht aufstehen! Langsam rückwärts robben.«

Ich wagte, mich nach Johannes umzuschauen. Der stand am Dachrand hinter uns – und sprang!

44

Vor der Klinik schien mindestens die Hälfte aller Kräfte der Berliner Berufsfeuerwehr versammelt. Die Männer waren dabei, die Luft aus einem riesigen Sprungkissen abzulassen. Es sah aus wie Aufräumen nach einem Kindergeburtstag mit Hüpfburg, auf der ein kompletter Kindergarten seinen Spaß gehabt hatte.

»Haben Sie den Mann retten können?«, fragte ich einen der Feuerwehrmänner. Eine überflüssige Frage, denn wir hatten die Sirenen ja erst gehört, als wir mit Puddingbeinen die Treppe hinuntergezittert waren – Minuten nach Johannes' Sprung. Der Rettungshubschrauber musste noch aus der Luft die Feuerwehr alarmiert haben.

»Ist ja niemand gesprungen«, bedauerte der Feuerwehrmann. »Wäre doch mal was gewesen. Das Ding hier ist für Sprünge bis vom zwanzigsten Stockwerk zugelassen!«

Celine und ich schauten uns irritiert an, dann nach oben. Mindestens vier Leute standen auf dem Flachdach über der Feuertreppe und rätselten, was sich dort abgespielt hatte. Wir traten etwas weiter zurück und es wurde klar, weshalb hier niemand mit zerschmetterten Knochen lag: Im elften Stock gab es einen Dachvorsprung über dem OP. Die Luke zur Fahrstuhltechnik dort stand offen. Wie verwirrt auch immer Johannes sein mochte, schwindelfrei war er ganz offenbar.

Mein Golf, den ich vor knapp einer halben Stunde – vor einer Ewigkeit, schien mir – einfach vor dem Eingang zur Rettungsstelle hatte stehen lassen, war inzwischen abgeschleppt worden. Kein größeres Problem, ich glaube nicht, dass Celine oder ich jetzt ein Auto lenken wollten. Wir hatten auch keine Lust, mit irgendjemandem von dem inzwischen reichlich versammelten Schaulustigen aus Klinikpersonal und Patienten zu reden. Also nahmen wir ein Taxi mit der klassischen Frage:

»Zu dir oder zu mir?«

45

Wir entschieden uns für die Residenz Doktor Hoffmann, weil dort immerhin eine halbe Flasche Cognac auf uns wartete.

Während der Taxifahrt hielten wir uns vorsichtig bei den Händen, etwas, das wir seit langem nicht getan hatten. Keiner sagte ein Wort. Gelegentlich überkam mich ein Zittern, und wenn es bei mir vorbei war, ging es bei Celine los. Schließlich hat man nicht jeden Tag ein Nahtod-Erlebnis.

Nach dem ersten Cognac war es vorbei mit dem Zittern. Wir suchten temporäre Sicherheit in der Diskussion über das Was und Warum.

»Warum hast du mir nicht verraten, dass du dich mit Johannes verabredet hattest?«

Erneut tastete Celine nach meiner Hand. »Wollte ich doch, aber da warst du schon im Tiefschlaf. Natürlich hättest du versucht, es mir auszureden.«

Als hätte ich Celine je etwas ausreden können!

»Jedenfalls hatte ich mich verspätet«, fuhr sie fort. »Ich wollte gerade los, da kriegte ich einen Anruf und musste noch schnell eine Unterkunft für einen Asylbewerber finden. Auf eurer Intensivstation erfuhr ich dann, dass du schon da warst. Und wo und mit wem.«

Celine machte eine kleine Pause.

»Von einer äußerst attraktiven Krankenschwester. Von der hast du mir nie was erzählt!«

Ich drückte Celines Hand. Schön, dass wir schon wieder an die kleinen Anfechtungen des Alltags denken konnten.

»Jedenfalls bist du gerade noch rechtzeitig aufgetaucht.« Ich verstärkte den Druck. »Danke!«

»Oh, es war toll, Neko-Ashi-Dachi einmal nicht nur im

Training anzuwenden. In dieser Katzenfußstellung bist du sehr flexibel und kannst in jede Richtung zuschlagen.« Celine gönnte sich einen weiteren Schluck Cognac. »Wie ist unser Freund eigentlich so schnell an das Ajmalin-Zeug für dich gekommen? Wir waren doch auf der Intensivstation verabredet. Hat er wirklich geglaubt, die neugierige Florence würde ihm in euren Luftschutzkeller folgen?«

»Er hat da unten offenbar sein Depot gehabt. War doch praktisch. Nach jedem Ajmalin-Experiment brachte er die Blutproben runter in die Kühltruhe und konnte sich für den nächsten Fall aufmunitionieren.«

Und ebenso praktisch war in meinem Fall, dass die Hersteller ihren Packungen jeweils die notwendigen Ampullensägen beilegen.

»Was ich nicht verstehe«, gab Celine zu bedenken, »warum hat er die Blutproben von seinen Wiederbelebungen überhaupt aufgehoben? Musste er nicht damit rechnen, dass die eines Tages als Beweise gegen ihn werden könnten?«

»Vielleicht hat er nie mit Entdeckung gerechnet. Außerdem sind die meisten Menschen Sammler, von alters her. Mörder heben 'ne Socke von ihrem Opfer auf, Steuerbetrüger Bankunterlagen … Und dann betrachtete er das ja als eine wissenschaftliche Untersuchung. Da gehört es dazu, dass man sammelt.«

»Was genau hat er denn untersuchen wollen?«

Ich strich über die kleine Einstichstelle am Unterarm, wo Johannes meine Vene punktiert hatte.

»So weit sind wir nicht gekommen bei unserem kleinen Plausch im Keller. Ich nehme an, er suchte nach einer Methode, Wiederbelebungen erfolgreicher zu machen. Irgendwann wäre dann aufgefallen, dass Wiederbelebungen bei Johannes immer gut ausgingen.«

»Und wie wollte er das anstellen?«

»Keine Ahnung. Mit dem Ajmalin hat er nur das Kammerflimmern erzwungen, die Situation Wiederbelebung also. Vielleicht hat er irgendwelche Elektrolytlösungen ausprobiert oder Medikamente. Vielleicht auch eine der modernen Wunderdrogen. Wiederbelebung mit Ringelblume zum Beispiel oder Brennnesselextrakt.«

»Aber dann hat er schließlich doch seine Serumproben vernichtet?«

»Wenigstens die, die ich nicht zu Micha ins Labor gebracht habe. Er wusste zwar nicht, wer Florence N. war, hatte aber doch Verdacht geschöpft. Deshalb die Verabredung.«

»Und das Ajmalin, das er für dich aufgezogen hat, war eigentlich für mich bestimmt?«

Darauf wussten wir die Antwort. Aber eine Frage hatte ich noch. Johannes hatte uns beide an den Rand des Todes gebracht, nun war er verschwunden. War es nicht endlich Zeit, die Polizei einzuschalten?

»Du weißt«, sagte Celine, »was das bedeuten würde. Du müsstest die gesamte Geschichte erklären. Und in diesem Fall könnten sie dir tatsächlich mit Paragraph 138 kommen, dass du ein drohendes, noch zu verhinderndes schweres Verbrechen nicht angezeigt hast.«

Ich war nicht überzeugt, schließlich lief da draußen ein Killer frei herum. Aber nach den Ereignissen des Vormittags und dem Cognac überfiel mich eine rechtschaffene Müdigkeit. Das mit der Polizei würde ich mir morgen noch einmal überlegen. Jetzt suchte ich eine bestimmte CD in meinem ungeordneten CD-Stapel und wählte einen bestimmten Titel. Ein paar Sekunden später sangen Leonore und Fidelio über ihre »namenlose Freude« – in diesem Falle über die Tatsache, dass Leonore ihren Fidelio vor dem Tod im Kerker gerettet hatte.

Ich gebe zu: Mir traten Tränen in die Augen. Auch meine Leonore hatte mir das Leben gerettet. Und das Schicksal hatte gewollt, dass gleich danach ich ihr das Leben retten durfte. Das erfüllte mich – ja, mit namenloser Freude!

Beethoven hat das meisterhaft in Musik umgesetzt. Das Leben hatte gesiegt. Oder, wie der Titel von Thornton Wilders Theaterstück für die damalige Zeit so treffend ins Deutsche übersetzt worden ist: Wir sind noch einmal davongekommen!

46

Mein Freund Valenta wusste die angenehmen Seiten des Lebens zu schätzen: gutes Essen, Fitnessclub mit geheiztem Pool, elegante Autos. Wir saßen in seinem Mercedes E-Klasse Cabrio auf ebenfalls geheizten Ledersitzen, Dach offen, Klimaanlage voll auf Karibikfeeling.

»Sonne im April. In Berlin! Das muss man genießen!«

Ich hatte erstaunlich gut geschlafen. Jedenfalls fühlte ich mich so und erinnerte keine Träume mit Todesspritze im Arm oder Sturz vom Dach. Am Morgen hatte ich kurz mit Beate telefoniert, ohne groß in Einzelheiten zu gehen. Sie hatte mir »mindestens einen Tag frei« verordnet; ich solle nichts unternehmen, bevor wir nicht persönlich miteinander gesprochen hätten. Mit anderen Worten, natürlich, »keine Polizei!«

Inzwischen hatte ich auch Valenta von unserem Abenteuer im Keller und auf dem Dach erzählt. Polizei und Feuerwehr rätselten sicher noch immer, was eigentlich vorgefallen war. Sie hatten ja nur die Aussage der Hubschrauberbesatzung und ein leeres Dach, als sie gekommen waren.

»Ich finde, Beate hat recht«, meinte Valenta. »Wir können nichts mehr ändern und müssen das Wohl der Klinik im Auge behalten.«

Das sah ich nicht ganz so. Immerhin lief da jemand frei in der Gegend herum, der einige Menschenleben auf dem Gewissen hatte. Und auch mich hatte umbringen wollen. Und Celine.

»Willst du wirklich, dass der Mörder deiner Frau ungeschoren davonkommt? Wenn Johannes nicht irgendwie dingfest gemacht wird, findet der bei seiner Qualifikation garantiert bald eine neue Stelle. Intensivpersonal ist gesucht, das weißt du genau. Und in Zeiten von *paste and copy* kann er sich schnell ein Zeugnis von irgendeiner Klinik zusammenbasteln. Selbst wenn er die Humanaklinik als letzten Arbeitgeber angibt, könnte Beate bei einer Nachfrage nicht wirklich mit der Wahrheit herausrücken.«

Valenta konzentrierte sich auf den Verkehr und meinte nur: »Warten wir's ab.«

Wir waren auf dem Weg zu einem dieser Outdoor-living-Läden, wo es all die Sachen gibt, ohne die man in der Wildnis nicht überleben kann: solarzellenbestückte Rucksäcke zum Beispiel, mit denen das Smartphone am Amazonas aufgeladen wird. Oder Dynamos mit Handkurbel, falls die Sonne nicht scheint. Uns ging es mehr um warme Schlafsäcke mit wenig Gewicht, denn unsere Bergwanderung sollte schon kommendes Wochenende losgehen. In nur sechs Tagen. Ich plädierte zwar dafür, sie um ein paar Wochen zu verschieben, weil ich mich aktuell ziemlich wackelig auf den Beinen fühlte. Aber davon wollte Valenta nichts hören.

»Das ist doch rein psychisch. Die Berge werden dich auf andere Gedanken bringen, und vorbei ist es mit wackelig.«

Da hatte er wahrscheinlich recht. Wir entschieden uns für den Schlafsack Arctic Extreme. »Nur 1,6 Kilo, expeditionstauglich«, versicherte der blond gelockte Verkäufer im Hawaiihemd. Er wollte uns unbedingt noch die MSR Responder Lawinenschaufel und je einen Peilsender aufschwatzen, »Sie wissen ja, gerade im Frühjahr ...«, aber so viel wollten wir nicht schleppen, meinte Valenta.

»Brauchen wir alles nicht, Felix. Mit mir kommst du da heil rauf und heil wieder runter. Versprochen.«

Als wir mit unseren expeditionstauglichen Schlafsäcken unter dem Arm aus dem Laden traten, klingelte mein Handy.

»Hier ist Florence N.«

Ich deckte das Telefon mit der Hand ab, zischte: »Johannes!« und ließ Valenta mithören.

»Was wollen Sie?«

»Wir sollten uns treffen. Sehr bald, Doktor Hoffmann.«

»Warum? Damit Sie eine zweite Chance bekommen, mich umzubringen?«

»Es gibt da etwas, das Sie unbedingt wissen sollten: Nicht alle Ajmalin-Toten gehen auf mein Konto! Ich bin nämlich kein Mörder«

Offenbar wartete Johannes auf eine Antwort. Ich hatte keine und blickte fragend zu Valenta. Der schüttelte verneinend den Kopf.

»Wo meinen Sie denn, sollten wir uns treffen? Und wann?«

Johannes beschrieb eine Straße im Fläming, die ich schon kannte. Dort würde er auf mich warten, am Kilometerstein 34. Heute Abend, 19 Uhr.

»Das ist mir zu sehr Räuber und Gendarm. Außerdem fahren mir in dieser Gegend zu viele SUVs mit Kuhfänger herum. Schlagen Sie einen belebteren Ort vor. Meinetwegen am Alexanderplatz oder auf einer Bahnstation.«

»Doktor Hoffmann, ich muss auch an meine Sicherheit denken. Dieses Treffen, das garantiere ich Ihnen, ist in Ihrem Interesse. Es dient Ihrer Sicherheit, glauben Sie mir. Meine Bedingungen oder kein Treffen.«

Kurz wog ich Chancen und Risiken ab. Schließlich überwog meine Neugier, und diesmal konnte ich mich ja vorbereiten.

»Schön, Ihre Bedingungen. Aber nicht im Dunkeln.«

»Meinetwegen. Also 18 Uhr.«

Damit beendete er das Gespräch.

»Willst du da wirklich hinfahren? Der Typ wollte dich schon einmal umbringen.«

Valenta kannte mich gut genug, um meine Antwort zu ahnen. Ich wiederum kannte Valenta gut genug, um seinem zwangsläufig folgenden Vorschlag zuvorzukommen. »Nein, du wirst mich nicht begleiten, mein Freund. Du würdest Johannes zumindest einschüchtern, als sein Chef und überhaupt – schließlich hat er deine Frau auf dem Gewissen und er weiß, dass du das weißt. Wir würden gar nichts erfahren. Gut möglich, dass er abhaut, sobald er dich sieht.«

Wahrscheinlich hatte ich Valenta vor den Kopf gestoßen. Jedenfalls war er sichtlich besorgt. Zu recht? Das würde sich spätestens morgen herausstellen.

47

Auch Celine hatte sich überraschend schnell erholt von der gerade erst überstandenen Lebensgefahr. Nicht nur, dass sie heute ganz normal ihre Mathematikstunden in der Schule gegeben hatte. Auf meine Frage, ob wir tatsächlich Johannes treffen sollten und dann noch jwd im Fläming, antwortete sie sofort mit »Na klar fahren wir«. Im Zweifelsfall wäre sie dem guten Mann doch noch etwas schuldig! Außerdem, vielleicht gäbe es tatsächlich einen Komplizen, den er uns verraten wolle.

Auf diese Frage hatte sich Valenta auf unserer Rückfahrt vom Outdoor-Shop versteift und ich hatte Celine davon erzählt. Valenta glaubte nicht an einen Komplizen. Ich auch nicht. Leute wie Johannes sind in der Regel Einzeltäter. Spätestens seit ich ihn auf Facebook stolz vor einem SUV gesehen hatte, hielt ich es zumindest für möglich, dass er es gewesen war, der mich neulich fast von der Straße geschoben hatte. Wollte er das ein zweites Mal versuchen?

»Kann ich mir nicht vorstellen, zweimal dasselbe. Aber wir werden vorbereitet sein. Mit einem entsprechenden Fahrzeug«, sagte Celine verschmitzt.

»Wie das? In deinem Toyota sind wir seinem Panzer genauso schutzlos ausgeliefert wie in meinem Golf.«

Aber Celine hatte eine Lösung. Freund Burghardt, der Rechtsanwalt.

»Ford F 250 Super Duty, Monstertruck mit Vierradantrieb. 6.2-Liter V-8 Motor, 385 Pferdchen unter der Haube. Das dürfte reichen.«

Es hörte sich nicht an, als wäre Burghardt bei Greenpeace.

»Nee, den braucht er, um seine Lamas zu transportieren.«

Ein Lamas züchtender Rechtsanwalt! Na ja.

»Und dieses Prachtstück würde er uns leihen?«
»Mir schon.«

Gegen fünf Uhr nachmittags holten wir das PS-Monster bei Rechtsanwalt Burghardt ab. Bei aller Liebe zu Celine fiel es ihm doch schwer, ihr seine Prachtkarosse anzuvertrauen. Er bestand auf einer Probefahrt, erklärte jedes Knöpfchen und jeden Schalter dreimal. Damit lagen wir schon über eine Viertelstunde hinter unserem Zeitplan. Diese Viertelstunde hätten wir eventuell noch aufgeholt, aber da ging mein Handy, das ich seit der Kellerbegegnung mit Johannes nun wenigstens tagsüber eingeschaltet ließ. Es war Manuela von der Intensivstation. Frau Zuckermann ginge es plötzlich wieder schlechter, die Sauerstoffsättigung falle ab.

»Ist denn Valenta nicht da?«

»Nee, der ist seit 'ner halben Stunde weg. Nur Doktor Schmeisser. Und der hat alle Hände voll mit einem frischen Infarkt zu tun.«

Schmeisser ist ein netter Kollege, aber erst ein paar Monate auf Intensiv. Außerdem ging es um unsere Dr.-House-Patientin. Da musste Johannes eben warten, wenn ihm das Treffen so wichtig war.

Am Ende stellte es sich als simpler Kommafehler bei der Einstellung der Beatmungsmaschine heraus. Natürlich wollte das niemand gewesen sein, aber ich hatte keine Zeit für das Ich-war-gar-nicht-in-der-Nähe-Spielchen. Wichtiger war, dass die Haut von Frau Zuckermann schon wieder ins Rosa ging, wenigstens deutlich weniger grau war als bei meiner Ankunft. Mit Probefahrt und Intensivstation hatten wir am Ende eine gute Stunde Verspätung, als wir endlich in Richtung Fläming aufbrachen.

Celine gab Gas. »Und nimm den verdammten Akku aus deinem Smartphone. Man weiß ja nie!«

Bei allem Umweltengagement bereitete ihr das Kommando über 385 Pferdestärken sichtlich Vergnügen. Auch ich fühlte mich mit dem dicken Blech und der hohen Position über der Straße gut geschützt.

Als wir schließlich von der Autobahn abbogen, war die Sonne bereits untergegangen. Wir waren auf der Straße zu Valentas Hirschbraten-Waldkneipe, aber diesmal tauchte kein drängelnder SUV hinter uns auf, für Celine wahrscheinlich eine Enttäuschung. Während sie Straße und Rückspiegel im Auge behielt, suchte ich im Scheinwerferlicht nach den Kilometersteinen am Straßenrand.

»Da vorne rechts, am Waldrand, das sieht aus wie ein SUV.«

Celine nahm den Fuß vom Gas. Da stand wirklich ein fetter SUV auf dem Sandstreifen neben der Straße, und da war auch der Kilometerstein 34. Johannes hatte tatsächlich über eine Stunde auf uns gewartet.

Celine parkte unseren Pick-up vor dem Geländewagen. »Damit er nicht schnell abhauen kann«, erklärte sie mir.

Der Motor des SUV schnurrte im Leerlauf, die Scheinwerfer liefen auf Abblendlicht, keine Innenbeleuchtung. Hinter dem Steuer konnte man schemenhaft den Fahrer erkennen. Johannes? Ich klopfte gegen die Seitenscheibe. Erst vorsichtig, dann energischer. Keine Reaktion. Eine Falle? Ich ging um den Wagen herum. Im schwachen Licht der Rücklichter war zu erkennen, dass ein Schlauch über den Auspuff gestülpt war und von hier in den Fahrerraum lief. Ich rannte zurück nach vorne und riss die Tür auf der Fahrerseite auf. Die Innenbeleuchtung schaltete sich ein. Es war tatsächlich Johannes. Aber wenn Celine mitgekommen war, um mit ihren Karatetricks eine Rechnung zu begleichen, waren wir zu spät.

»Die Sache hat sich erledigt, da ist nichts mehr zu machen. Der ist mindestens schon eine Stunde tot.«

»Keine Wiederbelebung?«

»Total sinnlos. Einen Notarztwagen brauchen wir auch nicht.«

In diesem Moment kam ein Auto vorbei. Als uns seine Scheinwerfer erfassten, wurde es langsamer, hielt aber nicht an.

»Lass uns verschwinden, eh hier noch jemand kommt«, drängte ich.

Celine war wieder einmal einen Tacken umsichtiger. Sie holte ein Taschentuch hervor und wischte den Türgriff ab.

»Sonst noch wo angefasst?«

»Nein, ich glaube nicht.«

»Du glaubst?«

Ich überlegte. »Sicher nicht.«

»Dann steig ein.«

Als wir Burghardt sein Monster heil zurückbrachten, konnte ich erkennen, dass er zugleich überrascht und erleichtert war. Sicher hatte er inzwischen zehnmal in seiner Versicherungspolice nachgeschaut, ob er wirklich Vollkasko hatte und ob die auch galt, wenn jemand anderer seinen Truck zu Schrott gefahren hatte.

»Ich bringe den Wagen gleich in die Tiefgarage. Viele Diebstähle hier in letzter Zeit«, sagte er und verschwand mit dem Auto unter dem schicken Apartmenthaus, in dem er mit Hund und eigenem Dachgarten lebte.

Vielleicht ging es ihm tatsächlich um Autodiebstahl. Ich vermutete jedoch, dass er den Wagen auf Kratzer untersuchen wollte. Er würde sein Glück kaum fassen können, denn da waren keine. Da war ich sicher, nachdem Celine darauf bestanden hatte, dass wir auch an diesem Fahrzeug alle Fingerabdrücke von uns entfernten, innen wie außen.

48

Dieses Mal dauerte es nur zwei Tage, bis Kommissar Czernowske in der Humanaklinik auftauchte. Gemeinsam mit einem Kollegen von der Kriminalpolizei Brandenburg. Und er hatte es wieder einmal geschafft: Ich hatte gerade meinen Nachtdienst auf Intensiv hinter mich gebracht.

»Guten Morgen, Herr Hoffmann.« Czernowske stellte kurz seinen Kollegen aus Brandenburg vor, dann kam schon sein erster Versuch, mich zu übertölpeln.

»Sicher können Sie sich denken, weshalb wir hier sind?«

Klar, konnte ich. Warum sonst hätte er den Brandenburger mitbringen sollen?

»Gibt es Neuigkeiten zum Tod von Doktor el Ghandur?«

Czernowske schüttelte bedauernd den Kopf. »Wir sind direkt auf die Intensivstation gekommen, weil es um Ihren Mitarbeiter geht. Den Krankenpfleger Johannes Bayerle.«

Na, da war ich überrascht!

»Was hat der denn ausgefressen? Jedenfalls können Sie ihn gleich selbst befragen. Er müsste jeden Moment seinen Dienst antreten.«

Wieder schüttelte der Kommissar den Kopf. »Das wird er sicher nicht. Wir mussten leider schon Ihrer Klinikleiterin mitteilen, dass Herr Bayerle tot ist.«

Schönen Dank, Beate. Hättest du mich nicht kurz warnen können, dass die Kripo im Anmarsch ist?

»Johannes tot? Wie denn das!?«

Das erklärte der Kollege aus Brandenburg. »Herr Bayerle wurde gestern leblos in seinem PKW aufgefunden. Mit einer Kohlenmonoxydvergiftung. Hat die Abgase aus dem Auspuff eingeatmet.«

Offensichtlich erwartete der Mann eine Reaktion. Na schön.

186

»Das ist ja furchtbar! Also Selbstmord. Gibt es Anhalts-
punkte, warum?«

»Genau deshalb sind wir hier. Können Sie uns etwas über
etwaige Selbstmordabsichten sagen? Gab es Hinweise, wenigstens im Nachhinein betrachtet?«

Die beiden gaben mir jede Menge Zeit, über die Frage
nachzudenken, aber ich konnte ihnen beim besten Willen
nicht helfen. Nun übernahm wieder Czernowske.

»Sie werden verstehen, dass wir zwei Todesfälle unter
dem Personal Ihrer Intensivstation, und das in so kurzer
Zeit, schon auffällig finden.«

Ja, das verstand ich. »Sehen Sie einen Zusammenhang?«

»Können Sie sich einen vorstellen, Herr Hoffmann?«

»Im Moment sehe ich nur einen bedeutenden Unterschied.
Doktor el Ghandur, sagen Sie, ist ermordet worden. Bei Johannes aber handelt es sich doch wohl um Selbstmord.«

»Das müssen wir noch klären. Spätestens morgen wird
uns die Gerichtsmedizin etwas dazu sagen können, hoffe
ich.«

»Haben Sie denn Zweifel?«

»Ach«, Czernowske ließ ein leises Stöhnen hören, »es gibt
fast immer ein paar Ungereimtheiten, denen wir nachgehen
müssen.«

Der Kollege aus Brandenburg präzisierte. »Zum Beispiel
haben wir natürlich jede Menge Fingerabdrücke am und im
Fahrzeug gefunden. Die meisten stammten von Herrn Bayerle, natürlich, die anderen müssen wir, so weit möglich,
noch zuordnen.« An dieser Stelle ein kurzer Blick von Czernowske, damit ich mich erinnerte, dass meine Fingeradrücke
inzwischen tatsächlich bei ihm gespeichert waren. »Aber wir
finden es seltsam, dass wir keine Fingerabdrücke an der
Klinke der Fahrertür gefunden haben. Keinen einzigen!«

Nun übernahm Czernowske wieder. »Finden Sie das
nicht auch seltsam? Warum sollte ein Selbstmörder seine
Fingerabdrücke abwischen?«

Das konnte ich den beiden auch nicht erklären.

»Nehmen wir einmal an«, weiter Czernowske, »es stellt sich heraus, dass es kein Selbstmord war. Hatte Herr Bayerle Feinde, von denen Sie wissen?«

O ja, da konnte ich mir so einige vorstellen. Zuerst einmal alle Angehörigen seiner Ajmalin-Opfer. Und die Opfer selbst, soweit sie seine »wissenschaftliche Untersuchung« überlebt hatten. Aber wir hatten immer noch den Deckel auf dem Ajmalin-Skandal halten können – weder überlebende Opfer noch die Angehörigen der Toten ahnten etwas. Aber dann fiel mir ein, dass es sehr wohl einen Angehörigen gab, der Bescheid wusste.

»Also, soweit ich weiß, war Johannes Bayerle hier allseits beliebt.«

Hatte Valenta seine Frau gerächt? Er wusste über Ajmalin und Johannes Bescheid, er kannte auch das Wann und Wo unseres Treffens. Hatte er den Respirator von Frau Zuckermann verstellt, um Celine und mich ausreichend lange hinzuhalten? Konnte ich mir meinen langjährigen Freund als cool planenden Mörder vorstellen? Als gnadenlosen Rächer? Eigentlich nicht. Aber, wie oft genug in der Literatur beschrieben, was weiß man schon wirklich über die Psyche seiner Mitmenschen, selbst wenn man sie seit Jahren zu kennen glaubt? Wo man doch, wie Neurowissenschaft und Psychiatrie übereinstimmend feststellen, sich nicht einmal mit der eigenen auskennt.

Czernowske kam nun wieder mit der Inspektor-Columbo-Nummer: Er holte sein kleines Notizbuch heraus, strich sich durch die Haare, machte auf verwirrt.

»Wann haben Sie zuletzt mit Herrn Bayerle gesprochen, Herr Hoffmann?«

Ich sah die Falle nicht und hob die Schultern. »Das kann ich Ihnen nicht so genau sagen. Bei seinem letzten Dienst sicher …«

Der Kommissar hatte die gesuchte Seite in seinem Notizbuch gefunden. »Das wäre am Dienstag gewesen, ich verstehe.« Er blätterte eine Seite weiter, zog die Stirn in Falten. »Und was ist mit dem Telefonat am Tag vor seinem Tod?«

Verdammt, darauf hätte ich vorbereitet sein sollen. Natürlich hatten sie das Handy von Johannes ausgelesen.

»Ach das … ja. Ich dachte, Sie meinen, persönlich gesprochen.«

»Und um was ging es in diesem Telefonat?«

Sie hatten lediglich die Verbindungsdaten und die Dauer des Gesprächs, da war ich sicher. Also musste Czernowske meine Antwort, dass Johannes sich nach dem Zustand eines Patienten erkundigt hatte, akzeptieren.

Wieder strich er durch sein Haar. »Alles recht eigenartig. Zwei mysteriöse Todesfälle in Verbindung mit Ihrem Krankenhaus, aber niemand weiß von nichts, hat nicht mal eine Ahnung …« Er kratzte sich im Ohr. »Und dann habe ich noch etwas von einem Zwischenfall auf dem Dach Ihrer Klinik gehört. Der Rettungshubschrauber hat vorgestern drei Leute auf dem Dach gemeldet, wohl zwei Männer und eine Frau. Aber als die Feuerwehr kam, die der Pilot über Funk alarmiert hatte, war niemand mehr da.«

Ja, das konnte ich dem Kommissar bestätigen, davon hatte ich auch gehört.

»Aber Näheres wissen Sie dazu nicht?«

Auch das musste ich, zu meinem Bedauern, bestätigen.

Die beiden Kriminalisten wechselten einen Blick. Ein Ass hatten sie noch im Ärmel, schien das zu bedeuten. Und richtig: Sie hatten einen Augenzeugen für den eventuellen Mord an Johannes.

»Unser Augenzeuge ist gegen …« Der Kollege aus Brandenburg arbeitete im Gegensatz zu Czernowske mit einem Tablet, das er kurz konsultierte. »… gegen 19 Uhr 15 an dem PKW von Herrn Bayerle vorbeigekommen. Da stand ein weiteres Fahrzeug direkt vor dessen PKW. Ein großer Pickup.«

Ich wurde hellhörig. Wer fährt an zwei geparkten Autos an der Landstraße vorbei und meldet das der Polizei? Meldet *was* überhaupt? Ich wartete ab.

»Dabei hat unser Augenzeuge zwei Personen gesehen, einen Mann und eine Frau, die sich an dem SUV von Herrn Bayerle zu schaffen gemacht haben.«

Natürlich erinnerte ich mich an den Wagen, der kurz abgebremst hatte, aber weitergefahren war. Ich behielt mein Pokerface bei.

»Tatsächlich«, erklärte der Kollege aus Brandenburg, »hätten wir Herrn Bayerle sonst gar nicht so schnell gefunden, diese Landstraße ist ja kaum befahren. Aber sie ist der tägliche Arbeitsweg des Zeugen nach Berlin. Deshalb hat der am nächsten Morgen, als der SUV da immer noch stand, angehalten und nachgeschaut.«

Was ihm wahrscheinlich das Frühstück verdorben hatte. »Und weshalb erzählen Sie mir das?«

»Wir haben die Reifenspuren von zwei Fahrzeugen, direkt vor beziehungsweise hinter dem SUV, fotografiert und mit Spezialgips ausgegossen«, berichtete der Brandenburger Kriminalist.

»Und nun würden wir gerne wissen, Herr Hoffmann«, übernahm wieder Czernowske, »was Sie für ein Auto fahren. Und wenn es Ihnen nichts ausmacht auch, was für ein Auto Ihre Freundin, die Frau Celine Bergkamp, fährt.«

Verrückt! Offenbar standen wir schon wieder auf seiner Liste der Verdächtigen. Noch verrückter: Falls Johannes' Tod kein Selbstmord war, hatten erneut Celine und ich den richtungsweisenden falschen Hinweis gegeben, wie mit der verkehrten Lage der Pistole bei Ahmed – die abgewischte Türklinke! Aber die gewünschte Info konnte der Kommissar gerne bekommen. Er notierte sich auch die Kennzeichen, dann standen die beiden endlich auf. In der Tür dreht sich Czernowske um, hatte doch noch eine Frage. Ob er wohl jede Folge von Inspektor Columbo gesehen hatte?

»Ich habe gehört, Sie wollen verreisen, Herr Hoffmann?«

»Ja, eine Bergwanderung. Ich werde ein paar Tage fort sein.«

»Aber Sie werden nach Berlin zurückkommen?«

»Na, ich hoffe doch sehr, dass ich nicht in eine Gletscherspalte falle. Nächste Woche Mittwoch habe ich wieder Dienst.«

Mit dem Versprechen, dass sie dann sicher noch einige Fragen hätten, schoben die beiden endlich ab.

Ich auch. Ich musste noch packen für die Bergwanderung mit Valenta.

49

»Handy abstellen. Sofort. Wir haben Urlaub! Und ab morgen, in den Bergen, sowieso kein Netz.«

Valentas Kommando war überflüssig, ich hätte das Gespräch ohnehin nicht angenommen. »Anruf von Czerno« zeigte das Display. Czernowske hatte darauf bestanden, dass ich seine Handynummer speicherte, »falls Ihnen in der frischen Bergluft noch etwas einfällt«. Ich aber würde die Bergluft ohne Anruf von oder bei Czernowske genießen. Und, wie Valenta zu Recht bemerkte, auch ohne Anrufe aus der Klinik.

Ich nahm mein Handy vom Netz und räkelte mich entspannt auf Valentas Echtledersitz. Ich meinte, aus gutem Grund entspannen zu können. Mochte Johannes nach unserem Zusammentreffen im Klinikkeller und auf dem Dach eine Bedrohung für mich oder Celine gewesen sein, war er das jetzt nicht mehr. Falls Czernowske eine Verbindung zwischen dem toten Johannes und uns suchen sollte, was er sicher tat, würde er keine finden. Diesmal gab es keine Fingerabdrücke und keinen Anruf bei der Polizei. Nur einen Augenzeugen, der nicht einmal sicher die Farbe des Pick-ups angeben konnte, den er am Kilometerstein 34 im Fläming gesehen haben wollte, noch eine Beschreibung der beiden Leute dort. Ich stellte die Rückenlehne tiefer und lauschte dem leisen Murmeln des Motors.

»Ich bin gespannt, ob unsere Schlafsäcke wirklich so warm halten wie versprochen.«

Valenta trat in die Bremsen, wechselte die Spur und wendete unter wütendem Hupen der anderen Verkehrsteilnehmer über den durchgezogenen Mittelstreifen. »Verdammt, mein Schlafsack!«

Eine gute halbe Stunde später waren wir wieder an derselben Stelle. Bei vier freien Tagen sollte eine halbe Stunde nicht ins Gewicht fallen, selbst wenn wir jetzt in etwas dichteren Verkehr kamen. Aber es war nicht der dichtere Verkehr, der ein wenig an meiner Entspannung nagte. Als ich vor Valentas Haus im Wagen gewartet hatte und er rasch mit seinem Schlafsack wieder herauskam, meinte ich ziemlich deutlich zu erkennen, dass ihm jemand hinter einem leicht zur Seite genommenem Vorhang nachschaute: Schwester Manuela?

»Du siehst schon Gespenster!«, hatte Valenta behauptet und Gas gegeben.

Valenta nahm nicht an der täglichen Selbstmörder-Ralley auf den deutschen Autobahnen teil, er ließ den Mercedes unaufgeregt gen Süden schnurren. Nur gelegentlich, wenn uns ein Pseudo-Sportwagen zu eng überholte, musste er dann doch zeigen, was in seinem Auto steckte. Unterhaltungsmäßig blieb es nach der Extrarunde wegen des Schlafsacks bei Smalltalk, ich war immer noch irritiert über Valentas Auskunft zu der Frau hinter dem Vorhang. Hatte er erst behauptet, ich sähe Gespenster, hatte er kurz hinter Kleinmachnow erklärt, wahrscheinlich hätte ich seine Putzfrau gesehen.

»Ziemlich hübsche Putzfrau, die du hast!«

Danach ließ ich die Sache vorerst auf sich beruhen. Wenn aus Sorge um dessen Fahrtüchtigkeit im städtischen Bus gebeten wird, nicht während der Fahrt mit dem Fahrer zu sprechen, so galt auf der Autobahn: Nicht den Fahrer verärgern.

Wir trödelten nicht, fuhren aber ohne Hektik. An der Abfahrt Oberaudorf, kurz vor Kufstein, stimmten wir überein, dass es für heute mit Kilometerfressen reichte. Wir suchten und fanden ein Quartier für die Nacht: im Gasthof Zum Ochsen – mit eigener Brauerei!

Ich bin kein Freund von Gemeinplätzen, aber nach einem großen Wiener Schnitzel mit Knödeln und Krautsalat und zwei Bier fühlte ich tatsächlich körperlich, wie die Anspannung der letzten Wochen nachließ. Die Bedrohung durch Johannes bestand nicht länger, weder für Celine und mich noch für unsere Patienten. Beate hatte recht behalten mit ihrem »Keine Polizei«. Es gab keine Notwendigkeit mehr, die Ajmalin-Angelegenheit aufzurühren. Niemandem wäre damit gedient. Unklar war mir immer noch, was die Ajmalin-Ampulle bei Ahmed bedeutete. Hatte er Johannes irgendwann erwischt, die Ampulle mit den Fingerabdrücken an sich genommen und ihn erpresst? Hatte also Johannes unseren Gastarzt aus Palästina umgebracht? Ich hatte Valenta unterwegs erzählt, dass und wie Celine und ich den toten Ahmed gefunden hatten.

»Und wo ist diese Ampulle jetzt?«

»Ich weiß es nicht.«

»Du weißt es nicht? Ist doch wahrscheinlich ein wichtiges Beweisstück!«

Ich wusste es tatsächlich nicht.

»Celine verwahrt sie irgendwo bei sich. Aber ist doch auch egal. Niemand braucht noch ein Beweisstück. Beide sind tot, wir begehen nicht einmal Strafvereitlung. Soll sich doch Czernowske die Zähne an der Sache ausbeißen.«

Ich streckte die Füße unter den massiven Holztisch im Gastraum und entschied, dass ein drittes Bier nichts schaden würde. Valenta schloss sich an.

»Eine Sache würde ich vorm Zubettgehen noch gerne erledigen«, bemerkte ich, nachdem wir mit dem dritten Bier angestoßen hatten. »Ich meine, ich bin nicht dein Beichtvater, du musst mich nicht in alle kleinen Geheimnisse deines Lebens einweihen. Aber wir sind seit Jahren Freunde, da kannst du mir doch nicht so kommen. Erst habe ich ein angeblich ein Gespenst gesehen, dann deine Putzfrau. Was soll das? Ist doch toll, wenn du eine neue Liebe gefunden hast. Sag mir einfach, wenn du darüber nicht sprechen willst. Aber lüg mich nicht an.«

»Na schön. Du hast schon richtig gesehen. Es war Manuela am Fenster. Sie passt auf das Haus auf, solange wir weg sind.«

Ich wollte mich nicht wiederholen, doch Valenta muss den Zweifel in meinem Blick erkannt haben. Er nahm noch einen großen Schluck und wischte sich den Schaum von den Lippen. »Wie lange, meinst du, muss man um seine Frau trauern?«

»Du meinst, ob du dein Leben lang keine Frau mehr anschauen darfst? Wir sind doch nicht in Indien oder Saudi-Arabien. Und auch da gilt das bestimmt nur für Frauen.«

»Also ja, es ist passiert. In Stockholm, auf dem Kongress für Intensivmedizin. Manuela war mitgekommen, sie sollte den Einführungskurs machen zur Bedienung dieser neue Lebererersatzmaschine von Hepatonovo. Kurz danach ist sie zu mir gezogen. Ich hatte das nicht geplant und ich bin sicher, Manuela auch nicht.«

Ich rechnete kurz nach. Der Kongress in Stockholm, das wäre nur vier Wochen nach dem Tod seiner Frau gewesen. Aber wer war ich, zu richten? Liebe passiert eben, zehn Jahre oder vier Wochen nach dem Tod des Partners.

»Aber warum die Heimlichtuerei?«

Valenta antwortete, dass das hauptsächlich von Manuela ausgehe. »Sie will den Klatsch in der Klinik nicht. Du weißt schon, die hat doch nur auf ihre Chance gewartet und so. Es war ja allgemein bekannt, dass Erika und ich uns ziemlich auseinandergelebt hatten.«

»Noch ein Schlaftrunk, die Herren? Geht aufs Haus!«

Valenta meinte, ablehnen wäre unhöflich, und erledigte dann auch meinen Obstler. Was zu den leeren Flaschen auf Intensiv passte. Noch letztes Jahr hätte er auf diesen »Schlaftrunk« verzichtet.

Ich lag schon in dem etwas zu weichen Bett, als mir einfiel, dass ich wenigstens Celine über unsere bisher komplikationslos verlaufene Reise informieren sollte. Aber es war inzwischen fast Mitternacht und es gab keinen Grund, sie eventuell aufzuwecken. Ich würde ihr texten. Dazu musste ich Valentas gut gemeintes Urlaubskommando zum abgeschalteten Handy ignorieren. Die Mailbox meldete zwölf neue Nachrichten. Sicher alle dringend, sicher alle lebens- und überlebenswichtig. Auf keine davon war ich besonders scharf. Auf die von Czernowske schon einmal gar nicht, aber

auch nicht auf die von Beate. »Intensivstation akut unterbe-
setzt. Bitte sofort zurückkommen« oder so ähnlich. Ich ließ
die Nachrichten ungeöffnet und schickte nur einen kurzen
Text an Celine.

»Sind gesund und munter, nach Schnitzel und drei einhei-
mischen Bier alles im grünen Bereich. Morgen geht's auf in
die Berge. Liebe Grüße und bis bald.«

51

Trotz knackender Deckenbalken und knarrender Fensterläden hatte ich gut geschlafen. Und trotz der drei Bier war ich relativ früh wach. Gut so, denn wir wollten heute noch den Aufstieg bis zur Fuchskopfhütte schaffen.

Das Frühstück wurde im Gastraum mit dem typischen Geruch nach abgestandenem Bier und kaltem Zigarettenrauch serviert. Hier an der Grenze schien man es ungeachtet des bayerischen Volksentscheides nicht so genau zu nehmen mit dem »echten Nichtraucherschutz«. Immerhin duftete es auch nach frischem Kaffee.

»Der Kaffee ist gleich fertig«, versicherte denn auch die pummelige Tochter des Hauses.

Ich zog derweil mein Handy aus der Hosentasche und fand ungeachtet der nahen Alpen eine gute Netzabdeckung. Da legte sich eine Hand von hinten schwer auf meine Schulter.

»Das absolute Verbot gilt bis zum Ende dieses Ausflugs. Keine Ausnahmen. Oder gehörst du jetzt auch zu den Affen, die nicht mehr ohne ihr iPhone können?«

»Das ist kein iPhone, das ist ein Android.«

Mit dicken schwarzen Rändern unter den Augen ließ sich Valenta auf den massenproduzierten Holzstuhl Typ »Unsere bayerische Heimat« fallen. Die Augen selbst waren blutunterlaufen, weit kräftiger, als ihnen allein nach den Obstlern von gestern Abend zustand.

»Schlecht geschlafen?«

»Ein bisschen unruhig vielleicht. Die Bergluft. Aber alles okay.«

Mir sah er eher nach komplett durchwachter Nacht aus. Was machte ihm solche Sorgen? Vielleicht würde ich es auf unserer Wanderung erfahren.

Inzwischen waren es achtzehn neue Nachrichten auf der Mailbox, die letzte von Celine. Wenigstens die hätte ich trotz Valentas gespieltem Kasernenton geöffnet, wäre Johannes noch am Leben und sie noch Florence N. Aber nun waren es sicher nur ein Dank für meinen Text von heute Nacht und gute Wünsche für unsere Klettertour. Fünf Nachrichten waren von Beate aufgelaufen, es wurde wohl tatsächlich eng auf Intensiv. Egal, niemand ist unersetzlich, und schlimmstenfalls hielten in Berlin noch andere Krankenhäuser Intensivbetten bereit. Von Czernowske gab es jetzt schon drei Mails, alle als dringlich markiert. Du lieber Himmel! War dem Mann noch zu helfen in seinem kriminalistischen Eifer? Die würde ich nun ganz bestimmt nicht vor unserer Rückkehr nach Berlin aufmachen.

Als die Tochter des Hauses mit dem Kaffee kam, gönnte sie uns beim Einschenken einen tiefen Einblick in ihr Dirndl-Dekolletee.

»Die Herren sind Doktoren? Ärzte?«

Damit tischte sie unser Frühstück auf, das sich als erfreulich reichlich erwies. Der Betonung nach zählte Arzt und Doktor noch etwas in Bayern! Ausreichend gestärkt, gondelten wir eine halbe Stunde später Richtung Fuchskopf. Von Kufstein aus waren das keine fünfzig Kilometer mehr.

Valenta parkte den Edelmercedes auf dem Parkplatz an der Talstation.

»Nachts ist hier aber niemand«, gab ich zu bedenken.

»Mach dir nicht ins Hemd, Hoffmann. Die Karre ist versichert. Wenn sie übermorgen verschwunden ist, schnappen wir uns den schicken Porsche von der Autovermietung da drüben.« Valenta warf mir meinen Rucksack zu. »Und los geht's!«

Der Wetterbericht im Autoradio hatte vor einem Sturmtief mit Schnee gewarnt. Aber das war zwei Täler weiter, auf unserem Berg sollte es heiter bleiben. Also schulterten wir unsere Rucksäcke. Selbst als nicht professionelle Bergwanderer würden wir die Hütte bis zum Einbruch der Dunkelheit leicht erreicht haben.

Nach einer Stunde bergauf war ich mir da nicht mehr so sicher. Und erstaunt, wie locker Valenta vor mir hermarschierte, trotz Bier und Obstler gestern stets mehr als die sprichwörtlichen drei Schritte voraus. Unglaublich. Noch vor einem Jahr war er hinter vorgehaltener Hand der »dicke Valenta« gewesen. Keine hundert Meter hätte er hier geschafft beziehungsweise sowieso die Bergbahn genommen. Unsere Mittelgebirgswanderungen waren eher Spaziergänge von einem Rasthaus zum nächsten gewesen. Vielleicht sollte ich seinem neuen Fitnessclub beitreten, der schien das Geld wert zu sein.

Aber es galt wohl für uns beide, dass wir auf inzwischen über 1 200 Metern keine Luft zu verschenken hatten. So hing jeder stumm seinen Gedanken nach. Besonders ein Gedanke, den ich stets zu verscheuchen suchte, stellte sich hartnäckig immer wieder ein: War der Tod von Johannes tatsächlich ein Selbstmord, wie es auf den ersten Blick ausgesehen hatte? Oder würde sich herausstellen, dass da jemand nachgeholfen hatte? Und wenn ja, hatte Valenta dabei seine Hände im Spiel gehabt?

Ich versuchte, mich auf den Aufstieg zu konzentrieren. Vergebens. Wie würde ich reagieren, wenn jemand Celine umgebracht hätte und ich erführe, wann ich den Täter wo auf einer einsamen Landstraße im Fläming erwischen könnte? Es wäre doch höchstens fehlender Mut, der mich davon abhalten würde, Richter und Urteilsvollstrecker zu sein?

Endlich blieb Valenta stehen, ich schloss auf. Ich war froh und gab vor, die Aussicht zu genießen, was ich tatsächlich auch tat, aber ebenso die Atempause. Wir saßen auf einem Stein an einer Abbruchkante, weit ging der Blick über die Berge. Ich hatte mir fest vorgenommen, es nicht zu tun, aber dann fragte ich doch.

»Hast du irgendetwas mit dem Tod von Johannes zu tun?«

Ich schaue Valenta dabei nicht an, sondern weiter in die majestätische Landschaft. Mir schien es wie mehrere Minuten, dass keine Antwort kam. Dann legte er mir seinen kräftigen Arm um die Schultern. Einen Moment dachte ich, mein Freund wollte mich in den Abgrund stoßen.

»Darüber, Felix Hoffmann, solltest du nicht einmal spekulieren!«

Schweigend setzten wir unseren Aufstieg fort.

52

Waren die Leute im Restaurant der Bergstation, die mit der Seilbahn heraufgekommen waren, vielleicht die schlaueren? Schließlich erfreuten sie sich jetzt am selben Blick über das Kaisergebirge und genossen dasselbe frische Stiegl-Bier aus dem Steinkrug und denselben 1 000-Kalorien-Kaiserschmarrn wie wir, ohne dafür gut vier Stunden die Belastbarkeit ihrer Lunge und ihrer Gelenke an die Grenzen gebracht zu haben.

»Aber sie haben sich Blick und Kaiserschmarrn nicht erarbeitet«, gab Valenta zu bedenken. »Es liegt in unseren Genen oder, wahrscheinlicher, in unserer Erziehung. Jedenfalls wird bei uns beiden im Moment viel mehr Dopamin freigesetzt. Es ist wie früher bei der Klassenarbeit: Eine erschummelte Eins ist nicht dasselbe wie eine erarbeitete.«

Eine Meinung, die die Schulmädchen am Nebentisch teilten? Unbeeindruckt vom Alpenpanorama, hingen die maulend über ihren Smartphones.

»Eben hatte ich noch ein Netz, jetzt ist es weg. Scheiß Berge!«

Tatsächlich, wozu taugt ein Smartphone bei offenbar instabiler Netzabdeckung? Man kann zwar immer noch ein Selfie vor dem Panorama machen, aber wozu ein Selfie, das man nicht sofort für die Welt ins Netz stellen kann?

»Hast du eigentlich auch so viele Nachrichten aus der Klinik bekommen?«

»Keine Ahnung. Das Ding schalte ich erst wieder in Berlin an. Jetzt ist Urlaub«, antwortete Valenta.

»Und wenn die vielleicht nur eine kurze Frage haben zu irgendeinem Patienten auf Intensiv?«

»Dann sollen sie einfach die eigenen Hirnzellen einschalten. Oder zur Abwechslung die Nase mal wieder in ein Lehrbuch stecken. Außerdem«, er deutete kurz zu den maulenden Mädchen, »ohne Netz können wir ihnen sowieso nicht helfen. Nee, mach deine Mailbox auf und du öffnest die Büchse der Pandora! Geh lieber noch mal aufs Klo hier, letzte Chance, das zivilisiert zu machen.«

Ich folgte Valentas Rat. Dann ging es weiter bergauf. Die Wegmarkierungen an den Bäumen und Felsen wurden weniger, der Pfad steiler. Trotzdem hatte Valenta unverändert ausreichend Puste und ein sicheres Gefühl für den richtigen Weg. Alleine hätte ich mich längst verlaufen.

Die Bäume wurden zunehmend kleiner, bald kämpften nur noch Krüppelkiefern ums Überleben, die Wurzeln fest in kleinsten Felsspalten verankert. Dann gab es nichts mehr als Flechten und Moose, die die horizontalen weiß-blau-weißen Linien auf den größeren Steinen, die unseren Aufstieg markieren sollten, zum Teil überwucherten. Spätestens bei Schnee wäre man hier gnadenlos verloren.

»Wie findest du hier nur den richtigen Weg?«, fragte ich Valenta staunend. »Warst du hier schon mal?«

»Wie kommst du denn da drauf?« Valentas Stimme bewegte sich irgendwo zwischen empört und beleidigt. »Aber ich war bei den Pfadfindern. Ich kann auch Feuer ohne Streichhölzer machen oder dir die Himmelsrichtung ohne Sonne zeigen. Und ich bin seitdem ein guter Fährtenleser.«

Das ist das Schöne an solchen Ausflügen: Man erfährt immer wieder etwas Neues über seine Freunde. Bei unseren Mittelgebirgsspaziergängen hatten wir nie auf Pfadfinderwissen zurückgreifen müssen.

Tatsächlich erreichten wir die Hütte noch vor Sonnenuntergang. Sie machte einen ziemlich stabilen Eindruck. Gebaut aus massiven Rundstammblöcken, erinnerte sie an Karl Mays Wild-West-Blockhaus Villa Bärenfett in Radebeul. Allerdings war sie deutlich kleiner, vielleicht sechs mal vier Meter, und ohne Totempfahl vor der Tür. Das Dach war mit Holzschindeln gedeckt und gegen Sturm mit Steinen beschwert.

Die Hütte war nicht abgeschlossen, mit einem Rütteln konnten wir die Tür öffnen und unsere Herberge besichtigen. Sie wurde durch Wände aus ungehobelten Holzbrettern in drei Räume geteilt: zwei Schlafräume mit Matratzenlagern für jeweils vier Leute und eine Küche, klein wie die Schlafräume, aber mit allem ausgestattet, was dazugehört.

»Für den Durchschnittsvandalen liegt die Hütte wohl einfach zu hoch«, befand ich nach einer kurzen Inspektion.

»Weil du uns mit deiner Pfadfindernase so gut hier heraufgeführt hast, übernehme ich den Küchendienst. Wie wär's mit einem Tee und einer Suppe aus der Dose? Wir haben Tomatensuppe oder New England Clam Chowder dabei.«

Valenta entschied sich für Tomatensuppe. Ich besichtigte den Herd.

»Propangas? Wer schleppt denn das hier hoch?«, fragte ich mich laut.

»Ist wahrscheinlich immer noch einfacher, die Flasche hier raufzuasten, als stapelweise Holz aus dem Wald. Falls man das so nahe an der Baumgrenze überhaupt schlagen darf. Hast du schon mal mit Propangas gekocht?«

Ich beugte mich zu der Flasche hinab und wollte den Hahn in Pfeilrichtung aufdrehen. Valenta hielt meine Hand fest.

»Willst du uns in die Luft jagen?« Er zauberte ein Feuerzeug aus der Hosentasche. »Immer erst das Feuer an den Brenner halten, dann die Gasflasche öffnen!«

Das schien mir eine reichlich übertriebene Vorsicht, aber ich bin ja nicht bei den Pfadfindern gewesen. Mehr irritierte mich das Feuerzeug, das Valenta mir gerade gegeben hatte, beziehungsweise der Aufdruck darauf. »Gruß vom Bergrestaurant Fuchskopf«. Hatte Valenta das vorhin gekauft? Während ich auf der Toilette gewesen war? Ich erinnerte mich an die lange Schlange der Andenkenkäufer und Hungrigen vor der einzigen Kasse. Hatte er sich einfach an der Schlange vorbeigemogelt? Nicht so wichtig. Im Moment war ein Dosenöffner für die Tomatensuppe wichtiger. Der war zwar in der Inventarliste an der Wand aufgeführt, aber wohl im Notfallgepäck eines anderen Bergfreundes verschwunden. Wir benutzten das mächtige Küchenmesser vom Typ Hirschfänger, mit dem Valenta eben dicke Scheiben von dem Bauernbrot schnitt, das wir in der Bäckerei neben dem Gasthof zum Ochsen erstanden hatten.

»Gib dir bloß Mühe mit der Suppe, mein Lieber. Du hast gesehen, dieses Messer schneidet nicht nur Brot wie nichts«, drohte Valenta scherzend.

Nach dem Abendessen konnten wir gerade noch genießen, wie sich im Westen die Sonne hinter den Gipfeln für den Tag verabschiedete. Welch ein Bild!

Von dem für zwei Täler weiter südlich vorhergesagten Sturmtief war bisher nichts zu sehen, aber das Wetterleuchten aus dieser Richtung kündigte es an. Noch war das Gewitter so weit entfernt, dass man nur den Widerschein der Blitze sah, nicht aber das Donnern hörte.

Mindestens so weit weg waren jetzt auch Berlin und die Humanaklinik mit unseren großen und kleinen Kämpfen um die Patienten, aber auch um unsere Position in der Hackordnung und all den Gerüchten über wer mit wem und haste schon gehört? Nur zu verständlich, dass Valenta und Manuela ihre Beziehung geheim hielten. Beide waren recht beliebt, trotzdem konnte ich mir lebhaft die Kommentare hinter vorgehaltener Hand vorstellen. »Und so kurz nach dem Tod seiner Frau!« – »Na, vielleicht kam der nicht ganz ungelegen.« – »Ja, so toll ist diese Ehe nicht mehr gelaufen, hört man.« – »Ärmer gemacht hat ihn der Tod seiner Frau jedenfalls nicht …«

Valenta war ein alter Freund und Manuela eine nette und kompetente Mitarbeiterin, ich wünschte ihnen alles Glück der Welt. Und auch was die Klinik betraf, hatte Valenta richtig entschieden, gerade Manuela zu dem Leberkongress nach Stockholm mitzunehmen. Akutes Leberversagen sehen wir bei weitem nicht so oft wie Herzinfarkte oder Nierenversagen, aber wenn, ist es ein dramatisches Krankheitsbild und wir sind froh, dass sich Manuela so gut mit der Lebermaschine auskennt. Sie gehört zu den Mitarbeitern, die sich nicht viel um die Wissenschaft oder Technik, die dahintersteckt, scheren, aber nach einem entsprechenden Kurs unsere Maschinen beherrschen wie ein Computerspiel. Ich dachte an unseren ersten Patienten, der nicht zuletzt dank Manuela die Zeit bis zur Lebertransplantation gut überstanden hatte.

Die Sonne war untergegangen und Valenta hatte sich zu einem Bier in die Hütte zurückgezogen, als mir klar wurde, wann wir um das Leben dieses Patienten gekämpft hatten: Das war im vergangenen Sommer gewesen. Die neue Lebermaschine war nicht diesen Februar nach dem Stockholm-Kongress bei uns eingeführt worden, sondern letzten Juli nach dem Kongress in Amsterdam – sechs Monate *vor* dem Tod von Valentas Frau.

Plötzlich wurde mir kalt hier draußen.

53

Ich ging zurück in unsere Hütte. Entgegen meiner Erwartung saß Valenta nicht gemütlich beim Bier, sondern stand irgendwie deplaziert in der Küche. Hatte ich ihn bei etwas überrascht? Blödsinn, ich wurde offenbar langsam paranoid.

Valenta streckte sich, eine typische Überbrückungsgeste? »Ich geh dann noch mal vor die Tür, das Bier will wieder raus. Und dann ab in die Kiste.«

Ab in die Kiste war sicher eine gute Idee. Ich würde die Dinge überschlafen, Amsterdam statt Stockholm und so weiter, ihn vielleicht morgen darauf ansprechen.

Als Valenta zurückkam, hörte ich durch die offene Tür ein deutliches Donnern, wenn auch aus der Ferne. Ich hoffte, dass sich der Wetterbericht bestätigen und das Unwetter die vorhergesagten zwei Täler Abstand halten würde.

Valenta hatte die Hütte auf dem Fuchskopf ausgesucht und gebucht. Meine einzige Bedingung waren nicht unbedingt zwei Schlafzimmer, aber auf jeden Fall zwei getrennte Räume zum Schlafen gewesen, denn Valenta pflegte nachts ganze Wälder umzusägen. Mit fast dreißig Kilo weniger als bei unserer letzten Wanderung mochte das inzwischen besser geworden sein, aber ich wollte es nicht darauf ankommen lassen. Nun hatten wir sogar jeder ein eigenes Schlafzimmer und konnten bei den Doppelstocklagern obendrein noch entscheiden, ob wir unten oder oben schlafen wollten.

Schlafen in den Bergen ist schwierig in den ersten Tagen. Das Hirn registriert den erniedrigten Sauerstoffdruck und wehrt sich gegen den Schlaf, unter anderem, indem es Alarm gibt und damit Stresshormone ausschütten lässt. Aber das war es nicht, wenigstens nicht allein, was mich nicht einschlafen ließ. Auch kein Schnarchen von nebenan, das hatte sich wohl in der Tat mit den dreißig Kilogramm Gewicht verloren.

Und doch war es Valenta, der für meine Schlaflosigkeit verantwortlich war. Warum belog mich mein alter Freund plötzlich? Hatte er sich einfach geirrt hinsichtlich Amsterdam und Stockholm, die beiden Kongresse verwechselt? Aber selbst wenn er die Städte verwechselt haben sollte, wusste er doch, ob seine Beziehung zu Manuela erst seit ein paar Monaten oder fast schon ein Jahr bestand. Und warum hatte er mir weismachen wollen, ich hätte hinter seinem Fenster ein Gespenst gesehen oder, später, seine Putzfrau. Was sollte das? Er musste doch wissen, dass seine privaten Geheimnisse bei mir sicher waren!

Ich wechselte von der Rückenlage auf den Bauch, dann auf die Seite. Trotzdem kein Schlaf.

Hatte Valenta seine Hand im Spiel gehabt beim Tod von Johannes? Seine Antwort, ich solle darüber nicht einmal spekulieren, konnte man fast als Geständnis verstehen. Und auch als Drohung. Sollte ich mich vor meinem Freund fürchten müssen?

Ich probierte die andere Seitenlage. Falls er seine Hand im Spiel gehabt hatte, hatte er dann selbst den Schlauch vom Auspuff in den SUV gelegt? Oder hatte er die Sache in Auftrag gegeben? Wenn überhaupt, hatte er es wohl eher selbst getan. Die beiden kannten sich schließlich, Johannes hätte ihn sicher arglos an den Wagen herangelassen. Bravo, scharf kombiniert! Johannes bittet den Mann arglos an oder in seinen Wagen, von dem er weiß, dass der inzwischen weiß, dass er seine Frau ermordet hat! Er weiß, dass er weiß, dass er weiß ... Verdammter Sauerstoffdruck hier oben! Und was wusste *ich*? Nur dass Valenta an jenem Abend nicht auf der Intensivstation gewesen war. Sondern im Fläming? Nachdem er den Respirator bei Frau Zuckermann manipuliert und dann seine Geliebte instruiert hatte, Celine und mich so auf dem Weg zu Johannes aufzuhalten?

Auch diese Seitenlage brachte es nicht – also wieder auf den Rücken. Irgendwann muss ich dann doch wenn nicht fest eingeschlafen, so wenigstens eingeduselt sein, denn in wirklich wachem Zustand hätte ich mich sicher nicht gefragt, ob mein Freund am Ende auch für den Tod seiner Frau verantwortlich sein könnte. Blödsinn, schließlich hatte ich miterlebt, wie er über zwei Stunden verzweifelt um ihr Leben gekämpft hatte, bis wir ihn mit sanfter Gewalt wegziehen mussten. Aber nun hatte sich der Gedanke eingenistet und war nicht mehr zu vertreiben. Dennoch blieb er lächerlich, weil Valentas Frau nach Michaels Ergebnissen auch ein Ajmalin-Opfer war und damit eindeutig auf das Konto von Johannes ging. Eindeutig? Warum sollte Johannes ausgerechnet die Frau seines Vorgesetzten in seine Experimente einbezogen haben? Und hatte er nicht am Telefon davon gesprochen, dass nicht alle Ajmalin-Toten auf sein Konto gingen?

Ich erinnerte mich an den Fehler, den ich gemacht hatte, als Ahmed noch unser Hauptverdächtiger gewesen war, bevor ich mich schließlich an die gemeinsame Kongressreise mit ihm während zweier Ajmalin-Fälle erinnert hatte. Also: War Johannes am Tag von Frau Valentas Tod überhaupt in der Klinik gewesen? Der Dienstplan war als Antwort unzuverlässig, man müsste die Beteiligten fragen. Ich wenigstens konnte mich nicht an Johannes bei diesem Reanimationsversuch erinnern. Ahmed war von Anfang an dabei gewesen, noch vor mir. Da war ich sicher, aber das nutzte nichts. Ich brauchte eine schnelle Antwort. Dazu würde ich Beate aus dem Bett holen müssen.

Ich stand auf und schlich in die Küche. Warum schlich ich eigentlich? Jedenfalls nicht aus Rücksichtnahme auf Valentas Schlaf, falls der denn schlief, denn so leicht konnte man Valenta nicht wecken, das wusste jeder in der Klinik. Egal, ich holte mein Smartphone aus dem Rucksack und ging nach draußen. Wenn die Chance auf ein Netz bestand, dann wohl außerhalb unserer Hütte. Aber wie zu erwarten: kein einziger Balken im Display.

Es gibt einen Vorteil entsprechend eingestellter Smartphones gegenüber den alten Handys: Auch wenn im Augenblick keine Netzabdeckung besteht, kann man eine Nachricht eingeben. Die wird gespeichert und automatisch gesendet, sobald ein Netz erreichbar ist. Also tippte ich meine Frage an Beate ein, Betreff »Ultra dringend!!«. Und dann wollte ich nun doch sehen, was Celine, Beate und Czernowske mir eigentlich mitgeteilt hatten. Aber – meine Mailbox war leer. Alle achtzehn Nachrichten waren gelöscht!

Noch leiser als zuvor schlich ich zurück in die Hütte. Ich lauschte an der Tür von Valenta, meinte aber, ein ziemlich regelmäßiges Atmen zu hören. Vorsichtig öffnete ich die Schnallen an seinem Rucksack und tastete nach seinem Smartphone, fand es und stellte es an. Würden mich die Verbindungsdaten aus den letzten Tagen schlauer machen? Vielleicht, aber im Gegensatz zu meinem Smartphone war seins passwortgeschützt und die schlaue Celine nicht vor Ort.

Ich stopfte das Teil wieder in den Rucksack und zog mich auf Zehenspitzen in mein Schlafzimmer zurück. Sollte ich die Tür verrammeln? Aber womit? Die einzige Einrichtung, die beiden roh gezimmerten Doppelstockbetten, waren fest an der Wand verschraubt. Ich schaute mich um. Kein Wanderstock, kein Baseballschläger zu meiner eventuellen Verteidigung. Auch in der Küche nichts dergleichen. Ich zog die Besteckschublade auf: Das große Messer war verschwunden!

Schließlich wurde ich fündig: Der Lattenrost unter meiner Matratze bestand aus auf den Rahmen gelegten Brettern, und die passten ziemlich genau unter die Türklinke. Ich klemmte zwei zwischen Klinke und Dielenboden, dann fühlte ich mich ein wenig sicherer.

Ich saß auf dem Bett und versuchte, meine Gedanken zu ordnen. Ahmed getötet mit Kopfschuss, Frau Valenta mit einer Überdosis Ajmalin, Johannes mit den Abgasen seines SUVs. Und mittendrin Valenta, der mich belog, meine Nachrichten gelöscht hatte, wahrscheinlich sogar schon einmal hier auf dieser Hütte gewesen war: ein Puzzle, bei dem jedoch der Deckel mit dem Bild des Ergebnisses fehlte. Wie viele Teile musste ich noch finden? Und welche gehörten gar nicht zu diesem Spiel?

Ich horchte auf. Schlich Valenta in der Küche herum? Wenn ich auch entgegen seiner Behauptung keine Gespenster sah, hörte ich welche? Ich griff nach einer weiteren Latte.

54

Ich erwachte im Zwielicht der aufgehenden Sonne. Valenta saß auf meiner Bettkante, das große Küchenmesser in der Hand, jetzt mindestens doppelt so groß, wie ich es in Erinnerung hatte. Er grinste böse und schärfte das Messer an irgendeinem Stein. Erschrocken fuhr ich hoch, knallte dabei mit dem Kopf an den Bettrahmen über mir – und wachte endgültig auf: kein Valenta, kein Küchenmesser.

Mir ging durch den brummenden Schädel, was mir mein sauerstoffunterversorgtes Hirn sonst noch in der vergangenen Nacht eingeflüstert hatte. Eine unglaubliche Schauergeschichte! Bei Tageslicht betrachtet, war doch nachvollziehbar, dass Valenta seine Beziehung zu Manuela auch mir gegenüber zeitlich ein wenig verschoben hatte. Meine wirren Gedanken waren Beweis genug, dass er allen Grund dazu hatte. Bestimmt gab es auch eine logische Erklärung für die gelöschten Nachrichten. Stand die Hütte vielleicht auf einem Magnetitvorkommen? Oder irgendeinem anderen magnetischen Gestein? War das Wetterleuchten schuld?

Und selbst wenn Valenta – was ich heute Morgen nicht mehr glaubte – seine Frau, Doktor Ahmed, Johannes, alle drei oder einen davon oder zwei oder wen sonst noch umgebracht haben sollte, warum sollte er auch mir nach dem Leben trachten? Das schien mir jetzt mindestens so absurd wie die Vorstellung, Valenta wäre den ganzen Weg schon einmal hier hinaufgeklettert, um was denn bitte vorzubereiten?

Vor der Hütte erledigte ich erst einmal, was man morgens so erledigt. Dabei den Sonnenaufgang zu bewundern, war nicht möglich, im Süden hingen die vorhergesagten dicken Wolken. Ein bisschen zu nahe für meinen Geschmack.

Ich ging in die Küche, quasi als Entschuldigung für meine bösen Gedanken der vergangenen Nacht würde ich Valenta mit einem frisch gebrühten Kaffee überraschen. Ich musste lächeln, als ich das Brotmesser, das aus der Küchenschublade verschwunden war, im Abwasch entdeckte. Nun war es wieder so groß wie gestern Abend.

Ich beugte mich hinunter, um die Propangasflasche aufzudrehen. Valentas Anweisung, immer erst das Feuerzeug, hatte ich vergessen. Aber als ich das Ventil aufgedreht hatte, hörte ich kein Gas rauschen. Ich hob die Flasche an – leer! Wie konnte das sein? Gestern war sie noch fast voll gewesen.

Ich klopfte an Valentas Tür: keine Antwort. Ich öffnete die Tür: kein Valenta. Ich ging hinaus und stapfte einmal um die Hütte. War Valenta nachts zum Pinkeln draußen gewesen, über etwas gestolpert und lag jetzt hilflos irgendwo? Nein, nichts. Zurück in die Hütte: Auch sein Rucksack war verschwunden.

Endlich wurde mir klar, dass meine Spekulationen und Ängste von heute Nacht doch nicht so absurd gewesen waren. Auch die Reserveflasche Propangas war leer!

Schnell, was wusste ich über Propangas? Es ist geruchlos. Es ist schwerer als Luft. Und immer wieder hört man von Propangaskochern und Explosionen. Jetzt ein Streichholz anzünden: Die gesamte Bude würde in Luft fliegen und mich unter sich begraben. Also sofort Fenster und Tür auf, Durchzug, raus mit dem Zeug.

Halt! Ich musste jetzt denken wie Valenta. Ich ließ Tür und Fenster geschlossen und überlegte, wie ich das Propangas tatsächlich zum Explodieren bringen würde.

55

Hatte ich den Schlag auf den Kopf noch mitbekommen? Wie lange war ich bewusstlos gewesen? Jedenfalls fror ich entsetzlich und mein Schädel brummte weit heftiger als heute Morgen beim Stoß gegen das obere Bett. Ich tastete nach der Stelle, von der der Schmerz ausging. Ja, es blutete, aber das machte mir vorerst keine Sorgen. Die Kopfschwarte ist reichlich mit Blutgefäßen versorgt und blutet deshalb ziemlich stark. Aber wer hatte zugeschlagen? Ich versuchte, mich zu erinnern.

Richtig, ich hatte mich in Valenta hineinversetzt: Hätte ich an seiner Stelle wirklich zu hundert Prozent daran geglaubt, dass Felix Hoffmann am Morgen als Erstes einen Kaffee kochen und damit die Hütte über sich zum Einsturz bringen würde? Könnte Hoffmann nicht vorher nach draußen gehen, dabei die Tür so lange offen stehen lassen, dass inzwischen das meiste Gas oder jedenfalls genug ins Freie entwich? Valenta hätte sich bestimmt vergewissert, dass die Explosion wirklich stattgefunden hat. Wie weit trägt der Schall in den Bergen? Das kommt darauf an. Meist ziemlich weit, aber unter ungünstigen Umständen, wenn zum Beispiel eine Felswand vor der Schallquelle steht, hört man sie vielleicht doch nicht. Ich jedenfalls wäre nur ein kürzeres Stück den Berg hinabgestiegen, höchstens bis zur Waldgrenze, hätte mich versteckt, die Explosion abgewartet und wäre erst dann endgültig in Richtung Tal verschwunden.

Deshalb wollte ich das Propangas in der Hütte halten – blieb nur die Frage, wie ich aus halbwegs sicherer Entfernung seine Zündung erreichen könnte. Das hatte sich als relativ einfach herausgestellt, sobald ich bei dem Putzzeug unter der Spüle eine Flasche Spiritus fand (»Bitte denk an den nächsten Bergkameraden und hinterlasse die Hütte so sauber, wie du sie vorgefunden hast«). Mit einem Putzlappen war schnell ein Molotow-Cocktail gebastelt und es ging nur noch darum, mit der brennenden Flasche das Fenster zu treffen. Was mir beim dritten Versuch sogar gelungen war, endlich hatten Abstand zum Haus und Wurfkraft gestimmt. Dabei hatte ich nur übersehen, dass dies auch für die Reichweite der Trümmerteile galt, die mit der Explosion durch die Gegend flogen. Die Holzlatte, die mich an der linken Schläfe getroffen hatte, konnte gut eines der starken Bretter gewesen sein, die ich vergangene Nacht zu meiner Verteidigung aus dem Lattenrost genommen hatte.

Ich versuchte, meine Arme zu bewegen: kein Problem. Jetzt die Beine: Das linke war in Ordnung, aber das rechte wurde von irgendetwas festgehalten. Vorsichtig drehte ich den Kopf: Das war kein Brett, das war ein Balken, der da quer über meinem Unterschenkel lag. Vielleicht ein Dachbalken. Schon erstaunlich, welche Explosionskraft zwei Flaschen Propangas im geschlossenen Raum entwickeln! Ich versuchte, das eingeklemmte Bein zu drehen, anzuziehen, weiter zu strecken. Alles umsonst, es saß fest wie in einem Schraubstock. Wenigstens konnte ich den Oberkörper etwas anheben und nach dem Brett angeln, das mich k.o. geschlagen hatte. Mit dem wiederum gelang es mir, Stückchen für Stückchen und unter Verlust von ein paar hunderttausend Hautzellen den Balken wegzuhebeln. Bedenklich blieb der tiefe Einschnitt, den er auf meinem Bein verursacht hatte. Immerhin war nichts gebrochen.

Die Inspektion des Notfallsets in meinem Rucksack ergab zwei Binden. Mit der Mullbinde verband ich den Kopf, die elastische Binde kam um den Unterschenkel. Das nahm nicht den Schmerz, stoppte aber die Blutung und gab Halt.

Wie lange war ich ohnmächtig gewesen? Ich schaute zum Himmel, doch inzwischen hatten es die dunklen Wolken entgegen der Wetterprognose auch zum Fuchskopf geschafft. Zum Glück hatte auch mein Smartphone überlebt, das mir mit und ohne Netz die Uhrzeit sagen konnte.

Es war kurz nach elf. Jederzeit konnten die dunklen Wolken sich ihrer Ladung entledigen, und da das Smartphone minus 1 Grad anzeigte, würde der Niederschlag wohl als Schnee herunterkommen. Es wurde höchste Zeit für den Abstieg.

Vorher noch ein kurzer Blick in die Mailbox. Ja, meine Nachricht an Beate war tatsächlich am frühen Morgen herausgegangen, und das Netz, jetzt wieder tot, war sogar lange genug für eine Antwort stabil geblieben: Johannes war am Todestag von Frau Valenta nicht im Dienst gewesen. Wegen eines Trauerfalls in der Familie hatte er an dem Morgen akut freie Tage genommen. Außerdem solle ich unbedingt und dringendst Kommissar Czernowske anrufen. Da hatte ich jetzt wirklich Wichtigeres zu tun. Zum Beispiel wenigstens die Bergstation noch vor Sonnenuntergang zu erreichen.

Der Abstieg fiel mir leichter als erwartet. Hier und da entdeckte ich die weiß-blau-weißen Linien, dann wieder erinnerte ich mich an besonders markante Steine oder Felformationen. Trotzdem bewegte ich mich vorsichtig hangabwärts. Wer sagte mir, dass Valenta hier nicht noch irgendwo lauerte?

Dann aber war ich meiner Sache wohl zu sicher geworden. Plötzlich kam mir keine Felsformation mehr bekannt vor und ich fand auch keine weiß-blau-weißen Linien. Zudem begann es tatsächlich, in dicken Flocken zu schneien. Ich musste unbedingt die Waldgrenze erreichen, bevor der Schnee alle Markierungen zum Verschwinden gebracht hatte. Außerdem wurde es extrem rutschig auf den Steinen und Moosen und der bisherige Brummschädel war in ziemlich starke Kopfschmerzen übergegangen.

Umdrehen und zurück zur letzten Markierung. Gute Idee, aber bis eben hatte es noch nicht geschneit, so dass ich keine Fußstapfen hinterlassen hatte. Ich konnte mich nur auf meinen Richtungssinn verlassen, der, testosteronbedingt, bei Männern gut ausgeprägt sein soll. Aktuelle Sichtweite im Schneetreiben: circa drei Meter. Wenn ich die letzte Markierung finden wollte, musste ich mich bergauf halten. Das widersprach zwar dem Verlangen, so schnell wie möglich von diesem verdammten Berg herunterzukommen, schien mir aber sicherer, als bergab plötzlich tödlich schnell in die Tiefe zu gelangen.

Schritt für Schritt tastete ich mich bergan in die Richtung, aus der ich meinte, gekommen zu sein. Doch irgendwann musste ich mir eingestehen, dass ich orientierungslos durch die Gegend stapfte. Wie die Orientierung hatte ich auch das Zeitgefühl verloren. Wie lange war ich inzwischen unterwegs? Zwei Stunden oder eher vier? Ich hatte keine Ahnung. Das Smartphone könnte mir zwar die Uhrzeit sagen, aber auch ohne diese Information war ich langsam sicher, die Bergstation nicht mehr bei Tageslicht zu erreichen. Und im Dunkeln erst recht nicht.

Inzwischen waren mindestens fünf Zentimeter Schnee gefallen. Auch wenn ich mit zunehmender Hektik von jedem Stein, der mir markant erschien, den Schnee wischte: keine Chance, eine Markierung zu finden. Mir wurde klar, dass bergauf zu marschieren die falsche Entscheidung gewesen war. Ich musste sehen, dass ich wie auch immer runter zur Baumgrenze kam.

In diesem Moment stieß mein Stiefel gegen etwas Festes, der schneebedeckten Kontur nach am ehesten ein Baumstamm. Ein Baumstamm oberhalb der Waldgrenze? Ich wischte den Schnee ab – tatsächlich, es war ein Baumstamm, ein entrindeter Baumstamm. Vorsichtig taste ich mich ein paar Meter weiter durch den Schneevorhang, dann hatte ich endgültige Gewissheit: Ich stand vor den Resten der Fuchskopfhütte.

56

Vielleicht sollte ich in meinem nächsten Leben Sprengmeister werden. Jedenfalls hatte ich – oder vielmehr das Propangas – die Sache nicht schlecht gemacht. Den Küchenbereich hatte es total erwischt. Von einem Dach war hier nichts mehr zu sehen und von den Bohlen, die einmal die Außenwände dargestellt hatten, ragten nur noch verkohlte Reste wie überdimensionierte Zahnstümpfe aus dem Schnee. Der Schlafbereich war durch die Explosion zu einem Zimmer zusammengelegt worden, auch die Wand zur Küche fehlte weitgehend. Immerhin gab es hier noch ein Dach.

Das Smartphone fand weiterhin kein Netz, konnte mir aber wieder die Uhrzeit sagen: 16.17 Uhr. Es schneite unverändert. Also gab es keine wirkliche Alternative zu einer zweiten Nacht in der Fuchskopfhütte beziehungsweise in dem, was davon übrig geblieben war. Heute Nacht würde sich zeigen, ob der Schlafsack sich wirklich als nordpoltauglich erwies.

Ich hatte noch ein paar Müsliriegel, für etwas Warmes fehlten Spiritus und Propangas. Gegen die drohende Dehydrierung musste in den Händen geschmolzener Schnee reichen. Damit spülte ich zwei Aspirin aus dem Notfallset herunter. Die Kopfschmerzen zeigten sich unbeeindruckt.

Bei diesen Wetterbedingungen musste ich kaum Angst haben, dass Valenta auftauchte, und mein Körper hatte sich mittlerweile an den verminderten Sauerstoffdruck gewöhnt. So schlief ich fast durch und war am Morgen auch nicht erfroren (das Küchenmesser hatte trotzdem mit mir im Schlafsack übernachtet.) Allerdings waren die Kopfschmerzen schlimmer geworden.

Die gute Nachricht: Es schneite nicht mehr, die dunklen

Wolken jedoch hingen unverändert drohend über der Hütte. Das größte Wunder: Das Smartphone zeigte einen Balken für Netzabdeckung. Aber der Wetterbericht wollte sich nicht festlegen. Fünfzig Prozent Niederschlagswahrscheinlichkeit für den Fuchskopf, wenn, dann als Schnee. Schnell gab ich die Kurzwahl für Celine ein – aber da war der Balken auch schon wieder verschwunden. Ich kaute meinen letzten Müsliriegel und begann den Abstieg.

Die Wegmarkierungen waren weiterhin unter dem Schnee versteckt, aber immerhin konnte ich jetzt sehen, wo ich war und wohin ich ging. Mehr oder weniger wenigstens, denn die Landschaft präsentierte sich weiß in grau in weiß. Schritt für Schritt tastete ich mich auf dem rutschigen Gelände abwärts. Ich hatte vielleicht fünfzig Höhenmeter bergab geschafft, als es erneut zu schneien begann und die Landschaft wieder komplett hinter den Schneeflocken verschwand. Ein paar Meter weiter geschah das Unausweichliche: Ich stolperte, verlor den Halt und rutschte auf dem Bauch bergab ins Nirgendwo. Verzweifelt versuchte ich, die Stiefelspitzen in den Boden zu rammen, und streckte die Arme vor. Das bremste meine Fahrt, stoppte sie aber nicht. Der rechte Handschuh verschwand als erster, kurz darauf auch der linke. Plötzlich nahm ich links einen vorbeihuschenden Schatten wahr, dann rechts, dann wieder links. Den dritten Schatten bekam ich zu fassen – und konnte mich festhalten. Ich hatte die Baumgrenze erreicht und eine Krüppelkiefer hatte mir das Leben gerettet!

Vorerst wenigstens, denn die Sache war noch nicht ausgestanden. Ich dachte an Celine auf dem Klinikdach. Sie hatte sehen müssen, dass es bei einem Absturz kein Überleben geben würde. Wie weit hinab ginge es hier? Vielleicht nur drei Meter, vielleicht auch dreihundert. Mit den Füßen tastete ich blind nach einer der Kiefern, an denen ich vorbeigerutscht war. Endlich bekam ich Kontakt und konnte mich wenigstens mit einem Fuß hinter dem Stamm absichern.

Millimeter um Millimeter robbte ich rückwärts. Wie lange würde die Wurzel der Kiefer noch halten?

Sie hielt, und irgendwann war ich ziemlich sicher, mit dem gesamten Körper wieder festen Grund erreicht zu haben. Ich setzte mich auf und wartete, bis das Zittern nachließ.

Im Wald wurde alles viel leichter. Es gab eine unterscheidbare Landschaft, ein Oben und ein Unten – und es gab ein Netz! Wider besseres Wissen drückte ich die Kurzwahl für Celine. Die hatte offenbar trotz NSA auf einen Anruf von mir gewartet und meldete sich beim ersten Klingelton.

»Felix, bin ich froh! Alles in Ordnung? Wo seid ihr?«

»Nicht wir. Ich …«

Damit brach der Kontakt ab. Leider nicht die Kopfschmerzen. Die wurden von Minute zu Minute schlimmer.

57

»Aber fahrtüchtig, meinen Sie, sind Sie?« Der Autovermieter musterte meinen blutigen Kopfverband. Auch mein zerrissener Anorak und die verschmierten Hosen sahen sicher wenig vertrauenserregend aus.

Im Wald waren die Markierungen an den Bäumen nicht vom Schnee bedeckt gewesen, ich hatte bald eine erste gefunden, dann die nächste. Die Richtung, bergab, war klar. Von der Bergstation hatte ich die Bahn nach unten genommen, aber auch im Tal gab es zurzeit kein Netz.

Mit Mühe erinnerte ich mich an die Frage des Autovermieters. »Äh ... fahrtüchtig? Sicher. Kein Problem.«

Bestimmt hatte nicht ich ihn überzeugt, sondern meine goldene Mastercard. Die Tagesmiete für den Porsche inklusive Vollkasko und Rückgabe im Ausland kam auf fast vierhundert Euro, und das Wetter sah nicht so aus, als würde er heute noch einen anderen Kunden für seinen teuersten Mietwagen bekommen. Und schließlich brauchte er nicht mitzufahren.

Während ich die verschiedenen Knöpfchen an Steuer und Armaturenbrett studierte, versuchte ich noch einmal, Celine zu erreichen. Unverändert kein Netz.

Ich Blödmann! Natürlich, im Büro der Autovermietung gab es sicher einen Festnetzanschluss. Ich brach das Studium der Knöpfchen ab und wollte gerade zurück in Richtung Büro stapfen, da sah ich durch das Fenster den Autovermieter am Telefon und wie er mir hektisch winkte, hereinzukommen. Keine Frage, er hatte es sich anders überlegt mit dem komischen Typen mit zerrissener Hose und Kopfverband, wahrscheinlich gerade doch noch einen anderen Kunden für seinen Porsche an der Strippe. Jetzt kam er auf den

Hof gerannt und kreuzte die Arme übereinander, rief: »Halt! Halt, warten Sie!«

Ich gab Gas. Gaspedal und Hupe, mehr würde ich in den nächsten Stunden nicht brauchen. Gerade noch rechtzeitig sprang der Autovermieter zur Seite.

58

Bis zur Rastanlage Kiefersfelden ging es relativ gut, auch wenn mir Sorgen machte, dass zu den unverändert bösartig pochenden Kopfschmerzen ein Kribbeln im linken Arm hinzugekommen war. Egal, auf jeden Fall würde es hier ein Festnetztelefon geben.

Das brauchte ich allerdings nicht, ich konnte im Porsche sitzen bleiben. Celine war wieder gleich am Apparat.

»Felix, Gott sei Dank. Wie geht es dir?«

»Nicht so gut. Ich hatte einen Unfall ...«

»Ja, ich weiß, hat mir Valenta schon gesagt.«

Valenta??!

»Hör zu, Valenta ist gefährlich. Wahrscheinlich bist auch du in Gefahr, weil ...«

Celine unterbrach mich.

»Felix, du darfst dich jetzt nicht aufregen! Du bist verwirrt zurzeit. Wäre ich auch, wenn ich einen Balken auf den Kopf gekriegt hätte. Aber es kommt alles in Ordnung. Ruh dich erst einmal aus, ich bin schon fast in Leipzig. Wir sehen uns gleich im Krankenhaus und dann ...«

... und dann kam ein Tunnel, der Celine verschluckte. Nach einer Minute versuchte ich es erneut.

»Der Teilnehmer ist zurzeit nicht erreichbar. Nach dem Ton können Sie ...«

Celine hatte offenbar auf Anrufbeantworter geschaltet, wollte wahrscheinlich nicht abgelenkt werden auf ihrer Fahrt nach Leipzig. Denn ich war ja, soweit sie wusste, in sicheren Händen.

Das Kribbeln begann jetzt auch im linken Bein. Woher wusste Celine von dem Balken? Eindeutig war mir Valenta bei der Explosion näher gewesen, als ich ohnehin vermutet hatte. Was immer er Celine sonst noch erzählt hatte, in einem hatte er recht: Ich gehörte in ein Krankenhaus, und das ziemlich bald. Zum Glück hatte der Porsche Automatik, da reichte ein funktionstüchtiges rechtes Bein.

Kurz hinter München musste ich wieder auf einen Rastplatz. Mit dem Kopfschmerz kam ich irgendwie zurecht, auch damit, dass kurz hinter Kufstein das Kribbeln im linken Arm nicht mehr zu spüren war, weil ich nun gar nichts mehr in diesem Arm spürte. Aber ich wollte mich nicht in das teure Fahrzeug übergeben: Ledersitze. Ich schaffte es zwar nicht auf die Toilette, aber immerhin bis auf den Rasen.

Nachdem das erledigt war – »Mutti, guck mal. Der Mann da kotzt auf die Wiese!« –, drückte ich erneut die Kurzwahl für Celine. Das war in etwa so sinnvoll wie das dritte Mal den Eisschrank zu inspizieren, wenn man verzweifelt nach seinen Wohnungsschlüsseln sucht. Man tut es, um überhaupt etwas zu tun. Aber ich bekam tatsächlich eine Verbindung, es schaltete sich keine Mailbox zwischen Celine und mich!

»Hallo. Wie geht's dir?«

»Valenta?!«

»Ich habe mir Celines Smartphone ausgeliehen. Im Moment ist es auch für sie wichtiger, du sprichst mit mir. Sicher soll ich dich schön grüßen. Sie wollte natürlich sofort zu dir ins Krankenhaus, aber ich habe ihr gesagt, dass du noch im OP bist, und sie lieber bei mir behalten. Sie wartet hier auf dich.«

»Was soll das, Valenta? Du Celine kidnappen? Was willst du damit?« Ich musste mich gewaltig anstrengen, mich auf jedes Wort konzentrieren. Wenigstens merkte ich noch, wenn ich Unsinn redete. »Meine, was willst du damit erreichen? Sobald Celine frei, ich Polizei!«

»Kannst du dann auch. Ich brauche nur ein wenig Zeit, mein Lieber, höchstens einen Tag. Bis ich meine Finanzen geordnet habe, muss mein Pass noch anstandslos durchgehen am Flughafen. Danach kannst du machen, was du willst.«

»Bis Finanzen ins Ausland?«

»Ja, genau. Finanzen ins Ausland.« Valentas Stimme klang plötzlich besorgt. »Felix, du gehörst ins Krankenhaus. Subdurales Hämatom, würde ich sagen.«

Dass er mich Felix genannt hatte, bestätigte, dass es ihm ernst war. Und auch ich mir ernsthafte Gedanken um meinen Kopf machen sollte.

»Lass meine Sorge das.« Es gelang mir, das Navi zu entziffern. »Ich München, gleich dein Ferienhaus. Vier Stunden. Dann sehen.«

03:57 zeigte das Navi als »verbleibende Fahrzeit zum Ziel« an – »bei geringem Verkehr«.

»Gut, ich warte. Genau vier Stunden. Aber bis dahin: keine Polizei. Ist klar, oder?«

Das konnte ich fehlerlos wiederholen. Hatte es ja in letzter Zeit oft genug von Beate gehört.

59

Keine hundert Kilometer mehr bis Leipzig, aber ich musste runter von der Überholspur ganz links. Immer kürzer wurden die Abstände zwischen den Schwindelanfällen, die Anfälle selbst dafür länger. Nur war es gar nicht so einfach, über die mittlere Spur in die rechte zu kommen. Die Spur schien plötzlich enger als vorher, dann wieder weiter, auch das Hupkonzert hinter und neben mir war wenig hilfreich. Endlich schaffte ich es, mich ganz rechts hinter einen Lastwagen zu klemmen. Der schien zwar auch im Wechsel breiter und schmaler zu werden, gelegentlich verdoppelte er sich sogar, aber ich versuchte, das offenbar begeistert seiner Verwurstung entgegenspringende Schwein auf der Ladetür nicht aus dem Blick zu verlieren.

Ich schaffte es mit höchstens neunzig Stundenkilometern bis vierzig Kilometer vor Leipzig, dann war das Vierstundenlimit abgelaufen. Wieder einmal musste ich mich übergeben. Diesmal war keine Zeit, auf den nächsten Rastplatz zu warten, es musste genau jetzt und hier passieren. Es gelang mir, ohne erneutes Hupkonzert auf den Haltestreifen zu kommen.

Danach fühlte ich mich ein wenig besser. Gerade wollte ich weiterfahren, da meldete sich das Smartphone.

»Wo bleibst du? Die Zeit ist um.«

»Ich – Probleme. Noch Stunde. Eine.« Dass ich das nächste Wort kaum aussprechen konnte, hatte nichts mit meinen zunehmenden Sprachschwierigkeiten zu tun. »Bitte!«

»Wo bist du jetzt?«

»Vierzig Kilometer. Etwas mehr. Aber kann nicht links. Nein. Links nein … schnell. Nicht schnell fahren nicht.«

»Na schön. Eine Stunde noch. Aber halt dich dran: keine Polizei!«

Diese Ermahnung kam zu spät. Im Rückspiegel tanzte das Blaulicht einer Autobahnstreife, die plötzlich hinter mir stand. Schnell ließ ich das Smartphone auf den Wagenboden fallen und fand sogar den richtigen Knopf zum Herunterlassen der Seitenscheibe, an der sich der Polizist eben aufstellte.

»Fahrerlaubnis und Fahrzeugpapiere, bitte!«

Ich war mächtig stolz, dass ich mir Fahrerlaubnis in Führerschein übersetzen konnte, und angelte erfolgreich nach den geforderten Dokumenten. Mit der rechten Hand, die linke hatte inzwischen ihren Dienst komplett eingestellt.

»Doktor Hoffmann – das sind Sie, ja?« Der Ton machte deutlich, dass dieser Polizist kein Freund von Akademikern war, schon gar nicht von Akademikern in teuren Sportwagen. War ich eigentlich auch nicht.

Ich nickte freundlich.

»Es ist Ihnen bekannt, dass der Nothaltestreifen kein Parkplatz ist, oder?«

Erneut nickte ich freundlich.

Sein Ton wurde aggressiver. »Wären Sie vielleicht so liebenswürdig, auch mal den Mund aufzumachen?«

Genau das wollte ich auf keinen Fall. Bei meiner gegenwärtigen Sprechkompetenz wären mir die Beamten sicher mit einem Alkoholtest gekommen und wer weiß mit was sonst noch – und ich hatte nur noch eine Stunde! Jetzt gesellte sich der Kollege, der inzwischen ermittelt haben dürfte, dass der Porsche nicht als gestohlen geführt wurde, zu uns.

Ich deute mit dem Zeigefinger der rechten Hand auf meinen Mund, hob die Schultern und lächelte entschuldigend. Ich konnte nur hoffen, dass sie mich tatsächlich nicht beim Telefonieren gesehen hatten.

»Vielleicht issa taubstumm.«

Ich grinste weiter blöde. Dabei zeigte ich auf meine Ohren und schüttelte – vorsichtig! – den Kopf, dann auf meinen Mund und nickte. Der Kollege verstand sofort.

»Nicht taub, aber stumm, ja?«

Unverändert vorsichtig nickte ich. Jetzt bloß nicht wieder übergeben!

»So 'n Glück habe ich mit meiner Frau nicht. Wäre ja ideal!«

Beide lachten ausführlich über den Witz. Dann wurde ihnen wohl klar, dass der eventuell politisch inkorrekt gewesen war. Oder sie hatten einfach Mitleid mit dem Stummen, gönnten ihm den Porsche als kleine Entschädigung für sein Gebrechen. War ja auch nur gemietet. Jedenfalls gab es lediglich eine kurze Ermahnung, dann rauschten die beiden ab. Ich, deutlich langsamer, hinterher.

Ich kannte das Ferienhaus von Valenta gut, schließlich hatte ich genug bei seiner Renovierung geholfen. Es lag in einem Dorf etwas südlich von Leipzig, je nach Windlage manchmal direkt im Anflugbereich des Flughafens, aber sonst wunderschön. Ein Vierseitenhof mit entsprechend vielen Nebengebäuden. Als unverbesserliche Optimisten hatten wir letztes Jahr sogar ein paar Weinstöcke gepflanzt.

Genau drei Minuten vor Ablauf der Stundenfrist hielt ich am Ortsschild. Der Halt war nicht freiwillig, nicht einmal durch Übelkeit oder weitere Sehstörungen bedingt. Ein Streifenwagen stand dort und ein ziemlich dicker Polizist baute sich vor meinem Porsche auf.

»Sie können hier nicht weiter!«

»Aber muss ich durch. Muss!«

»Wo wollen Sie denn hin?«

»Muss. Dorfstraße. Vier.«

Binnen Millisekunden sah ich den Porsche von dunkelblau vermummten Gestalten mit Schussweste, Stahlhelm und Visier umringt und mindestens fünf Maschinenpistolen auf mich gerichtet.

In diesem Moment hörte ich die Explosion. Das ist das Letzte, an das ich mich erinnere.

60

Ich wachte auf. Die Kopfschmerzen bohrten unverändert, aber die Übelkeit war verschwunden. Immerhin. Ich lag offenbar in einem Bett. Wie war ich in ein Bett gekommen? Und wo war ich? Ich wollte den bohrenden Schmerz lokalisieren und tastete nach meinem Kopf: Irgendjemand hatte mir eine Art Turban umgewickelt. Eigenartig. Vorsichtig öffnete ich die Augen und sah – erst einmal nichts, war nur geblendet. Langsam konnte ich schemenhaft etwas erkennen. Das Licht fiel durch ein Fenster. Jemand saß an meinem Bett. Valenta? Celine?

»Guten Morgen, Doktor Hoffmann.«

Czernowske!

»Keine Polizei!«

Dann war ich wieder weg.

Als ich das nächste Mal zu mir kam, hatte das Klopfen im Kopf deutlich nachgelassen. Noch besser: Es saß auch kein Kommissar mehr an meinem Bett. Vielleicht war der nur ein schlechter Traum gewesen.

Trotzdem, ich war nicht allein in diesem Raum, wo auch immer der war. Angeblich fühlt man so etwas, ich aber hörte es. Eindeutig. Jemand atmete ganz in der Nähe. Vorsichtig drehte ich den Kopf. Etwa drei Meter entfernt stand ein weiteres Bett, darin wahrscheinlich ein menschliches Wesen. Unzweifelhaft zu erkennen war das nicht. Alles Mögliche konnte sich unter diesen Verbänden verbergen, der Gesamteindruck war eher der einer Mumie. Allerdings war das rechte Bein dieser Mumie auf eine Schiene gelagert, nachdem man ihr einen Metallstift durch den Unterschenkel gejagt hatte. Dieser Metallstift fixierte einen Bügel, unter Längszug gehalten durch den mit einem Gewicht beschwerten

Draht, der am Bettende über eine Rolle umgelenkt wurde. Eine Behandlungsform des Unterschenkelbruchs, die man heute wenigstens in Deutschland praktisch nicht mehr anwendet. Zu groß die Gefahr von Lungenembolie, Thrombose, Lungenentzündung und Dekubitus durch die weitgehende Immobilisierung. Was erneut die Frage aufwarf: Wo waren ich und die Mumie? Irgendwo in Afrika? Ich erinnerte mich an den Turban auf meinem Kopf, also sehr wahrscheinlich nördliches Afrika.

Die Tür wurde geöffnet und die Vermutung schien sich zu bestätigen. Eine fremde Frau näherte sich meinem Bett, der Tracht nach eine Krankenschwester. Fast schwarzes Gesicht, strahlend weiße Zähne, breites Lächeln. Erst jetzt entdeckte ich den Plastikschlauch, der irgendwo in meinem Körper verschwand. Die Krankenschwester spritzte etwas in den Schlauch, und schon war ich wieder weg.

Wahrscheinlich hatte sie mir dasselbe Zeug schon mindestens einmal gespritzt, denn ich hatte wieder denselben Albtraum: Ich wache auf und Czernowske sitzt an meinem Bett.

»Hallo, Doktor Hoffmann. Endlich ausgeschlafen?«

Klar war das ein Traum. Nie hatte mich Czernowske bisher mit Doktor angeredet. Der Traum versprach, interessant zu werden, denn bis auf den Kommissar, der mich plötzlich mit Doktor anredete, ging er gar nicht so verrückt weiter. Als Nächstes erschien erneut die schwarze Krankenschwester, diesmal ohne Spritze. Sie maß Puls und Blutdruck, dann langte sie beherzt unter die Bettdecke, griff sich mein edelstes Teil und legte mir eine Urinflasche an, wegen des langen Halses und des dicken Bauchs auch als Ente bekannt.

»So, und nun wird schön Wasser gelassen, Doktor Hoffmann.«

Was wirklich schön war an diesem Traum: Die Kopfschmerzen spielten kaum noch eine Rolle und ich meinte sogar, das beruhigende Plätschern meines Urins in die Ente zu hören. Ich beschloss, bei der Sache mitzumachen.

»Was Sie machen in Afrika, Czernowske?«

Czernowske sah mich freundlich an. Czernowske! Freundlich!

»Schön, dass Sie wieder in fast richtigen Sätzen sprechen können.«

»Ein Wunder, dass der Kollege überhaupt wieder sprechen kann!«

Ein Kerl in Arztkittel hatte jetzt eine weitere Sprechrolle in meinem Traum übernommen. Eindeutig ein Neurologe, erkennbar an den beiden Sicherheitsnadeln in seiner Brusttasche. In der Medizin gehören Sicherheitsnadeln sonst nur noch zur Standartausrüstung von Rettungssanitätern, aber die sichern damit Verbände und stecken sie nicht in frisch gestärkte Arztkittel. Weißkittel hingegen piekte mit seinen Sicherheitsnadeln fröhlich in mir herum, zuerst in meinen Beinen, dann nahm er sich die Arme vor.

»Spüren Sie das?«

Es schien ihn zu befriedigen, dass ich jeweils mit »aua« antwortete. Mal wieder typisch: ein Sadist, der Arzt geworden war.

Nach dem Pieksen kam die bekannte Sache mit dem Hämmerchen. Ja, alle Reflexe meldeten sich zur Stelle. Langsam begann ich zu zweifeln, ob ich wirklich noch träumte. Im Traum hätte der Sadist doch sicher einen Vorschlaghammer genommen?

Die Arme auf die Matratze gestemmt, richtete ich mich etwas auf.

»Wer Sie sind? Was eigentlich los?«

»Ich bin Professor Nussel, Chef der Neurochirurgie hier im Haus.

»Wo hier?«

»Hier ist das Klinikum Leipzig. Und los ist, dass Sie unverschämtes Glück gehabt haben.« Irgendwie musste ich den Mann verärgert haben, denn nun wechselte sein Ton von ernst zu vorwurfsvoll. »Und viele andere Menschen auch.

Ich habe gehört, Sie sind mit diesem Ding im Kopf noch über fünfhundert Kilometer Auto gefahren. Das war unglaublich leichsinnig.«

Er zog ein MRT-Bild aus der Tasche. Ich erkannte eine hässliche Einblutung über dem linken Schläfenlappen. Ein sogenanntes subdurales Hämatom, ziemlich genau über dem Broca-Sprachzentrum und noch ein bisschen weiter. Damit sollte ich Auto gefahren sein? Da musste ich aber einen wichtigen Grund gehabt haben. Oder ich träumte doch. Ich gab dem Professor sein MRT-Bild zurück.

»Wie viel?«

»Achtzig Milliliter. Aber ich denke, wir haben alles herausbekommen. Morgen machen wir ein neues MRT.«

Ich konnte mich zwar immer noch nicht an eine Autofahrt mit Hirnblutung erinnern, aber einiges ergab jetzt Sinn. Zum Beispiel, dass ich offenbar eine Sprachstörung gehabt hatte. Das passte zur Lokalisation der Blutung. Um mir nicht weitere Vorwürfe anhören zu müssen, wechselte ich das Thema.

»Wer ist Mumie da? Anderes Bett?«

»Diese ›Mumie‹ ist Ihre Freundin Celine Bergkamp. Die hatte nicht so viel Glück wie Sie.«

Da muss ich ausgerastet sein. Denn fast sofort erschien eine Krankenschwester mit der bekannten Spritze und ich war wieder weg.

61

Als ich zu mir kam, war das andere Bett verschwunden. Und mit ihm Celine. Celine! Um Gottes willen, hatte ich sie auf dem Gewissen? Was hatte ich während der Zeit mit den achtzig Millilitern Blut zwischen Hirn und harter Hirnhaut angestellt?

Erneut tauchte die schwarze Schwester mit Lächeln und Blutdruckgerät auf. Mir war nicht nach lächeln.

»Schwester, Sie können mich so oft wegspritzen, wie Sie wollen, ich werde trotzdem immer weiter fragen, warum der Knochenbruch bei meiner Freundin nicht operiert wird. Extension! Das ist Steinzeitmedizin. Holen Sie mir diesen Professor!«

Offenbar hatte ich hier eine Art Kollegenbonus, denn schon nach gut einer halben Stunde erschien Professor Nussel tatsächlich. Ich hielt ihm eine Vorlesung zum medizinisch korrekten Vorgehen bei Unterschenkelfrakturen, der Professor lächelte freundlich.

Das war ziemlich irritierend. Hatte sich die Lehrmeinung wieder mal geändert und ich es als Internist nicht mitbekommen?

»Warum freuen Sie sich so, Professor?«

»Ich freue mich, dass Schwester Elisabeth recht hatte. Ich wollte ihr nicht glauben, dass Sie so bald wieder perfekt sprechen können. Deshalb bin ich so schnell gekommen. Sind Sie nicht auch froh, wenn Ihre Behandlung bei einem Patienten vollen Erfolg zeigt?«

Also doch kein Kollegenbonus. Trotzdem beruhigte ich mich etwas, wollte aber immer noch über Celines Behandlung Bescheid wissen. Und wo war sie überhaupt?

»Die Kollegen von der Chirurgie beschäftigen sich gerade

mit ihr. Ich sorge dafür, dass gleich danach einer von denen bei Ihnen vorbeischaut.«

Etwa eine Stunde später wurde Celine zurückgebracht. Und mit ihr tauchten tatsächlich sogar gleich zwei Chirurgen auf. Im Vordergrund der Behandlung, informierten sie mich, stünden Celines Verbrennungen. In dieser zweiten OP hätten sie gerade die restliche verbrannte Haut entfernt. Sobald Celine stabil genug wäre, würden sie natürlich auch die Unterschenkelfraktur ordentlich verschrauben.

»Wie viel Prozent?«, fragte ich. Den Chirurgen war klar, dass ich mich auf das Ausmaß der Verbrennungen bezog.

»Insgesamt knapp zehn Prozent. Wir halten sie vorerst noch im künstlichen Koma.«

Zehn Prozent war eine halbwegs gute Meldung. Per Definition beginnt die schwere Brandverletzung erst bei 15 Prozent verbrannter Hautfläche. Oder bei 7,5 Prozent, wenn zusätzlich die Atemwege geschädigt sind. Aber Celine – das da sollte wirklich Celine sein? – wurde nicht beatmet, also galt wohl die 15-Prozent-Regel.

Mir fiel ein, warum ich vor der letzten Spritze ausgerastet war. Schemenhaft war die Erinnerung an eine Explosion vor meinem Auge aufgetaucht, die ich – warum auch immer – ausgelöst hatte. Ich traute mich kaum, die Frage zu stellen.

»Habe ich Schuld an den Verbrennungen?«

Die beiden lachten. »Nein, haben Sie nicht.«

Mir fiel ein Stein vom Herzen. »Die Einzelheiten kann Ihnen dieser eifrige Kommissar aus Berlin erzählen, der hier ständig herumlungert. Aber wir können den auch noch eine Weile hinhalten, wenn Sie wollen.«

Nein. Ich war mehr als bereit, mit Czernowske zu sprechen.

62

»Ihre Freundin ist eine sehr einfallsreiche Frau, Doktor Hoffmann. Und eine sehr mutige!«

Das konnte ich Czernowske bestätigen. Der wollte wissen, an was ich mich sonst noch erinnerte.

»An alles, Herr Czernowske, sogar an Sie. Aber an nichts wirklich aus den letzten Tagen.«

»Sie wissen nicht, dass Ihre Freundin von Ihrem Kollegen Doktor Valenta gekidnappt wurde? Eingeschlossen in den ehemaligen Schweinestall auf seinem Hof hier in der Nähe?«

Valenta ... klar wusste ich, wer Valenta war. Mein Freund seit Jahren. Dunkel erinnerte ich mich jetzt an ein Telefonat mit ihm und dass ich deshalb unbedingt zu seinem Hof fahren musste. Wegen irgendetwas mit Celine.

»Woher hat Celine die Verbrennungen?«

»Sie hat diesen Schweinestall in die Luft gejagt. Mit Kunstdünger aus DDR-Zeiten, der da noch herumstand. Mit heutigem Dünger ginge das nicht mehr. Aber leider hat sie etwas zu viel von dem Zeug gezündet.«

Ich lachte. Wieder einmal lag Czernowske komplett daneben. Denn ich sah das Bild jetzt deutlich vor mir.

»Das war eine Berghütte, kein Schweinestall. Auch kein Kunstdünger, sondern Propangas. Und Celine war gar nicht dabei.«

Nach und nach bekamen wir die Geschichte der letzten Tage gemeinsam auf die Reihe. Mein Teil: die Bergwanderung mit Valenta, mein zunehmender Verdacht gegen ihn, wie ich schließlich die Berghütte in die Luft gejagt hatte. Czernowske erzählte, wie Valenta Celine in den Schweinestall gesperrt hatte, wo sie dann eigentlich nur die Tür aufsprengen wollte.

»Das muss die Explosion gewesen sein, die ich als Letztes gehört habe.«

»Vielleicht. Vielleicht waren das aber auch die Irritationsgranaten von unserem Sondereinsatzkommando. Jedenfalls waren es nicht die Explosionen, die Sie umgehauen haben. Sie sind einfach so aus den Socken gekippt, wir konnten Sie gerade noch auffangen. Sonst hätten die Ärzte hier Ihnen womöglich einen zweiten Bluterguss aus dem Kopf holen müssen.«

Eine Weile sagten wir beide nichts. Ich betrachtete eine der Hauptpersonen in diesem Drama, Celine im künstlichen Koma. Wenigstens atmete sie ruhig und regelmäßig.

Dann wollte Czernowske wissen, ob Valenta mir auf den Kopf geschlagen hätte und womit.

»Nein, soweit ich mich erinnere, war ich das sozusagen selbst.«

»Sie haben sich selbst fast den Schädel eingeschlagen? Wie soll denn das gehen?«

Ich erklärte es ihm.

Erst jetzt fiel mir auf: Wie konnte es sein, dass die Berliner Kripo samt Sondereinsatzkommando zu diesem Einsatz in Valentas Ferienhof ausgerückt war? Ich hatte mich doch an »keine Polizei« gehalten! Wie waren sie überhaupt auf Valenta gekommen?

»Gute alte Polizeiarbeit, ganz ohne NSA und Satellitenüberwachung. Aber leider ein wenig verspätet, gebe ich zu«, antwortete der Kommissar. »Die Akte zum Tod Ihres palästinensischen Kollegen war in den Hintergrund gerückt, weil wir uns jetzt vor allem mit dem Tod des Pflegers beschäftigten. Sie wissen schon, höchste Chance zur Aufklärung in den ersten achtundvierzig Stunden nach einem Verbrechen ... Als daraus nichts wurde, haben wir die Unterlagen zu beiden Todesfällen erneut beackert. Und die Lösung war schließlich der teure Porsche von Doktor el Ghandur.«

»Ja, Celine und ich haben uns auch gefragt, wie Ahmed an so ein teures Auto kommt.«

»Der Porsche war nur geleast. Aber die Leasingraten bezahlte nicht Doktor el Ghandur – sondern Doktor Valenta.«

»Valenta?«

»Wir nehmen an, el Ghandur hat ihn erpresst. Jedenfalls wollten wir Doktor Valenta dazu befragen. Aber der war mit Ihnen in den Bergen, erzählte uns Ihre Klinikleiterin. Da begann ich mir langsam Sorgen um Sie zu machen. Ich habe Ihnen eine Textnachricht nach der anderen geschickt, um Sie zu warnen, aber Sie haben sich nicht gemeldet.«

Tja, ich hätte wohl meine Nachrichten doch lesen sollen. Jedenfalls war nun klar, warum Valenta sie gelöscht hatte und in Panik geraten war.

»Wie jetzt? Nur weil Valenta die Leasingraten für Ahmed bezahlt hat, wollten Sie seinen Ferienhof stürmen?«

Es dauerte etwas, bis mir Czernowske den Gang der Ereignisse erklärt hatte. Die Kurzform: Beate bekommt meine SMS vom Berg zur Frage Tod von Valentas Frau und Dienst von Johannes. Beate findet heraus, dass Johannes am Todestag von Erika Valenta kurzfristig freie Tage genommen hatte. Beate zählt zwei und zwei zusammen, springt über ihren Schatten und ruft Czernowske an. Der ruft Celine an, ob die was von mir gehört habe. Celine sagt, ich hätte einen Unfall gehabt, sie wäre deshalb auf dem Weg zum Klinikum Leipzig. Czernowske ruft das Klinikum Leipzig an, da weiß man von nichts. Czernowske ruft wieder Celine an, da meldet sich eine Männerstimme. Czernowske meint, Valentas Stimme erkannt zu haben. Also ruft er wieder Beate an, ob es eine Verbindung zwischen Valenta und Leipzig gäbe. Und so weiter und so weiter.

»Entscheidend war also letztlich der Porsche?«

»Ja, ab da nahmen die Ermittlungen endlich Fahrt auf. Es ist ziemlich ärgerlich, dass wir dieser Spur erst mit Verspätung nachgegangen sind.«

Wir sagten eine Weile nichts, hingen beide unseren Gedanken zu den losen Enden der Geschichte nach. Czernowske kratzte sich wieder einmal im Ohr und inspizierte versonnen das Ergebnis seiner Säuberungsaktion.

»Was ich nicht so recht begreife«, meinte er dann, »warum hat Valenta auch Sie zu sich beordert, wo doch Ihre Freundin schon in seiner Gewalt war? Und wozu dieses enge Zeitlimit?«

Die Kripo hatte inzwischen Valentas Handy ausgelesen und seine Gesprächspartner befragt. Erst hatte er sich offenbar beim Dorfdoktor erkundigt, ob der gerade jemanden mit Kopfverletzung behandelt habe, danach im Krankenhaus von Kufstein. Dann war er auf den Autovermieter gekommen, der mich ans Telefon holen sollte. Schließlich hatte er mich im Mietporsche erreicht und in sein Ferienhaus beordert. Wollte er dort eine Art Absolution von mir? Ich müsse ihn doch verstehen und so weiter? Ich denke vielmehr, er wollte auch mich vor Ort unter Kontrolle haben, damit ich nicht doch die Polizei alarmiere.

»Das Zeitlimit war dabei ein geschickter Psychotrick. Valenta konnte es vollkommen egal sein, ob ich fünf Stunden bis zu seinem Bauernhof bräuchte oder zehn. Ich aber musste mich so auf das Zeitlimit konzentrieren, dass ich nicht in Ruhe ein eventuell vernünftigeres Vorgehen überlegen konnte.« Ich bemerkte aus dem Augenwinkel, dass sich Czernowske nun mit dem anderen Ohr befasste, als mir die wahrscheinlichste Antwort auf seine Frage einfiel. »Am Ende macht es am meisten Sinn, nicht nur den Zeitdruck, sondern die erzwungene Fahrt nach Leipzig insgesamt unter diesem Aspekt zu sehen. Mich beschäftigt halten, sozusagen, damit ich nicht auf dumme Gedanken komme.«

Bruchstückhaft erinnerte ich mich an meine Fahrt gegen die Uhr. Der Rastplatz hinter München, wo der im freien reihernde Kerl das Kind erschreckt hatte. Die Autobahnpolizei mit ihrem politisch inkorrekten Witzchen. Mein

Schädel im Schraubstock und die sich ausbreitende Lähmung von Arm und Bein. Zuletzt auch, dass die Rechnung für meinen Mietwagen aus Österreich inzwischen deutlich über den ursprünglichen vierhundert Euro liegen dürfte.

63

Wie heißt es so schön? Das Leben geht weiter. Wenn wir die letzte Woche betrachten, etwa ab dem Zusammentreffen mit Johannes im Klinikkeller bis zur Explosion von Berghütte und Schweinestall, mussten Celine und ich dankbar sein, dass der Spruch auch für uns gegolten hatte.

Ich konnte weiterhin wieder in ziemlich perfekten Sätzen sprechen, als am Wochenende Beate im Klinikum Leipzig auftauchte. Natürlich, um nach ihrer Freundin zu sehen. Aber auch, um mir im Namen der Humanaklinik ein wenig Honig ums Maul zu schmieren. Und um mich moralisch unter Druck zu setzen.

»Du kannst dir vorstellen, was ich jetzt mit unserer Intensivstation machen muss, oder? Ich meine, Ahmed ist tot, Johannes tot, Manuela auf unbestimmte Zeit krankgeschrieben. Valenta sitzt im Knast und du steckst hier in Leipzig fest. Na ja, im Moment hilft uns noch die chirurgische Intensiv … Siehst übrigens gut aus!«

Das mit dem »gut aussehen« trotz meines dicken Verbands um den Kopf brachte sie ganz unschuldig heraus. Dessen ungeachtet war klar, was sie damit sagen wollte: Ich wäre doch weitgehend wieder einsatzfähig, nicht wahr? Wie könne ich dann hier untätig herumliegen, während sie unsere Intensivstation schließen müsse?

Das habe ich eigentlich gemeint mit »Das Leben geht weiter«: Es ändert sich vielleicht sogar nachhaltig für den oder die von einem Ereignis Betroffenen, für den Rest der Menschheit hingegen bleibt alles beim Alten, insbesondere die kleineren und größeren Alltagsprobleme, und man kann froh sein, wenn man wieder mitspielen darf.

Ich musste Beate jedenfalls recht geben, dass ein Krankenhaus mit aus Personalmangel gesperrter Intensivstation nicht viel mehr als ein unfreundlich eingerichtetes Altersheim wäre. Wahrscheinlich hatte sie auch recht, als sie zu bedenken gab, dass die plastischen Chirurgen der Humanaklinik besser wären als die Kollegen hier in Leipzig, sich jedenfalls wegen der Beziehung von Celine zum Kollegen Hoffmann extra Mühe geben würden. Und einen Unterschenkel zusammenschrauben, das würden unsere Traumatologen sicher auch hinbekommen.

Eine weitere Woche später waren Celine und ich zwar immer noch auf der Intensivstation, aber nicht mehr in Leipzig, sondern in der Humanaklinik Berlin. Celine als Patientin, die erstaunliche Fortschritte machte und die wir schließlich aus dem Koma aufwachen ließen. Ich als der fleißige Intensivarzt mit dem Kopfverband. Unter den Patienten soll es die wildesten Gerüchte gegeben haben, wie ich an den gekommen sei. Nach allem, was mir zu Ohren gekommen ist, waren diese Gerüchte jedoch nicht halb so wild wie die Wirklichkeit.

Natürlich tauchte auch Kommissar Czernowske noch wiederholt in der Klinik auf. Ich muss zugeben, dass er sich immer zuerst nach Celines Befinden erkundigt hat. Gut, er brauchte ihre Aussage und sie als Zeugin in einem Gerichtsverfahren, aber trotzdem.

Mir jedoch machte er Vorwürfe, dass meine/unsere Aussagen nach dem Tod von Ahmed und Johannes so – wie er es ausdrückte – zurückhaltend gewesen seien. Nie hätte er wirklich mich oder Celine oder Celine und mich als Mörder verdächtigt, und irgendwann glaubte ich ihm das sogar. Außerdem wäre das ganze Drama mit explodierender Berghütte und explodierendem Schweinestall nicht passiert, hätte ich seine Anrufe auf dem Weg in die Berge beantwortet.

Am wichtigsten aber: Er habe das Gefühl, dass wir immer noch Informationen zurückhielten. Womit er recht hatte. Bisher war es gelungen, die ganze Angelegenheit mit den

Ajmalin-Reanimationen unverändert unter der Decke zu halten. Wenigstens wenn es nach Beate ging, sollte das auch so bleiben.

64

SCHLAGZEILE BILDZEITUNG: *Berliner Arzt – ein Doppelmörder? Morgen Prozessbeginn.*

Sollte es nicht dreifacher Mörder heißen? Ahmed, Johannes – und Erika Valenta? Ich hatte keine hieb- und stichfesten Beweise, war aber überzeugt, dass Valenta seine Frau umgebracht hatte. In Leipzig auf Anordnung von Professor Nussel zur Höchststrafe verurteilt, absolute Bettruhe, war es mir endlich wie Schuppen von den Augen gefallen: Thallium! Magenschleimhautentzündung mit unstillbarem Durchfall, Brechkrämpfe, Störung von Nieren- und Leberfunktion, später psychische Störungen und Entzündung des Sehnervs: Frau Valenta hatte die klassischen Symptome einer Thalliumvergiftung gezeigt. Wäre sie nicht die Frau eines Kollegen gewesen, hätte es bestimmt früher oder später bei einem von uns geklickt. Nun war auch klar, warum Valenta seinerzeit seine kranke Erika nicht in die Klinik bringen wollte und dann, nachdem ich dafür gesorgt hatte, am Ende zum Ajmalin griff. Zehn oder elf Tage hatten wir Hirne, Lehrbücher und das Internet zunehmend verzweifelt nach einer Diagnose durchsucht. Hätte er weiter abgewartet, wären Erika in Kürze die Haare ausgefallen und schließlich selbst wir auf Thallium gekommen. Und was hatte ihn auf die Ajmalin-Methode gebracht? Im Nachhinein war es kaum glaubhaft, dass Valenta die massive Zunahme der Wiederbelebungsfälle auf seiner Station nicht aufgefallen war. Er musste Johannes schließlich auf die Schliche gekommen sein und die Chance gesehen haben, sein Problem mit dessen Methode zu lösen. Sollte das Ajmalin entdeckt werden, würde auch der Fall Erika Valenta auf Johannes' Konto gehen. Er musste nur den Tag abwarten, an dem Johannes seinen nächsten Dienst hatte. Ausgerechnet an diesem Tag dann der Todesfall in dessen Familie! Trotzdem, die Sache konnte nicht mehr aufgeschoben werden, wahrscheinlich hatte Valenta schon die ersten Haarbüschel in Erikas Bett entdeckt.

So oder so ähnlich dürfte es gelaufen sein. Aber nichts davon war der Staatsanwaltschaft bekannt. Beate beharrte auf ihrem Standpunkt. »Warum auch noch die Klinik in Gefahr bringen? Es reicht doch, wenn die Valenta wegen Ahmed und Johannes drankriegen.«

Das stellte sich aber als nicht so einfach heraus. Unter anderem, weil Beate über den Pflichtverteidiger einen Deal mit Valenta ausgehandelt hatte: kein Wort von ihm über die Ajmalin-Reanimationen, dafür besorgte und bezahlte ihm die Humanaklinik Deutschlands Strafverteidiger Numero eins, Superstar Ralf Wossi. Das Geld hätte sich die Klinik bzw. der Vitaliskonzern allerdings sparen können, denn Valenta sagte nichts in seinem Prozess. Dafür Ralf Wossi umso mehr. Wossi wären sicher zwölf Geschworene nach US-Vorbild lieber gewesen. Aber er kam auch mit den drei Berufsrichtern und den zwei Schöffen an der großen Strafkammer des Landgerichts klar, die als Schwurgericht zusammentrat. Und erst recht mit dem Staatsanwalt.

Dessen Schwierigkeiten begannen schon mit dem ersten Anklagepunkt, Mord zum Nachteil des Ahmed el Ghandur. Täter: Doktor Heinz Valenta. Motiv: Doktor el Ghandur hätte Doktor Valenta offensichtlich erpresst. Beweis: der nagelneue Porsche, nachweislich von Doktor Valenta finanziert. Gelegenheit: Da wurde es schon schwieriger, denn Wossi konnte belegen, dass der Gastarzt mit seinem plötzlichen Verschwinden aus der Humanaklinik untergetaucht war und offenbar nicht gefunden werden wollte. (Wobei er zu erwähnen unterließ, wie relativ leicht das schlaue Ermittlerduo Bergkamp/Hoffmann ihn gefunden hatte. Wusste Wossi davon?) Tatsächlich konnte die Staatsanwaltschaft

Valenta weder mit dem Tatort noch mit der Tatwaffe in Verbindung bringen. Keine Fingerabdrücke, keine Haare von Valenta (wäre auch schwierig bei jemandem mit Glatze), keine Spur von der Beretta zum Angeklagten. Czernowske hatte gehofft, irgendetwas in Valentas Wohnung oder seinem Bauernhaus zu finden, das ihn über den Porsche hinaus in Verbindung zu Ahmed brachte, vielleicht sogar das verschwundene Handy. Nichts. Nothing. Nada.

Immerhin bestätigten zwei Gutachter dem Staatsanwalt, dass für den Todesschuss anatomische Kenntnisse notwendig wären, wie sie ein Arzt selbstverständlich habe. Leichtes Spiel für Wossi, darauf hinzuweisen, dass diese Schusstechnik überall auf der Welt bei den jeweiligen Spezialeinsatzkräften gelehrt wird, ohne dass die dazu ein Medizinstudium absolvieren müssten. Und dass sowohl die Schusstechnik wie auch die Tatwaffe beim israelischen Mossad ebenso beliebt seien wie bei deren palästinensischen Konkurrenten. Schließlich stamme Herr el Ghandur aus der Gegend, da seien eine Menge Täter und Motive vorstellbar, nicht wahr? Warum also ausgerechnet Doktor Valenta? Nur weil er einem Kollegen einen Privatkredit für ein Auto gewährt hatte?

Beim Thema Geld hakte der Staatsanwalt nach. Warum hatte der Angeklagte in den Tagen vor seiner Verhaftung sein Vermögen nach Panama transferiert? Dort sogar eine Briefkastenfirma gegründet? Mit seiner Gegenfrage, ob der Herr Staatsanwalt plane, gegen alle Inhaber einer Briefkastenfirma in Panama wegen Mordverdacht zu ermitteln, erntete Wossi eine Menge Lacher unter den Zuschauern.

Die Staatsanwaltschaft hatte einiges an Zeugen aufgefahren: die Kriminalkommissare Czernowske und Schulz, Tatortexperten, Ballistikexperten, Gerichtsmediziner. Sogar einen Kfz-Sachverständigen, der den Wert des Porsche 911 Carrera und die Höhe der Leasingraten gerichtsfest machte. Die Verteidigung präsentierte lediglich einen Zeugen: Frau

Celine Bergkamp. Sie wurde gefragt, ob der Angeklagte zu irgendeinem Zeitpunkt, insbesondere – hier musste Wossi vorsichtig formulieren – während ihres gemeinsamen Aufenthalts auf dessen Ferienhof, über eine Verwicklung in den Tod des Ahmed el Ghandur berichtet habe? Hätte er dies eventuell sogar als Grund für die von der Staatsanwaltschaft behauptete Freiheitsberaubung der Zeugin angeführt? Frau Celine Bergkamp antwortete mit einem klaren »Nein«. Der Angeklagte hätte ihr überhaupt keinen Grund für die Freiheitsberaubung genannt.

Weitere Fragen hatte Wossi nicht.

Was hätte die vereidigte Zeugin wohl geantwortet auf die Frage, ob sie sich vorstellen könne, womit der Angeklagte von Ahmed erpresst worden war?

Das war in der Tat die größte Lücke in der Anklage: das Druckmittel für die unterstellte Erpressung. Celine und ich hatten inzwischen eine ziemlich handfeste Vorstellung dazu – und wahrscheinlich sogar das Beweisstück: die leere Ajmalin-Ampulle aus Ahmeds Wohnung. Ahmed, das wusste ich noch, war der Erste, der Valenta bei der »Wiederbelebung« seiner Frau zu Hilfe geeilt war. Hatte er vorher beobachtet, wie der seiner Frau das Medikament gespritzt hatte? Oder später eine von Valenta übersehene Ampulle gefunden und keine überzeugende Erklärung dazu von ihm bekommen?

Leider war ich sicher, dass die Erpressung nicht das alleinige Motiv war. Als Valenta bei seinem Notarztwageneinsatz in der Anzengruberstraße auf mich gestoßen war, musste er zwei Dinge erkannt haben: dass ich nach Ahmed suchte und dass ich ihm schon sehr nahe gekommen war. Er musste das Problem nun schnell lösen. Damit traf mich eine erhebliche Mitschuld an Ahmeds Tod. Sehr wahrscheinlich war ich sogar der Auslöser. Erst jetzt fiel mir auf, dass mich Valenta nie zu dem Zusammentreffen bei Familie Özmir befragt hatte.

Es war Freitag. Der Vorsitzende Richter wünschte den Prozessbeteiligten ein schönes Wochenende, nächster Verhandlungstag sei der Mittwoch kommender Woche. Allen war klar, was er damit zum Ausdruck bringen wollte: einige Tage Zeit für die Staatsanwaltschaft, ihre Anklage mit ein wenig mehr Tatsachen zu stützen.

65

Für diesen Mittwoch war der Anklagepunkt »Mord zum Nachteil des Krankenpflegers Johannes Bayerle« vorgesehen und es sah für den Staatsanwalt nicht besser aus als bisher. Seine Schwierigkeiten fingen damit an, dass er in diesem Fall schon die Tatsache Mord nur anhand der Indizien wahrscheinlich machen konnte: die offenbar abgewischte Klinke an der Fahrertür, ebenso die fehlenden Fingerabdrücke an dem Schlauch vom Auspuff zum Innenraum. Die Gerichtsmediziner hatten an der Leiche keinen Hinweis auf Gewalteinwirkung gefunden, Würgemale zum Beispiel oder eine Schädelfraktur, allerdings hohe Konzentrationen von Alkohol und der Knock-out-Droge Rohypnol im Blut. Im Szenario der Anklage hatte Valenta Johannes damit betäubt, um ihn hilflos der tödlichen Wirkung des Kohlenmonoxyds auszusetzen. Wossi würde argumentieren, dass die Kombination Alkohol und Schlaftabletten bei Selbstmördern bekanntermaßen beliebt sei und im Internet empfohlen wird. Und er würde betonen, dass die Anklage dem Gericht weder ein Motiv für den angeblichen Mord nennen noch seinen Mandanten mit dem angeblichen Tatort in Verbindung bringen könne.

Schon am Freitagabend baten mich ein ziemlich ernüchterter Staatsanwalt und ein blasser Kommissar Czernowske um ein erneutes Gespräch. Vertraulich, »*off record*«, drückten sie sich aus. Noch einmal sollte ich ihnen die Bergwanderung mit Valenta schildern, sein Verschwinden, die leeren Propangasflaschen, die Explosion der Berghütte. Und was genau Valenta während der Bergwanderung und dann in den Telefonaten mit mir gesagt hätte. Ob ich meine, Valenta hätte Doktor el Ghandur und Johannes Bayerle umgebracht?

Ja, das meinte ich. Hatte Valenta die Taten mir gegenüber zugegeben? Nein, hatte er nicht. Ob es möglich sei, dass er auch Schuld am Tod seiner Frau sei? Vieles sei möglich. Ob ich ihnen etwas verschwiege, um meinen ehemaligen Freund zu schützen? Nein, tat ich nicht, antwortete ich wahrheitsgemäß. Sie hatten ja nicht gefragt, ob ich etwas verschwieg, um meine Klinik zu schützen.

Wie verzweifelt die beiden waren, wurde mir bei unserem nächsten Gespräch klar. Die Staatsanwaltschaft hatte Valentas Versuch, mich aus dem Weg zu räumen, nicht in die Anklageschrift aufgenommen. Sie war davon ausgegangen, ihn der Morde an Ahmed und Johannes überführen zu können, und wollte die Anklage nicht verwässern, hatte der Staatsanwalt behauptet. Nun aber hatte er seine Meinung geändert.

»Lassen Sie uns mal sehen, wie Wossi mit einem lebendigen Belastungszeugen fertig wird. Ich denke, wir werden Sie doch in den Zeugenstand rufen, Doktor Hoffmann.«

Ich glaubte keine Sekunde, dass es Czernowske und dem Staatsanwalt tatsächlich um den Mordversuch an mir ging. Wir konnten uns ausmalen, wie eloquent Wossi auf die Häufigkeit von Propangasunfällen auf Grund von Bedienungsfehlern oder schlichter Schlamperei hinweisen würde. Und darauf, dass schließlich der Zeuge selbst die Explosion und damit seine Verletzung herbeigeführt habe. Nicht zuletzt würde Wossi ohne Problem einen Gutachter finden, der dem Gericht die Möglichkeit getrübter oder sogar falscher Erinnerungen nach einem schweren Schädelhirntrauma bestätigte.

Vor allem Czernowske, so vermutete ich, hatte trotzdem großes Interesse daran, mich im Zeugenstand und unter Eid zu sehen. Wahrscheinlich hatte er mir nie abgenommen, dass ich wegen friedlich verstaubender Patientenakten so intensiv nach Ahmed gesucht hatte. Nur konnte er das weder nachweisen noch aus mir herausprügeln. Zu gerne hätte Cernowske dem Staatsanwalt jetzt ein paar Fragen an einen vom

Gericht vereidigten und somit zur Wahrheit verpflichteten Doktor Hoffmann souffliert.

Immer wieder hatte ich das Problem mit Celine diskutiert. War es moralisch vertretbar, einen Mörder zu schützen, Informationen zurückzuhalten, nur um den guten Ruf der Humanaklinik zu bewahren? »Einen eventuellen Mörder«, verbesserte mich Celine, »mit letzter Sicherheit wissen auch wir das nicht.« Eine Antwort, die mich erstaunte, nicht zuletzt angesichts ihrer Verbrennungsnarben, auch wenn die inzwischen weitgehend verschwunden waren.

»Aber Valenta wäre doch geliefert, wüsste das Gericht von der Ajmalin-Sache. Im Fall Ahmed würden sie wahrscheinlich Fingerabdrücke von Valenta auf der leeren Ampulle finden. Bei Johannes könnten sie Valenta mit dem Tatort in Verbindung bringen, wüssten sie von meiner Verabredung mit Johannes, die Valenta mitgehört hat. Dann hätten sie auch das Motiv, denn Valenta hat ja auch mitbekommen, was mir Johannes bei diesem Treffen verraten wollte.«

»Aber zum Tod seiner Frau«, sagte Celine, »mit dem wahrscheinlich alles anfing und ohne den die unterstellten Morde an Ahmed und Johannes keinen Sinn machen, wäre der Staatsanwalt wieder auf Spekulationen angewiesen. Es gibt keine Leiche zum Ausbuddeln, und dass ein Katholik seine ebenfalls katholische Frau einäschern lässt, wird höchstens seine Kirche als Verbrechen werten.«

»Und wenn Michael dem Gericht die hohen Ajmalin-Spiegel in Frau Valentas Blut präsentieren würde?«

»Da wäre ich bei einem Strafverteidiger wie Wossi nicht so sicher«, meinte Celine. »Wossi würde ausführen, dass eine Reanimation immer eine große psychische Belastung für den Arzt ist, erst recht eine Reanimation bei der eigenen Frau. Da hat Valenta vielleicht wirklich dieses Herzmedikament in seiner Aufregung überdosiert. Wäre zumindest nachvollziehbar. Auch die Ajmalin-Ampulle mit, wie wir vermuten, Valentas Fingerabdruck wäre da kein wirkliches Indiz.«

»Und warum steht dann nichts vom Ajmalin im Protokoll?«, spielte ich den Staatsanwalt.

»Diese Protokolle sind fast nie vollständig, müsste dem Gericht zum Beispiel der Zeuge Felix Hoffmann wahrheitsgemäß bestätigen.«

Celine hatte recht. Und da Wossi, wie ich inzwischen wusste, sein Geld wert war, würde er sicher auch noch ein paar Gutachter zur Höhe der Serumspiegel von Ajmalin in Verbindung mit anderen Medikamenten, die Frau Valenta bekommen hatte, präsentieren, auf die circa sieben Prozent sogenannter *poor metabolizer* in der Bevölkerung verweisen, und so weiter und so weiter.

Ohne Kenntnis der Ajmalin-Geschichte hatte die Staatsanwaltschaft außer der Überzeugung, dass Valenta mindestens zwei Menschen umgebracht hatte, wenig in der Hand. Also: Würde der Staatsanwalt mich in den Zeugenstand zwingen? Und was sollte ich dort sagen? Bei all seinen Zaubertricks wäre es jedenfalls spannend, wie Wossi gegebenenfalls die Thalliumkonzentration in Erikas Blut erklären würde. Denn auch die ließe sich immer noch in der Probe bei Michael nachweisen.

Für eine Straftat des Angeklagten wenigstens hatte der Herr Staatsanwalt einen unbestritten glaubwürdigen Belastungszeugen. Die Anklage lautete auf Freiheitsberaubung im Sinne des Paragraph 239 Strafgesetzbuch in Tateinheit mit Paragraph 239a, erpresserischer Menschenraub. Sein Zeuge beziehungsweise seine Zeugin war Celine, zugleich das Opfer beziehungsweise das »Tatobjekt«.

Die Zeugin Celine berichtete den Tatablauf nüchtern. Sicher zur Enttäuschung des Staatsanwalts, der wenigstens gerne den vom Opfer/Tatobjekt erlittenen seelischen Schaden demonstriert hätte, wo schon dank unserer fleißigen plastischen Chirurgen die Brandnarben kaum noch zu sehen waren.

Mit dem Thema Freiheitsberaubung kenne ich mich ganz gut aus, was nicht auf einer heimlichen Neigung zu Bondage-Spielen beruht. Wir Krankenhausärzte müssen darüber ein wenig Bescheid wissen, weil schon den Arm für eine Infusion am Bett zu fixieren auch bei einem hochgradig verwirrten Patienten ohne dessen Einwilligung juristisch den Tatbestand der Freiheitsberaubung erfüllt.

Als Beispiel für eine Freiheitsberaubung wird in Paragraph 239 Strafgesetzbuch tatsächlich Celines Fall, das Einsperren, hervorgehoben. Das liegt vor, wenn »der Täter das Tatobjekt durch mechanische Vorrichtungen oder eine Bewachung am Verlassen eines Raumes oder eines Fahrzeugs hindert, wobei dem Tatobjekt das Verlassen mit dem ihm zur Verfügung stehenden Mitteln nicht möglich ist«.

Ich fürchtete schon, Wossi würde argumentieren, dass »die Mittel« doch zur Verfügung standen, wie sonst hatte die Zeugin sich befreien können? Aber das brachte Wossi nicht, er wollte das Gericht ja nicht verärgern. Ihm ging es um die Zeitfrage. In der Praxis ist die Strafe umso höher, je länger die Freiheit entzogen wurde. Bei weniger als einer Woche sind fünf Jahre laut Gesetz die Höchststrafe, bei mehr als einer Woche das Strafminimum. Also erinnerte er daran, dass Celine sich nach knapp drei Stunden hatte befreien können, praktisch zeitgleich mit meinem Eintreffen am Ort. Da aber mit meinem Eintreffen auch die Forderung des Angeklagten, zu deren Durchsetzung er dem »Tatobjekt« kurzfristig die Freiheit entzogen habe, erfüllt gewesen sei, hätte der Täter jetzt den Freiheitsentzug ohnehin beendet. Wie der Herr Staatsanwalt vermutete ich zwar eher, dass der Angeklagte dann auch mir die Freiheit geraubt hätte, aber das war eben nur eine Vermutung.

Für den nächsten Prozesstag waren eigentlich die Schlussplädoyers vorgesehen. Aber die Staatsanwaltschaft hatte nach wie vor nicht mehr an Konkretem als den finanzierten Porsche, ein One-way-Flugticket nach beziehungsweise ein Konto in Panama und die Entführung von Celine. Zur Überraschung des Vorsitzenden beantragte sie eine Vertagung der Schlussplädoyers zwecks Wiedereinstieg in die Beweisaufnahme. Nicht nur mir war klar, was das bedeutete.

Am Abend, ich hatte gerade meinen Dienst angetreten, tauchte eine aufgeregte Beate auf Intensiv auf. Das war ungewöhnlich, normalerweise hielt sie so weit wie möglich Abstand zum Patiententrakt.

»Du wirst doch die Aussage verweigern, nicht wahr?«

»Wie soll das gehen, Beate? Ich bin weder verwandt noch verschwägert mit Valenta.«

»Du bist Arzt. Damit hast du ein Zeugnisverweigerungsrecht.«

»Habe ich nicht. Was immer ich zu Valenta aussagen könnte, hätte ich nicht als sein Arzt in Erfahrung gebracht.«

Wir saßen in der Teeküche, nur gedämpft drangen die Geräusche der lebenserhaltenden Maschinen hierher. Doch die

Nähe zu Menschen, die gemeinsam mit uns um ihr Leben kämpften, irritierte Beate ganz offensichtlich. Aber doch weniger als ein Arzt und Freund, der die Loyalität zu ihrer Klinik nicht an die erste Stelle stellte.

»Würdest du wenigstens ein einfaches ›Ich kann mich nicht erinnern‹ hinbekommen?«

»Unter Eid?«

Auch am nächsten Morgen, nach acht ziemlich hektischen Stunden auf der Intensivstation, wusste ich nicht, was mich mehr verunsicherte: Beates Schlussbemerkung, dass ich mit einer Aussage nicht nur meinen Job an der Humanaklinik gefährden würde (eine implizite Drohung? Nur eine unglückliche Formulierung?), oder dass ich immer noch nicht entschieden hatte, ob ich die Interessen der Klinik über die Forderung nach Gerechtigkeit stellen sollte.

Ich brauchte unbedingt frische Luft.

67

»Es tut mir leid, ich kann Ihr Dilemma nicht lösen.« Ich stand mit Celines Rechtsanwaltsfreund Burghardt am Weidezaun und schaute seinen Lamas beim Kauen zu, was etwas sehr Beruhigendes hatte. »Aber Sie können davon ausgehen, dass Ihr Kollege nicht ungeschoren aus der Sache herauskommt. Selbst wenn Sie plötzlich unter erheblichen Erinnerungslücken leiden sollten, dürfte nicht nur die Staatsanwaltschaft überzeugt sein, einen Mörder vor sich zu haben.«

»Also wird das Gericht Valenta wegen Mord verurteilen, auch wenn ich weiter schweige?«, fragte ich hoffnungsvoll.

»Sehr wahrscheinlich nicht.« Burghardt wechselte kurz ins Juristendeutsch. »Selbst wenn das Gericht persönliche Gewissheit von der Täterschaft des Angeklagten erlangt hat, muss eine die Überzeugung des Gerichts tragende Tatsachengrundlage hinzukommen.«

Wir gingen zurück zu seinem Monstertruck und holten Hammer und Nägel, um den Weidezaun zu reparieren. Burghardt steckte sich ein paar der großen Nägel zwischen die Lippen, ich musste jetzt sehr genau hinhören.

»Und daran fehltzsch, bei aller Überzeugung des Gerichtzsch, nischt wahr? Also stehen die Rischter vor einem Dilemma, genau wie Sie. Isch denke, die werden ihr Dilemma trotz aller Tzschauberkünschte des guten Wossi vielleicht so lösen, dass sie den Angeklagten wegen des Wegsperrens von Tscheline nach Paragraph 239a, erpresserischer Menschenraub, verurteilen. Also nicht nur nach dem 239, Freiheitschberaubung. Für den erpresserischen Menschenraub sieht der Geschetzgeber eine Haftstrafe nicht unter fünf Jahren vor, die das Gericht überschreiten könnte, sieben Jahre zum Beispiel. Natürlich wird Wossi Ztscheter und

Mordio schreien, aber auch ein Revisionsgerizscht würde erkennen, was eigentlich hinter den sieben Jahren steckt und das Urteil wahrscheinlich bestätigen.«

»Sieben Jahre für drei Morde?«

Burghardt bat mich, die Holzlatte zu halten, während er seine Nägel einschlug.

»Unterschätzen Sie das nicht. Für einen gelernten Knastbruder sind sieben Jahre Vollpension tatsächlich nicht so viel. Aber für Leute wie Ihren Kollegen sieht das ganz anders aus. Und als Arzt kann er danach vielleicht noch in Timbuktu arbeiten.« Der Rechtsanwalt wies mit dem Hammer auf mich. »Es sei denn, Sie teilen Ihr Wissen mit der Staatsanwaltschaft. Das, fürchte ich, müssen Sie ganz alleine entscheiden. Und verantworten.«

Burghardt war in seinem Truck abgerauscht, ich blieb zurück, genoss den vielleicht letzten warmen Tag des Jahres und beobachtete weiter die putzigen Lamas. Die Nacht und das meiste vom morgigen Tag würde ich auf der Intensivstation eingesperrt sein. Es war uns noch immer nicht gelungen, Pflegekräfte und Ärzte wieder auf Sollstärke zu bringen.

Egal wie sich das Gericht entscheiden würde, blieben für mich neben den allgemeinen Fragen nach Gerechtigkeit und dem Sinn der gesellschaftlichen Forderung nach Sühne eine ganze Reihe von Fragen ungeklärt.

Zum Beispiel die, wie Valenta es geschafft hatte, den wissenschaftlichen Ehrgeiz von Johannes zu stoppen. Einmal abgesehen vom ärztlichen Ethos musste Valenta doch fürchten, dass irgendwann nicht nur ihm die massive Zunahme der Wiederbelebungen auf seiner Station auffallen würde, was insbesondere nach dem Tod seiner Frau nicht in seinem Interesse war. Andererseits, eine direkte Konfrontation mit Johannes hätte in der Praxis dieselbe Konsequenz gehabt, konnte er doch kaum sagen: »Ich habe Sie erwischt, Johannes, aber wenn Sie jetzt damit aufhören, bleibt die Sache unter uns.« Bisher war ich davon ausgegangen, dass Johannes die seinerzeit in der Intensivmedizin noch relativ unbedarfte Manuela in die Krankenhausapotheke geschickt hatte, um seine Ajmalin-Bestände aufzufüllen. Hatte Manuela Valenta davon erzählt und der war hellhörig geworden? In diesem Szenario jedoch ergibt die Anweisung an den Apotheker, kein Ajmalin mehr nachzubestellen, kaum Sinn. Eher, dass Valenta Manuela geschickt hatte, um Johannes den Nachschub abzuschneiden. Vielleicht hatte er ihm gegenüber dann noch eine Bemerkung zu der zunehmenden Zahl der Reanimationen gemacht, der man gegebenenfalls nachgehen müsse. Eine Zeit lang hatte es ja auch geklappt, fast ein halbes Jahr immerhin, bis Johannes seine »Untersuchungsreihe« ausgerechnet bei Frau Zuckermann wieder aufnahm.

Manuela war zurück ins Schwesternwohnheim gezogen und immer noch krankgeschrieben. Wiederholt hatte ich versucht, sie dort ans Telefon zu bekommen, aber stets beschied mich eine ihrer Mitbewohnerinnen, dass sie nicht im Hause wäre oder nicht mit mir sprechen wolle. Endlich aber rief sie mich über ihr Handy zurück – um mich nachdrücklich zu bitten, sie in Ruhe zu lassen.

»Eine Frage nur, Manuela. Wer hat Sie damals wegen des Ajmalin in die Apotheke geschickt und war es das, was Sie mir so dringend sagen wollten, bis Valenta und Johannes aufgetaucht sind?«

»Das sind zwei Fragen.«

»Manuela, bitte! Dann lasse ich Sie in Ruhe. Versprochen.«

»Ist doch jetzt egal. Johannes ist tot und Valenta für mich gestorben. Genügt Ihnen das nicht?«

Ohne es zu wissen, hatte Manuela mir sehr wohl eine Frage beantwortet. Ich kramte nach dem zerknüllten Zettel mit Ahmeds letzten Telefonkontakten, und richtig: Von dieser Handynummer war Ahmed angerufen worden, und zwar knappe zehn Minuten, bevor er sein letztes Telefonat geführt hatte – mit mir. Bei dem er mich – leider vergeblich – gebeten hatte, sofort zu ihm zu kommen. Sicher hatte Valenta das Handy von Manuela benutzt, damit nicht seine Nummer auf Ahmeds Display erschien. Allerdings war er nicht so schlau wie Celine gewesen, das Handy dann einfach verschwinden zu lassen. Nächste Frage: Warum hatte Valenta die Serumprobe seiner Frau im Klinikkeller nicht vernichtet oder ausgetauscht? Dummheit? Kaum vorstellbar. Überheblichkeit? Schon eher. Brauchte er den Nervenkitzel wie andere Steilwandklettern ohne Seil? Meine Lieblingstheorie: Er wollte sich irgendeiner höheren Gerechtigkeit ausliefern. Es war eine Art von Selbstbestrafung, immer zu wissen, dass seine Tat schließlich entdeckt werden könnte. Doch dann fiel mir ein, wie ich mit dem falschen Schlüssel vor der Tiefkühltruhe gestanden hatte und unmittelbar danach an der Kellertür auf Valenta gestoßen war. Er hatte wohl doch versucht, wenigstens diese Probe aus der Welt zu schaffen.

Letzte Frage: Warum hatte Valenta mich nicht umgebracht? Wie ich aus dem Telefonat mit Celine wusste, war er bei meinem Sprengmeisterstück noch näher an der Fuchskopfhütte gewesen, als ich vermutet hatte. Leicht hätte er seinen Plan zu Ende führen können, er brauchte mir nur während meiner Bewusstlosigkeit noch einmal einen kräftigen Schlag mit der Holzlatte überzuziehen. Hatte er aber nicht. Warum nicht? Weil es leichter ist, einen Freund sozusagen ferngesteuert umzubringen, als ihn mit eigener Hand zu erschlagen? Ich will mir lieber einbilden, dass er letztlich froh war, dass sein Anschlag nicht geklappt hatte. War ich also einem Mörder dankbar, dass er mich verschont hatte? Verriet ich ihn deshalb nicht? Und was machte das aus mir?

Kommissar Czernowske hat mir erzählt, dass sie eine Menge Valium in Valentas Blut und jede Menge Rohypnol-Tabletten in seinem Ferienhaus gefunden hätten. Rohypnol ist ein superstarkes Schlafmittel, das man braucht, um auch das Gewissen zu betäuben. Ein ganz so kaltblütiger Mörder war mein Freund also wohl nicht. Die Polizei hatte übrigens auch ermittelt, dass er das Feuerzeug von der Bergstation tatsächlich gerade erst gekauft hatte und wohl nie vorher auf dem Fuchskopf gewesen war. Ich dachte an die Pistole, die wir bei Ahmed am Bett liegen gelassen hatten, und an die abgewischte Klinke an Johannes Wagen: Gäbe es einen Preis für falsche Indizien oder Verdachtsmomente, die zu richtigen Schlüssen führen, wären Celine und ich Anwärter auf den Hauptgewinn!

In diese Kategorie gehörte wohl auch die Vorstellung, dass es Johannes gewesen war, der mich im Fläming mit seinem SUV in den Graben oder gleich ins Jenseits schieben wollte. Um sich selbst zu schützen? Im Auftrag Valentas, der ihm gedroht hatte, dass bei meiner Hartnäckigkeit sonst seine Ajmalin-Forschung auffliegen würde? Aber warum hätte Johannes vor seinem Tod den Kuhfänger von seinem Jeep abschrauben sollen? Ich hatte zwar die Farbe meines Verfolgerautos in der Dunkelheit nicht erkennen können, wohl aber ein paar Wochen später, dass Johannes zu unserer Verabredung ohne so einen Rammbock unterwegs gewesen war.

Wie gesagt, der Hauptgewinn wäre uns sicher.

68

In diesen Tagen bemühte ich mich weiterhin, Beate aus dem Weg zu gehen. Ihre Priorität war klar: Humanaklinik first! Würde sie mich weiter in diesem Sinne bearbeiten, könnte ich womöglich schon aus Trotz freiwillig aussagen. Doch ich wollte und musste mein Dilemma alleine lösen. Und war zunehmend gespannt, wie ich mich entscheiden würde.

Die Aufmerksamkeit, die Valenta schon vor dem Prozess zuteil geworden war, hatte eine unerwartet positive Nebenwirkung: Mein unseliger TV-Auftritt war nicht mehr von Interesse, wobei die Leute mich dank meines Kopfverbandes auch vorher kaum noch erkannt hatten.

Aber, wie man in der Medizin weiß, keine positive Wirkung ohne unerwünschte Nebenwirkung: Plötzlich tauchten jeden Mittwoch meine Studenten wieder zum *bedside-teaching* auf. In voller Mannschaftsstärke, nicht nur die beiden Priapismus-Mädel. Das hieß für mich, jeden Dienstag wieder bei mindestens fünf Patienten betteln zu gehen, sich den Studenten zur Verfügung zu stellen.

Wie gesagt: Das Leben ging weiter. Nur dass wir diesen Sommer unsere Würstchen über Holzkohle brutzelten. Der Propangasgrill blieb ungenutzt.

Bei einer Flasche fair getradetem Chardonnay saß ich mit Celine auf ihrer Terrasse und genoss die erstaunlich milde Herbstsonne. Zum wiederholten Male fragten wir uns, ob der Wunsch nach einem ruhigen Gewissen den Untergang der Humanaklinik rechtfertigte.

»Apropos Gewissen. Meinst du, dass Valenta seine Taten bereut?«, fragte Celine.

»Du hast als Letzte mit ihm gesprochen. Was meinst du?«

Celine legte die Stirn in Falten. »Ich habe die Wahrheit

ausgesagt. Zu keinem Zeitpunkt hat er mir gegenüber die Morde zugegeben. Allerdings – als er mich eingesperrt hatte, rief er mir durch die Tür zu, ich solle mich bei dir bedanken. Es sei alles deine Schuld.«

In gewisser Weise hat er damit sogar recht, wenigstens was den Tod von Ahmed und Johannes anging.

»Hätte ich Erika nicht gegen seinen Willen in die Klinik geschafft, wäre sie ohne Zeugen zu Hause gestorben. Und hätten wir nicht so intensiv nach Ahmed gesucht, hätte er den nicht umbringen müssen. Dito Johannes.« Ich nahm noch einen Schluck Chardonnay. »Jedenfalls eine interessante Bemerkung. Insbesondere, wenn er sie ernst meint.«

Celine schaute mich fragend an, ich präzisierte meinen Gedanken.

»Es gibt die berühmte Checkliste von einem kanadischen Gerichtspsychiater, einem Herrn Hare: Eigenschaften, an denen man einen Psychopathen beziehungsweise Soziopathen erkennt. Neben fehlender Reue und fehlender Empathie zum Beispiel auch daran, dass der Psychopath sich nicht für seine Taten verantwortlich fühlt und zu schnellen Entscheidungen neigt, ohne die Konsequenzen zu bedenken.«

Celine schien nicht überzeugt.

»Nimm das Thallium«, versuchte ich es weiter. »Ein Arzt sollte doch auf was Besseres kommen. Aber der Psychopath findet einen Rest thalliumhaltiges Rattengift in seinem Bauernhaus und sieht damit sein Problem gelöst. Wieder eine schnelle Entscheidung, ohne die Sache zu Ende zu denken.«

»Wie sollte ein Psychopath ausgerechnet Arzt werden?«, gab Celine zu bedenken.

»Niemand wird vor dem Medizinstudium oder beim Staatsexamen auf Psychopath getestet. Und in Bewerbungsgesprächen schlägt sich der Psychopath hervorragend, Punkt eins der Hare-Liste: trickreich sprachgewandter Blender mit oberflächlichem Charme, gepaart mit Punkt zwei, seinem enormen Selbstwertgefühl.«

»Schlimme Vorstellung!«

»Nicht unbedingt. Ein Arzt mit zu viel Empathie kann gefährlich sein für seine Patienten, besonders in einer Situation, in der es um Sekunden geht. Gerade auf der Intensivstation braucht es oft schnelle Entschlüsse. Nicht unbedingt Typen wie mich, die eventuell zu lange die Konsequenzen abwägen.«

»Aber ein gewissenloser Psychopath hätte dich doch am Berg einfach erschlagen. Und kein Rohypnol zur Beruhigung seines Gewissens gebraucht.«

Ich lächelte das überlegene Lächeln des Arztes, der sich mit besser Fassbarem beschäftigt.

»Eines der vielen Probleme der Psychiater und Psychologen. Ihre Patienten halten sich oft nicht an die Vorgaben.«

Die Weinflasche war leer, wir entschieden uns gegen eine zweite. Mir stand ein weiterer Tag bevor, an dem ich meinen Patienten so gut wie möglich helfen würde, und von Celine wurde erwartet, ihren unterschiedlich begabten Schülerinnen und Schülern neben ein wenig Mathematik auch das an Erziehung nahezubringen, zu dem deren Eltern keine Lust oder keine Zeit hatten.

Wieder meldete sich mein Handy. Mindestens zum fünften Mal an diesem Abend versuchte der Staatsanwalt, mich zu erreichen. Mit Schmeichelein, Erinnerung an meine Bürgerpflicht und zuletzt mit Drohungen wollte er mich in den Zeugenstand zwingen. Daran könne ich ihn nicht hindern, hatte ich ihn beschieden. Ihm aber auch gesagt, dass ich nach meiner Kopfverletzung vieles vergessen hätte und meiner Erinnerung eindeutig nicht trauen konnte. Ich ließ es klingeln.

Valenta wäre nicht der einzige Mörder, der nicht zur Rechenschaft gezogen würde. Da gab es Leute mit bedeutend mehr Leichen auf dem Konto. Einige davon erscheinen hier sogar zum Staatsbesuch.

Liebe Leserin, lieber Leser,

ich hoffe, *Wiederbelebung* hat Ihnen beim Lesen mindestens so viel Freude gemacht wie mir beim Schreiben.

Wenn das so ist, freue ich mich über Ihre Empfehlung und viele Sternchen in den bekannten Foren wie amazon.de, lovelybooks.de u.s.w. Selbstverständlich kann es ein Autor nicht jedem Leser recht machen, es wird auch kritische Kommentare mit entsprechend weniger Sternen geben – die ich ebenfalls aufmerksam lesen werde.

Persönlich können Sie mir Ihre Kritik über christoph. spielberg@t-online.de mitteilen. Mit Interesse sehe ich Ihren Anregungen und Fragen entgegen und werde mich bemühen, jede E-Mail zu beantworten.

Ebenso sind Hinweise auf Wiederbelebung auf Twitter, Facebook u.s.w. willkommen – oder ganz altmodisch Mund zu Mund mit Freunden bei Kaffee, Tee, Wein (ja, auch Bier oder Smoothie sind erlaubt).

Herzlichen Dank, Ihr Christoph Spielberg

Danksagung

Zuerst und ganz besonders danke ich meiner Lektorin Gabriele Dietz, die sich nun schon zum dritten Mal einem Manuskript von mir angenommen hat. Sie ist eine Lektorin, wie sie sich ein Autor nicht gründlicher wünschen könnte. Nie würde ich zugeben, wie viele kleinere und größere Schlamperein sie im ursprünglichen Handlungsablauf gefunden hat! Wenn jetzt noch Fehler überlebt haben, kann es sich nur um Passagen handeln, bei denen der Autor nicht auf die Lektorin hören wollte.

Mein Dank gilt außerdem den engagierten Kollegen beim be.bra verlag, die das Projekt Wiederbelebung erneut mit Begeisterung und Kompetenz unterstützt haben.

Nicht zuletzt danke ich den Freunden, die den Text in verschiedenen Stadien lesen durften oder mussten: Angela S., Birgit H., Stephanie S., Wolfgang A. Bei technischen Fragen zu Smartphone-Funktionen hat mir Wilfried G. wertvollen Rat gegeben, bei einigen juristischen Fragen Manfred O.

Der Autor

Der Arzt und Schriftsteller Christoph Spielberg gehört zu den wenigen deutschen Autoren, deren Krimis u. a. auch ins Englische übersetzt wurden. Spielberg, lange Jahre Oberarzt in einer Universitätsklinik, gewährt den Lesern in seinen Kriminalromanen um den Krankenhausarzt Dr. Hoffmann und dessen clevere Freundin Celine neben spannender Unterhaltung intime Einblicke in Abläufe und Entscheidungsstrukturen in Krankenhäusern.

Christoph Spielberg wurde mit dem Friedrich-Glauser-Preis und dem Agatha-Christie-Krimipreis ausgezeichnet. In den USA hat die Presse seine Bücher mit »starred reviews« begrüßt.

Christoph Spielberg
Man sirbt nur dreimal
Ein Dr.-Hoffmann-Krimi
10,00 €
ISBN 978-3-89809-539-6

Oberarzt Dr. Felix Hoffmann ist irritiert: Der Tod seines Patienten kam nicht unerwartet - warum also die vielen Nachfragen? Nur weil er in dieser Nacht entgegen dem Dienstplan nicht erreichbar war? Und warum kann sich sein Chefarzt nicht an einen Patienten erinnern, den er über Monate hinweg selbst betreut hat? Es bleibt nicht bei diesen Ungereimtheiten. Plötzlich ist Hoffmann der Hauptverdächtige in zwei Mordfällen - und mehr denn je auf die Hilfe seiner cleveren Freundin Celine angewiesen ...

Christine Anlauff
Gestorben wird immer
Kriminalroman
10,00 €
ISBN 978-3-89809-543-3

Eigentlich soll der Potsdamer Literaturkritiker Just Verloren sich von den Folgen eines Fahrradunfalls erholen. Doch das spurlose Verschwinden einer Krankenschwester weckt seinen kriminalistischen Spürsinn.

»Christine Anlauff hat einen echten Potsdam-Krimi geschrieben. Die Story ist spannend, die Geschichte klar: menschlich, tragisch, auch lustig – kurzum unterhaltend«
Inforadio

Sue & Wilfried Schwerin von Krosigk
Die Pergamon-Morde
Kriminalroman
12,00 €
ISBN 978-3-89809-545-7

Das Pergamonmuseum wird von einer grausigen Mordserie heimgesucht. Wieder einmal gerät ausgerechnet der lebensuntüchtige Hartung Siegward Graf von Quermaten zu Oytinghausen, von allen Hasi genannt, in das Visier der Ermittler.

Christine Anlauff
Gestorben wird immer
Kriminalroman
10,00 €
ISBN 978-3-89809-543-3

Eigentlich soll der Potsdamer Literaturkritiker Just Verloren sich von den Folgen eines Fahrradunfalls erholen. Doch das spurlose Verschwinden einer Krankenschwester weckt seinen kriminalistischen Spürsinn.

»Christine Anlauff hat einen echten Potsdam-Krimi geschrieben. Die Story ist spannend, die Geschichte klar: menschlich, tragisch, auch lustig – kurzum unterhaltend«

Inforadio